KB241464

소지음 新무협 판타지 소설

# 무장난감

# 무종도담 3

소지음 新무협 판타지 소설

초판 1쇄 찍은 날 § 2004년 2월 11일
초판 1쇄 펴낸 날 § 2004년 2월 21일

지은이 § 소지음
펴낸이 § 서경석

편집장 § 문혜영
편집 § 장상수 · 서지현
마케팅 § 정필 · 강양원 · 이선구 · 김규진

펴낸곳 § 도서출판 청어람
등록번호 § 제1081-1-89호
등록일자 § 1999. 5. 31
어람번호 § 제2-0332호

주소 § 경기도 부천시 원미구 심곡1동 350-1 남성B/D 3F (우) 420-011
전화 § 032-656-4452  팩스 § 032-656-4453
http://www.chungeoram.com
E-mail § eoram99@chollian.net



값 8,000원

ISBN 89-5505-965-5 04810
ISBN 89-5505-962-0  (SET)

快終刀譜

무종도담

3

Fantastic Oriental Heroes

소지음 新무협 판타지 소설

도서출판

청어람

# 목 차

# 제15장

# 피로 물든 카라코룸

장무위는 왕씨 조손의 시체 앞에서 넋을 놓고 있다가 쓰러졌다. 제대로 쉬지도 못하고 화북평원에서 카라코롬까지 전력 질주를 했고, 또 정신적인 타격이 너무 커서 무상대능력을 익혀 초인이 된 장무위라 할지라도 쓰러질 수밖에 없었다. 몸은 어떻게 견뎌내도 정신이 버티질 못한 것이다.

"으음……."

하루 동안 꼬박 의식을 잃었던 장무위는 한낮의 따가운 햇살에 의식을 찾았으나 금세 일어나지 못하고 가만히 누워서 몽롱한 정신으로 자신이 뭘 하고 있었는지를 생각해야 했다. 몇십 년 만에 처음으로 완전히 의식의 끈을 놓아버렸던 터라 그 여파는 상당히 오래갔다. 전날 천살대의 혈전에서 의식을 잃고 쓰러졌을 때와는 사정이 달랐다. 멍하니 누워서 생각을 정리하던 장무위는 곧 의식을 잃기 전의 상황을 기

억해 내고는 두려움에 휩싸여 버렸다. 눈을 떠 현실을 받아들일 용기
가 나지 않았다.

　'제발 꿈이었으면… 제발제발……'

　간절히 빌며 눈을 뜬 장무위는 그러나 온몸을 부르르 떨고 말았다.

　눈앞에 널려 있는 시체들. 불에 탄 끔찍한 시체들은 돌이킬 수 없는
현실을 강변하고 있었고, 하루 사이에 더 끔찍한 모습으로 변해 있었
다. 또다시 눈물이 주룩 흘러내렸다. 자신이 며칠만 일찍 왔어도 두 사
람의 목숨은 구할 수 있었을 것이다. 왕혜정이 떠나는 자신을 보고 일
찍 돌아오라고 말했을 때 어쩌면 이런 상황을 예감했는지도 모른다.
자책감이 장무위를 괴롭혔다. 왕혜정이 죽음을 맞이하면서 쓴 글이 생
각날 때마다 가슴이 찢어지고 다시는 볼 수 없는 왕혜정의 얼굴이 떠
올라 미칠 것 같았다.

　"혜정, 예전엔 미처 몰랐지만 나도 당신을 사랑했소. 당신에게 그 말
을 못해준 것이 천추의 한이 되는구려."

　물이 있을 땐 물의 소중함을 모르다 물이 없어지면 물의 소중함을
안다고 했던가? 장무위의 심정이 꼭 그러했다. 왕혜정이 비참하게 죽
고 나자 이제야 왕혜정의 소중함이 절실하게 느껴지는 것이다.

　"혜―정! 혜―정! 혜―정!"

　장무위의 입에서 끊임없이 왕혜정을 찾는 부르짖음이 터져 나왔지
만 죽은 사람이 어찌 돌아오겠는가? 입에서 피를 토하며 왕혜정을 부
르지만 돌아오는 것은 공허한 울림뿐이다.

　장무위는 한없는 슬픔에 비통해하다 간신히 정신을 추슬렀다. 언제
까지 슬픔에 잠겨서 불쌍하게 죽은 영혼들을 쉬지도 못하게 할 수는
없는 것이다. 먼저 왕씨 조손을 묻고 400명의 아이들의 시체를 거두어

커다란 봉분을 만들기 시작했다. 불에 타 죽은 시체들은 처참하기 이를 데 없었다. 제 형체를 유지하고 있는 것은 단 한 구도 없었고 잿더미만 남은 것도 숱하게 있었다.

아무리 참혹한 것이 전쟁이라 하지만 전쟁은 병사들끼리 하는 것이다. 전쟁에서 힘없는 백성들을 살해하는 것은 학살이자 만행이다. 끝없이 솟구치는 분노는 명군을 찾아가 살육을 하고 싶은 충동으로 바뀌었다. 그러나 한두 사람도 아니고 수십만 명을 어떻게 죽이겠는가. 억누르기 힘든 분노였지만 가슴에 묻어두지 않을 수 없었다. 울분이 치솟았다.

"으—아—아—아—아—!"

동몽골의 왕도 카라코룸. 화마가 훑고 지나간 거대한 폐허 속에서 비통한 울부짖음이 끊이지 않고 몽골의 평원으로 퍼져 나갔다.


한편, 동몽골이 북으로 밀려나자 오이랏트는 이번 전쟁에서 뒤로 한 걸음 물러서 버렸다. 동몽골은 이미 다시 일어설 수 없는 큰 참화를 입은 후였고, 오이랏트가 명과 협력했다고는 하지만 오이랏트도 엄연히 몽골의 한 세력이니 외세(명나라)와 계속 연계하다간 태사 토곤 테무르의 정권마저 흔들릴 수 있는 것이다. 그러나 명은 오이랏트를 아랑곳하지 않고 칭기즈칸의 뿌리를 뽑기 위해 북으로 계속 진격하며 인종청소를 계속하였다. 이미 이긴 전쟁이라고 생각하는 명이었다. 하지만 이것이 명의 실책이 될 줄은 아무도 몰랐을 것이다.

오이랏트가 빠지자마자 전황이 바뀌어 버렸다. 명이 아무리 욱일승천하는 기세라 하더라도 불과 10만의 기병으로 전 세계를 지배했던 몽골의 기병들은 절대 만만히 볼 상대가 아니었다. 더욱이 넓은 초원에

서 방향도 제대로 못 잡고 하늘의 별자리를 살펴가며 추적을 하는 것
도 하루 이틀이었다.

어느 순간부터 명나라 군대는 어디가 어딘지도 모르고 방향감을 상
실할 지경이 되었다. 거기다 동몽골의 기병들이 기습 공격을 하고 물
러나고 기습 공격을 하고 물러나는 식으로 연일 괴롭히자 더 이상 버
티질 못했다. 늘어진 보급로도 문제였다. 연이은 습격을 받으면서 길
게 늘어진 보급로를 유지하는 것은 불가능한 일이었다. 더 이상 진격
을 하다가는 고립되어서 몰살될 가능성도 있었다.

필승의 자신감을 가지고 칸의 후예들을 싹쓸이하려고 했던 영락제
는 너무도 기가 막힌 현실에 노기가 만장이나 솟구쳐 쓰러질 지경이었
다. 그러나 후퇴하지 않고 버티고 있다가는 자신의 목숨도 위태로워지
니 결단을 내릴 수밖에 없었다. 수천 수만이 죽어도 눈 하나 깜짝 안
할 영락제였지만 동몽골의 오지에서 목숨을 내던질 생각은 추호도 없
었다.

"도대체 이게 무슨 꼴이란 말인가?! 내가 오합지졸이 되었다 믿었던
아다이의 졸개들에게 쫓겨 도망을 쳐야 하다니?!"

보급이 조금만 원활했다면 아예 씨 몰살을 시킬 수 있었는데 물러나
야 하는 것이다. 이제는 자신의 나이도 있으니 다시 온다는 보장도 할
수 없었다. 생각할수록 원통하고 억울했다. 영락제는 돌아가면 보급을
책임졌던 놈들의 목을 모조리 베어버려야겠다고 다짐했다.

그러나 무단으로 남의 집에 쳐들어올 때는 제 맘대로 왔지만 갈 때
도 제 맘대로 갈 수 있는 것은 아니었다. 물러나는 명나라 대군을 동몽
골의 기병들이 계속해서 추적하면서 습격했던 것이다. 워낙 병력 차이
가 커서 큰 피해는 못 입혔으나 작은 피해들도 자꾸 누적이 되자 간단

치가 않았다. 명의 군대는 결국 20일도 안 되어 다시 카라코롬 쪽으로 밀려오고 있었다.

　장두위는 400여 아이들의 시체를 수습하여 거대한 봉분을 만든 뒤에 옆에 있는 두 개의 무덤 앞에 무릎을 꿇고 절했다. 새로 생긴 두 개의 무덤은 장무위의 눈에서 끊임없이 눈물이 흐르게 만들었다.
　"어르신이 저에게 부탁하고자 하신 바를 이제야… 이제야 알겠습니다. 제가 불민하여 어르신의 심기를 미처 헤아리지 못했습니다. 저에게 크나큰 정을 베푸셨는데 어르신의 부탁 하나 들어드리지 못한 저를 용서하십시오."
　한참 동안 고개를 조아려 죄를 빈 장무위는 다시 옆에 있는 왕혜정의 묘를 돌아보며 맹세했다.
　"혜정, 내가 너무 못나 나의 마음이 무엇을 의미하는지도 몰랐고 당신의 깊은 정도 내 미처 깨닫지 못했소. 내 죽을 때까지 그대만을 마음에 두겠소. 부디 당신의 혼이 있어 나의 맹세를 들을 수 있기를……."
　두—두—두!
　두 사람의 묘에 절을 하고 나서 비탄에 잠겨 있는 장무위의 귀에 지축을 울리는 말발굽 소리가 들려왔다. 시선을 들자 폐허가 된 카라코롬의 저 끝에서 적잖은 수의 기병들이 장무위 쪽으로 다가오고 있었다. 잠시 후, 거리가 점점 가까워지자 깃발이 보였다. 명의 기병들이었다. 순간 울컥 가슴에서 솟구치는 분노에 허리에 찬 현천도의 손잡이를 꽉 움켜잡았다.
　원흉은 영락제였다. 명(命)을 따른 병사들이 무슨 죄가 있겠는가? 그렇지만 명을 따랐다 해도 영락제가 잔혹한 혈사를 일일이 지시하진 않았을 것이다. 이 참혹한 혈사에는 병사들의 자의적인 판단도 적잖이 들어 있음이 분명했다. 장무위는 참혹한 혈사를 일으킨 명의 기병들을 그냥 보내기는 싫었다.

100여 기병들은 빠르지 않게 천천히 달리고 있었다. 기수들의 고개는 연신 좌우를 둘러보고 있었다. 100여 기 중의 일부는 아무런 흔적이 없자 본대에 소식을 전하러 오던 길을 되돌아서 달려가고, 또 멀리서 소식을 전하고 온 기병이 돌아오고 있었다. 이들은 바로 후퇴하고 있는 대군의 앞길에 위험 요소가 있는지 확인하고 있는 정찰병들이었다. 본대와는 반나절의 거릴 두고 앞서서 정찰을 하고 있는 것이다.
정백호(正百戶) 유당(劉唐)은 천천히 말을 몰아가며 적의 매복이 있나 없나를 살펴보았다.
"헤를렌강을 넘어가면 별일이 없을 듯한데… 적의 매복은 없는 것 같군."
정찰의 임무를 소홀히 했다가 본대가 기습이라도 받으면 이들은 바로 죽은 목숨이었다. 주위를 살피는 시선에는 날카로움이 지나쳐 면도날 같은 예리함이 번뜩이고 있었다.
"음?!"
부백호(副百戶) 전력(田歷)의 눈에 봉분 모양의 언덕 아래 허리에 칼을 찬 한 흑의사내가 무릎을 꿇고 앉아 있는 것이 보였다. 전력은 즉시 옆에 있는 유당에게 보고를 했다.
"장군님, 앞에 한 명의 칼을 찬 사람이 있습니다."
유당이 잔뜩 긴장해 전력이 가리키는 곳을 보자 아니나 다를까, 한 명의 흑의사내가 있는 것이 보였다.

"명나라 복색인 것 같은데. 가서 알아봐."

"옛!"

전력이 복명을 하고 10여 명의 인원을 이끌고 대열을 이탈해 흑의사내에게로 말을 몰았다. 자신들이 바로 등 뒤까지 말을 달려갔으나 흑의사내는 미동도 안 하고 있었다. 전력은 칼을 꺼내 흑의사내의 등을 겨누고 소리쳤다.

"넌 누구냐? 정체를 밝혀라!"

그러나 흑의사내는 들은 척도 안 하고 다시 한 번 거대한 봉분과 그 주위에 있는 작은 봉분을 향해 절하고 일어서서 하늘을 쳐다보는 것이 아닌가? 일순 어리둥절해진 전력이 화가 나서 소리쳤다.

"넌 누구냐! 정체를 밝혀라! 아니면 우리 칼이 무정하다 원망해야 할 것이다!"

그제야 흑의사내의 등이 돌려졌다. 당당한 체구에 사나이다운 얼굴이었다. 비교적 젊은 20대 중반의 초췌한 얼굴이었다. 그러나 초췌한 얼굴이라도 남아 대장부의 기상을 숨길 수는 없었다.

흑의사내는 주변을 돌아보더니 조용히 말했다.

"너희들은 운이 없는 것 같구나."

입에서 나오는 말이 몽골말이 아니라서 일단은 안심이었지만 내용은 전력이 귀를 후비게 만드는 것이었다. 은연중 사내의 외형에서 풍기는 분위기에 감탄하고 있던 전력이 눈을 둥그렇게 뜨면서 반문했다.

"뭐야?! 이런 웃기는 놈이 있나! 네놈 눈이 모자라 알아보지 못하는가 본데, 우리는 대명의 천군들이시다. 칼을 맞고 나서 후회하지 말고 썩 네 정체를 밝혀라!"

그러나 흑의사내는 전력은 안중에도 두지 않았다. 전력이 말하든지 말든지 다시 고개를 돌려 새로 만들어진 무덤을 보고 비탄에 잠긴 어조로 말했다.

"왕정문 어르신과 혜정, 그리고 400여 불쌍한 어린 영혼들을 위해 제가 할 수 있는 일은 이것밖에 없습니다."

100여 명의 기병을 앞에 두고도 사내에게선 한 치의 두려움도 찾아볼 수가 없었다.

흑의사내가 말을 마치고 자신들 쪽으로 천천히 걸어오자 전력과 전력을 따라온 기병 10여 명은 본능의 경고에 따라 자신들도 모르게 주춤주춤 뒤로 물러섰다. 그러나 이내 실태를 깨닫고 머리끝까지 화가 치민 전력이 소리쳤다.

"이놈이 관을 봐야 눈물을 흘릴 놈이구나! 너는 몽골의 척후가 분명하렷다!"

일단 장무위를 몽골의 척후병으로 만들어놓은 전력이 이내 부하들을 돌아보며 소리쳤다.

"쳐랏!"

이미 흑의사내의 기색이 심상치 않음을 알고 주변을 포위하고 있던 10여 명의 기병이 즉시 활을 재어 날렸다.

쉬익! 쉭!

그러자 흑의사내가 신형을 번득여 단번에 오 장을 벗어나 활의 공격을 피하더니 소리쳤다.

"나를 원망하진 말아라!"

번쩍!

말이 끝나자마자 흑의사내의 신형이 다시 처음의 자리에서 얼핏 보였고, 그 순간 장내에 때 아닌 번개가 생겨나더니 기병들 사이를 헤집었다.

"크—으—악!"

미처 어떻게 된 일인지 알지도 못하는 사이에 10여 명의 기병들은 하나같이 한쪽 다리가 잘려져 바닥으로 나뒹굴었다. 너무도 빨라서 도대체 무슨 일이 일어났는지도 모르고 쓰러진 자들이 대부분이었다.

장무위는 차마 살인은 못하고 기병들의 단전을 베어버리려 했으나 말에 앉아 있는 상대의 단전을 벨 재주는 없었다. 결국 다리 한쪽을 잘라 버렸는데, 어느 것이 더 나쁜 것인지는 병신이 된 상대가 판단할 문제였다.

멀리서 이 광경을 보고 있던 유당은 크게 놀라 부하 한 명을 본진으로 보내 소식을 전하게 하고 나머지 부하들을 이끌고 장무위를 포위해 왔다. 그러나 장무위는 혈랑단과의 혈전 이후 다수를 상대하는 법을 확실하게 터득한 뒤였다. 기병들이 빠르게 말을 몰아오면서 포위하려 하자 장무위는 도리어 기병들의 전면으로 마주 달려가면서 벽력진산을 펼쳤다.

쿠르릉!

산악 같은 도기가 죽 일어나며 몰아쳐 오는 기병들의 대오를 갈라 쳤다.


두—두—두—두!

이제 20만이 남은 명의 병력들은 물러가는 와중에도 대열이 흐트러지지 않고 질서정연하게 이동을 하고 있었다. 20만의 대병력이 이동하자 땅이 들썩거리는 것이 마치 평원에 큰 지진이라도 난 듯했다.

영락제는 특별히 만든 거대한 연에 앉아 침통한 표정을 짓고 있었다. 자신들은 도망치듯이 물러나고 뒤에는 악에 받친 몽골의 기병들이 빈틈을 노리며 따라오고 있었다.

'오이랏트 놈들이 나를 이용해 먹은 셈인가? 비참하구나.'

"폐하! 앞에 정체 불명의 무림인이 나타나서 정찰병과 접전하고 있다 합니다."

금의위(錦衣衛)의 지휘사(指揮使)인 사자검(獅子劍) 백선창(白鮮創)이 상황을 아뢰었다. 백선창은 영락제를 보호하기 위해 금의위의 전 고수들을 이끌고 따라와 있는 상태였다.

"정체 불명의 무림인?! 몽골의 무림인인가? 몇 명이나 길을 가로막고 있는가?"

백선창이 순간 당황한 얼굴로 황급히 말을 했다.

"그, 그것이 한 명이……."

가뜩이나 심기가 편찮았던 영락제는 대노했다. 별 쓸데없는 일로 귀찮게 하는 것이다.

"뭣이라?! 한 명이 막고 있으면 그냥 죽여 버리고 가면 되지, 그걸 왜 짐에게 보고를 하는가?!"

"폐, 폐하. 그것이… 상대의 무위가 대단해서 정찰병들이 고전하고 있다는……."

백선창은 금의위 지휘사란 신분 외에도 당금 명의 구주(九柱)에 당당히 이름을 올리고 있는 절세고수였다. 그렇지만 사람 목숨을 파리 목숨처럼 생각하는 영락제 앞에선 절세고수의 기백도 소용없었다. 용기는 자취를 감추고 두려움에 오금이 저렸다. 자신이 왜 이런 보고를 해야 하는가 원망하는 마음도 무럭무럭 생기고 있었다. 아니나 다를까, 영락제의 목소리가 찢어지듯이 터져 나오며 백선창의 새가슴을 더욱

콩닥거리게 만들었다.

"우리 대명의 정예병들이 고작 한 놈에게 고전을 해! 이런 밥버러지 같은 놈들을 보았나! 경은 당장 금의위들을 이끌고 가서 놈을 없애 버리고 정찰병들은 모조리 묶어서 데리고 오시오!"

"폐하, 그보다 여기서 잠시 기다리시면 제가 가서 그놈을 없애 버리고 다시 길을 열겠습니다."

영락제는 어의가 없다는 표정을 지으며 말했다. 기가 막혀 화도 나지 않는 듯했다.

"20만이 넘는 대군이 한 놈 때문에 지체를 해?! 그놈이 아무리 무공이 뛰어나다 해도 그게 말이 되는 소리요?!"

백선창이 걱정하는 것은 따로 있었다. 상대가 바보도 아닌데 멍청하게 포위망에 걸려들 리는 없을 것이다. 뛰어난 무공고수가 병사들을 상대하지 않고 영락제만 노려 암습한다면 막기가 쉬운 일은 아니다.

"폐하, 그게 아니옵고……."

그러나 영락제는 백선창의 말을 들을 생각도 안 했다. 속으로 '이번에 돌아가면 이놈부터 없애 버려야겠구나. 이렇게 담이 작아서야 어디다 써먹겠는가?' 하는 생각만 굳힐 뿐이었다.

"쓸데없는 소리 하지 마시오. 당장 가서 놈을 주살하고 목을 들고 오시오!"

더 이상 충언을 하다간 당장 자기 목이 먼저 떨어질 것이란 걸 오랜 관부 생활을 통해 체득하고 있던 백선창은 즉시 복명했다.

"옛! 폐하!"

백선창은 즉시 영락제를 호위하고 있던 2천의 금의위 고수 중에 100명을 차출해 카라코롬으로 달려갔다. 한 식경도 흐르지 않아 폐허의 한곳에서 피가 자욱한 현장을 볼 수 있었다. 곳곳에는 주인 잃은 말들이 서 있었고 다리 한쪽씩 잘린 채 쓰러져 있는 기병들을 볼 수 있었다. 지혈을 못한 듯 다리에서 계속 뿜어지는 피로 인해 장내가 흠뻑 젖어 있었다. 쓰러져 있는 병사들은 모두 의식을 잃은 듯, 간혹 신음 소리만이 흘러나올 뿐 움직임도 없었다.

백선창은 주위를 두리번거리다 한 흑의사내가 피바다의 한쪽에 있는 구릉 위에 서 있는 것을 볼 수 있었다. 20대 중반으로 보이는 젊은 사람이었다. 한 손에 든 검은 도와 뒤로 빗어 넘긴 긴 머리, 그리고 검은 옷.

단지 구릉 위에 가만히 서 있기만 하는데도 사내의 몸에서는 산악 같은 기세가 퍼져 나와 주변의 대기를 짓누르는 듯했다. 장내의 상황은 문답무용(問答無用). 100명의 금의위들은 달리는 기세 그대로 구릉을 돌며 포위망을 완성하고 백선창의 명령만 기다렸다.

'아무리 봐도 몽골인은 아닌 것 같은데… 그리고 저 모습은? 어디서 들은 적이 있는 것 같다. 누구지?'

분명히 처음 보는 사람이지만 흑의사내의 행색은 낯설지가 않았다. 훤칠한 체형의 전신에서 뿜어져 나오는 산악 같은 기도도 그렇고 흔히 볼 수 있는 무인이 아님은 확실했다. 백선창은 왠지 건드리면 안 될 것 같은 예감에 선뜻 명령을 내리지 못하고 주춤거렸다.

두두두두!

멀리서 지축을 울리는 본진 병력의 이동 소리가 들려왔다. 머뭇거리던 백선창은 어금니를 질끈 깨물었다. 상대가 꺼림칙하기는 하지만 이대로 가만히 있다가는 자신의 목이 먼저 떨어질 것이다.

"쳐랏!"

"와아……!"

백선창의 명령이 떨어지는 것과 동시에 장내의 상황이 급변했다. 명령은 백선창이 했지만 움직임은 흑의사내가 더 빨랐다. 금의위들이 함성을 지르는 순간에 흑의사내의 신형이 뿌옇게 흐려졌다. 그와 동시에 하나같이 일기당천(一騎當千)의 고수인 금의위들에게 세 차례의 번개가 떨어졌다.

"끄—아—악!"

백선창이 흑의사내의 신형을 쫓아 눈을 돌려보자 포위망의 한쪽이 허무하게 뚫어지고 있는 모습이 보였다. 그곳을 방어하고 있던 금의위 세 명이 아랫배에서 피를 분수처럼 뿜으며 쓰러지고 흑의사내는 이미 그곳을 지나쳐 아직도 어안이 벙벙해 있는 백선창에게 쇄도하고 있었다.

"헛!"

상대의 너무나도 빠른 움직임에 백선창이 헛바람을 집어삼켰다. 상상도 할 수 없는 가공할 몸놀림이었다. 백선창은 급히 검을 빼어 들며 사자검법(獅子劍法)을 펼쳤다. 흑의사내의 출신입화에 달한 신법에 놀라긴 했지만 백선창도 명의 구주 중의 한 사람으로 꼽히는 절세고수였다. 멍청히 앉아서 목숨을 내어줄 사람은 아니었다. 백선창의 신속한 대응은 눈이 부실 정도였다.

콰앙!

"저, 저럴 수가?!"

일순 닭 쫓던 개꼴로 아직도 구릉을 포위하고 있는 금의위들의 황당해하는 시선이 흑의사내와 백선창이 맞붙은 곳으로 쏠렸다. 구주의 일인 절세고수 백선창이 단 일 합에 뒤로 확 밀려 버리는 것이었다. 그뿐만이 아니었다. 정신없이 물러나는 백선창의 가슴 앞 갑주는 이미 산산조각이 나 있었다. 당황한 금의위들이 즉시 말을 박차고 신형을 날려 흑의사내를 덮쳐 갔다.

장무위의 움직임은 흡사 번개 같았다. 뒤로 물러나는 백선창을 따라잡으며 다시 일도를 휘두르고는 바로 오른쪽으로 신형을 날렸다. 그리곤 빠른 신법으로 금의위를 가운데 두고 빙 돌아가며 공격했다. 신묘한 조화구법은 금의위들이 따라잡을 수 있는 것이 아니었다. 흡사 한 명이 100명을 포위하는 모양이었다.

물러나는 자신을 따라오며 휘두른 장무위의 일도를 전력을 다해 간신히 방비한 백선창은 다리가 후들거렸다. 하마터면 적의 칼질 두 번에 황천으로 갈 뻔했던 것이다. 백선창이 세상에 태어난 이후에 본 가장 무서운 고수가 지금 자신의 앞에 적으로 다가와 있었다.

백선창이 간신히 신형을 가다듬었을 때 적은 이미 다른 금의위들 쪽으로 신형을 날리며 공격해 가고 있었다. 일 대 일의 격전이었다면 백선창은 이미 죽은 목숨이나 마찬가지였다.

백선창은 소름이 끼쳐 상대에게 검을 들 용기가 나지 않았다. 그러나 이대로 있을 수는 없었다. 지축을 울리는 본진의 말발굽 소리가 점점 가까이 들려오고 있었고 벌써 본진의 선두에 선 깃발들이 시야에 들어오기 시작했다. 백선창은 간신히 용기를 내어 소리쳤다.

"산개해서 활로 공격해!"

적의 신법이 워낙 뛰어나 100명이 오히려 포위당한 꼴이라 수를 내지 않으면 안 되었다. 그러나 적은 아예 활로 공격할 틈을 주지 않고 따라붙었다. 장내에는 이미 20여 명의 금의위가 다리가 잘리거나 아랫배가 베어진 채 피를 뿜으며 쓰러져 있었다.

‘정말 무서운 고수로구나. 도제라는 창천신룡이라도 저보다는 못하리…….’

"헉! 도제 창천신룡이구나!"

백선창은 그제야 상대방이 누군지 알았다. 자신을 단 이 합에 이 꼴로 만들고 바람같이 움직이며 일기당천의 금의위 100명을 오히려 포위하듯 공격하는 고수. 소문으로 들었던 도제의 신위(神威)! 바로 그것이었다. 세상에 도제가 아니고서야 어떤 고수가 이런 위력을 보이겠는가! 당금의 신주이십사인 중 천검과 같이 천하제일을 논하는 도제였다.

"아무리 도제라 하지만 우리는 100명이 넘는다."

백선창은 움츠러드는 가슴을 억지로 펴고 장내를 바람처럼 휩쓸고 있는 장무위에게로 신형을 날렸다. 금의위들도 허명을 얻은 것은 아니었다. 비록 포위 공격도 못하고 있고 실력의 차이가 커서 장무위에게 큰 위협이 되진 않았으나 쉽게 당하지는 않았다. 더군다나 기습적인 공격을 허락했지만 백선창도 장무위와 큰 실력 차이가 나는 것은 아니었다. 50여 명의 금의위가 쓰러질 즈음에 장무위도 결국은 포위를 당하고 말았다.

쉬익! 쉭!

포위망이 갖추어지자 사정이 달라졌다. 원형의 진세를 갖추고 연신 속사로 화살을 날리는 금의위의 공격은 장무위도 쉽게 피하지 못하고 일일이 현천도를 들어 화살을 쳐내야 했다. 장무위가 북쪽으로 치고 들어가면 북쪽의 금의위들이 뒤로 물러나고 남쪽의 금의위가 다가섰다. 또 장무위가 남쪽으로 치고 들어가면 남쪽의 금의위들이 뒤로 물러나고 북쪽의 금의위가 다가서며 포위망을 군건히 했다. 그리고 물러나는 금의위나 밀고 들어오는 금의위들 모두 연신 화살 날리길 멈추지 않았다.

쉭! 푹!

결국 한 대의 화살이 장무위의 왼쪽 장딴지를 꿰뚫었다.

"큭!"

불에 덴 듯 화끈한 통증이 머리끝을 쭈뼛하게 만들고 입에선 신음소리가 터져 나왔다. 장무위도 부상을 입자 더 이상 상대를 봐줄 형편이 아니었다. 아무리 원한에 사무쳤다 해도 살수만은 자제하고 있었는데 이제는 자신의 목숨마저 왔다 갔다 할 지경인 것이다.

"이얍!"

한소리 대갈과 함께 장무위는 뇌전종횡을 연속적으로 펼쳐 포위망을 뚫으려 하였다. 그러나 백선창이 나서며 장무위의 현천도를 받았다. 광야를 포효하며 달리는 사자의 위세가 깃들어 있는 사자검법의 위력은 무상구도에 비해 뒤지지 않았다.

콰르릉!

두 사람이 맞붙어 싸우는 틈을 이용해 금의위들이 포위망을 좁혔다. 이내 활을 거두고 칼을 빼어 든 금의위들이 장무위의 측면과 배후를 협공해 들어갔다. 앞에는 백선창이, 좌우와 뒤에는 금의위들이 장무위를 위협했다.

두—두—두—두—두!

명의 대군이 다가오는 소리가 들렸다.

장무위는 절로 등골이 서늘해졌다. 시선을 돌릴 틈이 없어서 볼 수는 없지만 거리가 얼마 떨어지지 않은 것이 분명했다. 완벽한 포위에 갇혀 벗어나지 못하고 있는데 이 상태로 있다가 대군을 만나면 꼼짝없이 죽는 것이다. 장무위가 아니라 고금제일인 무성이라 해도 군대의 포위망에 갇히면 죽을 수밖에 없다.

'이대로 죽는다면 개죽음이다!'

장무위는 어금니를 질끈 깨물고는 젖 먹던 힘까지 짜내어 무상구도의 전 6초식을 한번에 펼쳤다.

"하압!"

콰르릉! 쾅! 쾅! 쾅!

폭음이 끊이지 않고 들리며 백선창을 비롯한 금의위들이 튕겨 나가며 포위망의 일각이 허물어졌다. 포위망이 잠시 느슨해진다 싶은 순간, 장무위는 현천도를 집어 던지듯이 앞으로 쭉 뻗으며 도에 몸을 실었다.

쒜─엑!

마치 쏘아진 살처럼 날아가는 현천도와 장무위. 이내 장무위의 신형이 포위망을 벗어나 버렸다.

"헛! 어검비행(御劍飛行)?!"

백선창의 입에서 경악성이 터져 나왔다. 옛이야기 속에나 나오는 상상의 무공 어검비행이 현세에 재현된 것이다.

어검비행이란 어검술(御劍術)을 펼치며 검에 몸을 실어 허공을 자유자재로 날아다닌다는 가상의 무공이다. 이 무공이 가상의 무공이 될 수밖에 없는 이유는 어검술을 펼침과 동시에 극상의 신법을 펼쳐 몸을 깃털처럼 가볍게 해야 하기 때문이다. 세상에 어떤 고수가 있어 심검의 경지에 있는 어검술을 펼치며 다른 한편으로 극상의 신법을 펼칠 수 있겠는가? 심검이란 글자 그대로 마음으로 검을 움직이는 것이라 신경을 분산시킨 상태로 펼칠 수 있는 것이 아니었다.

그러나 장무위가 지금 펼친 것은 어검비행이 아니었다. 어검비행이라면 허공을 자유자재로 비행할 수 있으나 장무위는 단지 현천도를 던진 힘에 몸을 실은 것뿐이었다. 따라서 현천도를 던진 방향으로만 날아갈 수 있었다. 기련산에서 혈랑단이 숨어 있던 분지의 절벽을 내려갈 때 썼던 그 방법이었다.

그때는 아래로 떨어지는 힘을 상쇄시키기 위해서 허공으로 현천도를 뻗었지만 지금은 수평으로 현천도를 뻗어 날아가는 것이 다를 뿐이었다. 조화구법을 극도로 익혀서 얻은 능력이었다. 칼을 던지고 난 후 짧은 시간 내에 몸을 깃털처럼 가볍게 하는 것이 가능했던 것이다.

"쫓아라!"

백선창도 곧 장무위가 펼친 것이 어검비행이 아니란 것을 알고는 금세 정신을 차려 추격을 명했다. 남은 금의위는 40명도 채 되지 않았다. 이런 피해를 입고 장무위를 살려 보내면 백선창의 목숨이 열 개라고 해도 살아남질 못할 것이다.

장무위를 싣고 현천도는 무려 100장을 날아갔다. 금의위들이 금세 따라서 신형을 날렸지만 거리가 순식간에 30장 정도가 벌어졌다. 장무위는 진기가 다하여 바닥에 내려서자마자 다시 기를 돋워 신형을 날리려 하다가 몸을 부르르 떨었다.

"윽."

왼쪽 장딴지를 꿰뚫은 화살 때문에 다리에 힘이 들어가지 않았다. 바닥에 내려서는 충격으로 절로 어금니가 꽉 깨물어졌다. 뒤를 돌아보자 금의위들이 마치 사냥감을 쫓듯 자신을 쫓아오고 있었다. 장무위의 두 눈에 시퍼런 분노의 불꽃이 타올랐다.

"좋다! 내 도망가지 않겠다."

자신이 강해지고자 한 이유가 무엇인가? 그 누구도 자신을 해치지 못하게 하고자 함이었다. 그런데 지금 자신을 죽이고자 하는 무리가

쫓아온다, 그것도 왕혜정을 해친 원수들이. 현천도를 잡은 손등에 불
끈 힘줄이 돋았다.

"천지획분(天地劃分)!"

스윽!

장무위를 죽이기 위해 몸을 날리던 40명 남은 금의위와 백선창의 앞
에 널따란 검은 천이 하늘과 땅을 아래위로 나누며 펼쳐져 왔다. 금의
위들은 전력을 다해 신형을 날리던 터라 갑자기 나타난 검은 천에 대
경실색했다. 한눈에 보기에도 막을 수 있는 것이 아니었다. 입에서 헛
바람 소리가 절로 터졌다.

"허억!"

"크아아악!"

사력을 다해 검은 천을 막던 금의위 열 명이 장무위의 천지획분에
상하(上下)로 두 조각이 나버렸다. 찢어지는 비명 소리와 분수처럼 솟
구치는 피. 검은 천은 열 명을 베어내고도 힘이 다하지 않았는지 계속
해서 펼쳐져 나왔다. 처음보단 기세가 약해졌지만 심도의 경지에서 펼
쳐지는 절대무공이다.

절체절명의 위기에 처한 백선창은 자신의 구명절초인 철비파수(鐵琵
琶手)를 펼쳐 검은 천을 때리며 사력을 다해 신형을 뒤로 날렸다.

쩌트릉!

소리와 함께 철비파수가 검은 천을 때리자 주변으로 파도 같은 경기
가 퍼져 나갔다.

츠츠츳!

경기를 미처 피하지 못한 금의위 몇이 전신으로 피를 뿜으며 쓰러졌
다.

두두두두두!

장무위는 분수같이 뿜어지는 핏속에서 평원을 가득 메우고 밀려드는 명의 20만 대군을 보았다. 중앙에는 호화로운 연(輦:수레)이 하나 있었고 거기에 노인이 앉아 있었다.

“영락제…….”

이 처참한 전쟁을 일으킨 원흉을 보자 장무위의 마음속에서 살심이 솟구쳤다. 그러나 장무위가 어떤 행동을 하기도 전에 백선창과 살아남은 금의위들이 다시 장무위를 덮쳐들었다.

한편, 20만 대군을 이끌고 다가오던 영락제는 서역에서 들여온 천리경(千里鏡)으로 장무위와 금의위의 혈전을 보고 머리꼭지까지 분노가 치솟았다. 20만 대군은 이제 혈전이 벌어지고 있는 장소에 거의 다다라 있었다. 영락제는 거대한 연(輦)에 놓인 태사의에 가만히 앉아 있지 못하고 연신 들썩거리고 있었다.

황제와 황성을 호위하는 금의위들은 하나같이 비범한 무예를 익혀 용맹스럽기 그지없었다. 저렇게 일방적으로 죽어 나갈 자들이 아닌 것이다. 아니, 그렇게 믿고 있었다. 그러나 현실은 기가 막혔다. 단 한 명의 적이 날뛰고 있는 주변에는 금의위를 포함해서 벌써 200여 명의 명나라 병사들이 쓰러져 있었다.

“저, 저런 밥버러지들을 보았나!”

장무위의 가공할 무공은 눈에 들어오지도 않고 허무하게 쓰러지는 금의위들에게 분노가 돌아갔다.

“궁수들은 저것들을 향해 활을 쏴라!”

황제의 연 아래에 있던 대장군(大將軍) 위탕(魏蕩)이 급히 나서며 말렸다.

"폐하, 지금 활을 쏘면 지휘사와 금의위들도 함께 죽습니다."

영락제가 얼굴이 벌게져서 소리쳤다.

"가만히 둬도 다 죽을 것이오! 차라리 적이 저렇게 묶여 있을 때 죽여 버리는 것이 피해를 줄이는 길이오. 20만 대군이 한 사람을 피해서 돌아가는 것은 있을 수 없소!"

영락제의 분노가 위험 수위를 넘나들고 있었다. 아군을 죽이게 되면 전군(全軍)의 사기가 떨어질 것이 분명했다. 평상시의 영락제라면 절대로 이런 명령은 내리지 않았을 것이다.

위탕은 영락제를 설득하려 했으나 뭐라 할 말이 없었다. 자신의 눈에도 금의위들이 일방적으로 밀리고 있는 것이 보였다. 잠시 말을 하는 사이에도 금의위들의 수가 줄어 이제 백선창과 10여 명의 금의위만이 서 있을 뿐이고 나머지는 다 바닥에 쓰러져 있었다. 그리고 영락제의 말대로 단 한 명을 꺼려해서 혈전이 벌어지고 있는 곳을 빙 돌아갈 수도 없는 노릇이었다.

"……."

대장군 위탕이 입을 닫고 말을 못하자 영락제가 다시 노기를 가득 담은 목소리로 명을 내렸다.

"저놈을 당장 벌집으로 만들어 버려라!"

척척척척!

20만의 대군들 사이에서 1만의 궁병(弓兵)들이 나서며 대오를 갖춰 도열했다.

"쏴라!"

명령이 떨어지자마자 1만 개의 화살이 날아올랐다.

쏴—아—아—아!

이내 허공이 까마득하게 변해 버렸다. 1만 발의 화살로 이루어진 구름이 눈 깜짝할 새에 만들어져 혈전이 벌어지고 있는 상공을 시커멓게 뒤덮은 것이다. 장무위와 사투를 벌이고 있던 백선창을 비롯한 10여 명의 금의위들은 얼굴이 백지장처럼 변하며 몸이 굳어버렸다. 이제는 죽은 목숨인 것이다. 1만 발의 화살비를 인력으로 어찌 막을 수 있겠는가? 황제가 자신들을 버린 것이다. 목숨을 걸고 도제를 상대하고 있는데 도와주지는 못할망정 같이 죽이려 하다니!

백선창의 입에서 울부짖음이 터져 나왔다.

"내 그토록 충성을 다했건만! 악독하구나, 영락제!"


장무위도 금의위들의 뒤로 평원을 가득 메우며 늘어선 20만 대군과 허공을 까마득하게 덮으며 쏟아지는 화살비를 보자 눈앞이 깜깜해졌다. 그러나 이대로 죽을 수는 없었다. 두려움에 몸이 움츠러들었지만 어금니를 꽉 깨물었다.

'죽더라도 수백만의 죄없는 사람을 죽인 영락제만은 꼭 저승길에 동행시켜야 해!'

장무위는 판단을 내리자마자 즉시 전력으로 현천도를 명의 본진 쪽으로 던지며 조화구법을 운용해 깃털처럼 가볍게 몸을 실었다. 어검비행을 흉내 낸 이 신법은 속도 면에서는 그 어떤 신법보다 빨랐다. 장딴지를 꿰뚫고 덜렁거리는 화살도 죽음을 각오한 장무위의 움직임을 방해하진 못했다.

구름이 되어 하늘을 덮고 있던 화살들이 이내 비가 되어 쏟아졌다.

쏴—아—아—! 쒸—익! 쉭! 쉭! 쉭!

백선창과 금의위들은 비명도 못 지르고 시체가 되어버렸고, 전력을 다해 몸을 날리는 장무위도 아직 화살비의 범위를 벗어나지 못했다. 몇 장은 더 가야 벗어날 수 있을 것이다. 장무위는 전신에 혼원기를 가득 끌어올려 몸을 보호하고 날아가던 현천도를 잡아끌며 선풍소무를 펼쳐 화살비를 막았다.

타타타탁!

현천도와 화살촉이 부딪치며 콩 볶는 듯한 소리가 이어졌다. 장무위는 계속해서 영락제가 있는 곳으로 신형을 움직였다.

티티티팅!

장무위가 지나는 길 뒤로 부러진 화살들이 쌓여 길을 만들었다. 그러나 그 많은 화살들을 모조리 다 막을 수는 없었다.

퍼퍽! 퍽! 퍽! 퍽!

"끄윽!"

선풍소무를 뚫고 몇 발의 화살이 장무위의 몸에 꽂혔다. 혼원기를 극도로 돋운 상태라 화살이 몸에 깊이 박히지는 않았지만 고통만은 극심했다. 장무위는 즉시 현천도를 휘둘러 화살대를 잘라 버린 후, 혼절할 것 같은 고통을 참으며 몸을 날렸다.

'거리를 좁혀야 한다.'

다시 한 번 화살비가 쏟아지면 피하고 말고 할 것도 없었다.

"이―야―아―아―"

고통으로 일그러진 얼굴. 충천하는 살기에 안구가 붉게 충혈된 장무위는 울분이 가득한 소리를 지르며 신형을 날렸다. 여기서 멈칫거리기라도 하면 수없이 많은 화살에 시체조차 못 남기고 죽는 것이다.

영락제는 눈에 핏발이 곤두섰다. 궁병(弓兵)들이 날린 화살에 꼬치가 되어 죽은 것은 백선창과 금의위들뿐이고 적은 화살비를 뚫고 여전히 칼을 자신에게 겨눈 채 다가오고 있었다.

"저, 저런 죽일 놈을 보았나! 뭣들 하느냐! 당장 저놈의 목을 가져……."

영락제가 다시 명을 내리려는데 정예 기병 1만을 데리고 후위를 맡고 있던 거기장군(車騎將軍)이 피투성이가 되어 나타났다.

"폐하! 동몽골의 습격입니다! 후위를 맡고 있던 군사 1만이 적의 공격에 무너졌습니다!"

"뭣이라?! 이놈들이 끝까지 한번 해보자는 것인가?! 나한테 무슨 억하심정이 있다고!"

영락제는 대노해서 소리를 지르다가 동몽골인이라면 자신에게 억하심정 정도가 아니라 뼈에 사무치는 원한을 가질 수 있음을 생각하고는 말을 멈추었다. 지금은 자신이 피하는 상황이지만 얼마 전까지 멸족(滅族)을 시키려고 몰아붙였던 동몽골이었다. 영락제는 온몸에 화살을 꽂은 채 자신 쪽으로 신형을 날리는 장무위를 힐끔 한 번 보고는 소리쳤다.

"즉각 동몽골의 습격에 대비한 진형을 짜라!"

빈대 잡자고 초가삼간을 다 태울 수는 없는 것이다.


두두두두!

또다시 천지를 뒤흔드는 말발굽 소리가 들리더니 곧 북쪽으로부터 엄청난 수의 동몽골 기병들이 몰려왔다.

"와—아—아!"

물러나고 있는 중이지만 명나라의 군대도 정예병들이다. 명령이 떨어지자마자 서둘러 다시 진형을 짜고 동몽골의 습격을 대비하려 했다. 그러나 장무위와 금의위의 혈전을 구경하면서 진형이 흐트러져 있던 터라 금세 수습하기는 힘이 들었다. 더욱이 1만의 궁병이 선두로 나서 있던 터라 후위로 공격해 오는 동몽골의 기병들을 적절히 견제할 수가 없었다.

두두두두!

곧 이어 지축을 울리는 말발굽 소리가 들리고 까마득한 화살비가 이번에는 명의 진영을 덮쳤다.

장무위는 궁병들이 화살을 날리려다 말고 급히 뒤로 물러나자 지금이 아니면 영락제를 죽일 기회가 없음을 깨닫고 전력을 다해 쇄도해 들어갔다. 몸에 꽂힌 화살의 통증도 지금은 잊어버렸다. 곧 보병들이 빽빽하게 밀집된 곳으로 장무위가 덮쳐들었다.

"이야압!"

대낮에 번개가 치솟아오르며 장무위의 앞을 가로막은 보병들을 두 쪽으로 만들어 버렸다.

"으아아악! 크악!"

장무위는 인의 장벽을 헤치며 앞으로 나아갔다. 전력으로 일으킨 도강은 현천도를 일 장이나 더 길어 보이게 했다. 일 장 하고도 삼 척의 긴 날이 닿는 것은 모조리 부서지고 잘려졌다. 창으로 막으면 창이, 방패로 막으면 방패가 주인과 함께 두 쪽이 나버렸다. 가히 만부막적(萬夫莫敵)의 신위였다.

장무위는 피에 굶주린 아수라처럼 움직였다. 입고 있는 흑의는 이미 피를 잔뜩 머금어 몸을 움직일 때마다 핏방울이 사방으로 튀었고 살기가 치솟은 눈에서는 푸른 불이 뚝뚝 떨어졌다. 마침내 장무위의 앞을 막아섰던 인의 장벽이 뚫리며 길이 생겼다. 일반 병사들의 창검으로 막을 수 있는 장무위가 아니었다. 그러나 장무위의 몸에도 계속해서 상처들이 생겨나고 있었다.

진형을 정비하는 와중에 몽골의 기습을 받은 명의 진영은 순식간에 혼란에 빠졌다. 앞에서는 장무위가, 뒤에서는 몽골의 4만 기병들이 명의 20만 대군을 공격해 들어왔다. 순식간에 카라코롬은 다시 피로 뒤덮였다.

동몽골의 기병들은 활을 쏘며 빠르게 치고 빠져나가고 다시 빠르게 치고 빠져나가는 전법으로 명의 진형을 뒤흔들었다.


한편 장무위의 가공할 신위를 보고 있던 영락제는 가슴이 덜컥 내려앉을 지경이었다.

"도대체 저놈의 정체가 무엇이기에 나를 이토록 적대시하는 것인가? 궁성에 있을 때 저런 놈이 은밀히 암습해 온다면 막을 방법이 없겠구나."

그러나 아무리 뛰어난 무공을 익혔다 해도 혼자서 수십만의 군대를 막을 수는 없었다. 아니나 다를까, 파죽지세로 짓쳐들던 흑의사내의 신형이 점차 주춤거리기 시작했다. 그러다가 영락제를 호위하던 금의위들이 흑의사내를 공격하면서부터 흑의사내는 점점 뒤로 밀리기 시작했다.

그때였다. 피칠갑을 한 채 다시 밀려 나가던 흑의사내가 창을 하나 주워 들어 자신을 향해 겨누는 것이 보였다. 흑의사내의 푸른 불이 뚝뚝 떨어지는 눈빛은 영락제에게 공포라는 감정을 심어주기에 족했다.

영락저는 공포를 떨쳐 버리듯 크게 소리쳤다.

"저런 발칙한 놈이 있나?! 감히 누구에게 창을 겨누어?!"

그러나 노성이 채 울려 퍼지기도 전에 무서운 기세로 흑의사내의 손을 떠난 장창(長槍)이 영락제에게로 쏘아졌다.

쑤아앙!

영락제는 섬뜩한 느낌에 화들짝 놀라 외쳤다.

"막아랏!"

영락제의 앞에 인의 장벽을 쌓고 있던 금의위들이 벌 떼처럼 날아올라서 창을 막아갔다.

팅팅팅!

금의위들이 사력을 다해 휘두른 칼은 창의 힘과 속도만 떨어뜨리고 임무를 다했다. 창에 닿기가 무섭게 칼이 팅겨 나왔던 것이다. 장창에는 무려 160여 년의 공력이 담겨 있었다. 금의위들의 무공이 뛰어나다고는 하지만 그것은 군문에서 뛰어나다는 말이지 강호인에 비할 바는 아니었다. 절대고수 장무위가 던진 창을 금의위들이 막아내는 것은 지난한 일이었다.

영락제도 젊은 시절에는 전장을 누비던 용장(勇將)이었으나 세월의 흐름을 막을 수는 없었다. 세월의 흐름은 불굴의 의지를 지닌 용장을 고집만 센 잔인한 늙은이로 바꾸어놓았다. 창이 너무 빨라 늙은 몸으로는 피하고 싶어도 피할 수가 없었다. 조카를 죽이고 만승천자의 지위에까지 올랐으나 자신을 노리고 던져진 하나의 창에 대해선 무력하기 짝이 없었다. 결국 충성심에 불타는 금의위들과 영락제의 앞에 있던 환관들이 몸을 던져 창을 막았다. 창은 세 명의 사람을 꼬치처럼 꿴 상태로 영락제의 목 바로 앞에서 힘을 잃고 떨어졌다.

“헉!”

영락제는 얼마나 놀랐는지 절로 소변을 지렸다. 평생을 도산검림에서 살아온 그였지만 이런 경험은 처음이었다. 전신이 덜덜 떨렸다.

장무위는 동귀어진의 식으로 날린 창이 영락제를 죽였는지 확인도 못하고 연신 뒤로 물러나기에 바빴다. 무리하게 창을 날리다 다시 공격을 몇 차례 허용했다. 심각한 중상을 입지는 않았지만 가랑비에도 옷이 젖듯이 작은 부상들이 누적되자 곤란한 상황에 빠져버렸다. 출혈이 너무 심해 의식이 몽롱해지고 있었던 것이다.

‘영락제를 못 죽이고 나만 죽을 수는 없다!’

입술을 깨물어 몽롱해지는 정신을 일깨운 장무위는 무상구도의 전 6초를 한 번에 펼쳐 냈다. 현천도에서 도강이 줄기줄기 뿜어져 나오며 포위하고 있던 병사들을 쓸어버렸다.

“크아아악!”

포위망의 맨 앞에 서 있던 병사들이 우수수 쓰러지자 포위망이 일순 흐트러졌다. 장무위는 전력으로 조화구법을 시전해 날아올랐다.

휘익!

까맣게 늘어선 병사들의 머리와 창끝을 밟고 날아가는 장무위의 신위는 명나라 병사들의 오금을 저리게 하기에 충분했다. 장무위가 머리 높이만큼 솟아올라 미친 듯이 질주하자 병사들은 앞에 늘어선 아군의 시야에 가려 장무위가 어디로 가는지도 몰랐다. 만약 장무위의 발판이 되어주고 있는 병사 중에 무림의 고수급 인물이 단 한 사람이라도 있었다면 장무위는 꼬치에 꿰인 물고기 신세가 되었을 것이다. 이미 시야가 흐려지기 시작해 이 장 이내는 제대로 살펴보지도 못하고 무작정

신형을 날리는 장무위였다.

다행히 병사들 중에 무림고수의 순발력으로 장무위를 해칠 수 있는 사람은 없었다. 그렇지만 장무위도 인의 장벽에 둘러싸인 채 날아올랐던 탓에 방향을 잘못 잡아 영락제가 있는 곳이 아닌 다른 쪽으로 신형을 날리고 있었다. 멈출 수도 없었다. 멈추는 즉시 창에 꼬치처럼 꿰이는 신세를 면하지 못할 것이다. 정신이 몽롱해져서 어디로 가고 있는지도 몰랐다. 출혈도 심했고 고통도 심했다.

그런 장무위를 100여 기의 기병들이 쫓아갔다. 더 이상 쫓아가려고 해도 쫓아갈 병력이 없었다. 전체적인 전황은 명의 군사들이 거의 일방적으로 도륙을 당하고 있는 상황이었다. 명의 궁병들이 적시에 동몽골의 기병들을 견제하지 못한 까닭에 거의 무방비 상태로 공격을 받고 있는 것이나 마찬가지였던 것이다.

그리고 20만 대 4만의 전쟁이었다. 아무리 무방비 상태로 공격을 받고 있다고 해도 머릿수가 이렇게 차이가 난다면 최소한 대등한 전투는 되어야 하는데 이상하리만치 명의 대군은 힘을 못 쓰고 당하고 있었다.

석양이 비추는 저녁에 시작된 혈전은 창백한 달빛마저 피로 벌겋게 물들이고 다음날 태양이 중천에 떠오를 때까지 계속되었다. 이 카라코롬의 혈전에서 명나라는 결국 대패하고 도망쳤다.

이날 동몽골의 4만 기병들은 지장(智將) 아룩타이와 용장(勇壯) 준가르의 지휘 아래 커다란 전과를 올렸다. 명은 무려 10만의 병력을 카라코롬에 잠든 가엾은 영혼들을 위한 제물로 바치고 도주했다.

폐허가 된 카라코롬을 본 동몽골의 기병들은 피눈물을 흘렸다. 분노로 이글거리는 눈은 끝까지 쫓아가 한 놈이라도 더 죽이고자 하는 결의에 차 있었다. 그렇지만 동몽골도 이번의 혈전에 1만의 기병들이 전사해서 더 이상 전쟁을 수행할 여력은 없었다.

명은 30만의 대군으로 동몽골을 침략했으나, 갈 때는 달랑 10만의 병사들만 살아서 돌아갔다.

돌아가는 와중에 64세의 노구를 이끌고 왔던 영락제는 울화가 치밀어 올라 쓰러져 버렸다. 평생 전장을 누비며 용맹을 자랑하던 자신이 장무위의 창 아래 소변을 지린 것이 너무 부끄러웠고, 또 보무도 당당히 동몽골로 쳐들어왔으나 돌아갈 때는 상갓집 개꼴이 되어 도망쳐야 하는 상황을 스스로 용납하지 못한 것이다.

결국 영락제는 유목천에서 명(命)이 다하였다. 후세의 사가(史家)들이 철혈황제(鐵血皇帝)라 부르는 영락제였다. 철혈이란 두 글자를 위해서 명나라와 동몽골의 수백만 죄없는 백성들이 희생되었다. 이름없는 사람들의 죽음은 역사의 흐름에 묻혀 버렸지만 살아 있는 사람들의 가슴에는 지울 수 없는 상처를 남겼다.

이렇게 해서 처참했던 전쟁이 끝났다.


여담이지만, 영락제의 몽골 침략은 결국 오이랏트의 힘만 키워주는 결과를 낳게 되었다. 동몽골은 거의 쑥대밭이 되었고 피해를 복구하지 못한 채 4년 후에 오이랏트에 흡수되고 만다. 동몽골을 완전히 복속한 오이랏트는 다시 한 번 천하통일을 노려볼 만큼 강력한 제국으로 성장했다. 명은 영락제 자신부터 목숨을 잃었으며 대규모 원정으로 인해 국가 재정이 바닥나고 백성들의 삶은 피폐해졌다. 그리고 명은 이때부터 몽골에 대한 두려움을 느끼기 시작해서 이후에 몽골과의 접전은 가급적 피하는 태도를 취했다.

그러나 이 전쟁이 있은 후 30년도 안 되어 명은 황제가 오이랏트에

포로로 잡히는 치욕을 겪는다. 토곤 테무르의 아들인 에센은 이미 오이
랏트를 옛 몽골의 영화를 거의 회복할 만큼 거대한 영토를 가진 대제국
으로 만든 뒤였다. 왕진의 꼬임에 빠진 스물세 살의 정통제가 50만 대
군을 이끌고 오이랏트를 공격하려다가 오히려 수십만의 사상자만 내고
포로로 붙잡혔던 것이다.

# 제16장

# 방황(彷徨)

방황(彷徨)

장무위는 전신에 화살촉을 꽂은 채로 계속해서 달렸다. 화살촉이 전신에 가득 꽂혀 있는 장무위의 모습은 고슴도치를 연상케 하는 처참한 몰골이었다. 극심한 고통에 의식은 이미 흐려져서 자신이 어디로 향하고 있는지도 몰랐고, 무엇 때문에 달리고 있는지도 몰랐다. 뒤에서 쫓아오던 명의 기병들이 이미 사라졌지만 장무위는 그것도 모르고 있었다. 그저 계속해서 달리고 있을 뿐이었다.

그러나 그러한 질주가 언제까지 계속될 수는 없는 일. 달리는 와중에 의식을 완전히 잃어버린 장무위는 그 상태로 몇 걸음을 더 달리다 쓰러져 버렸다.

털썩!

장무위가 의식을 찾은 것은 그로부터 3일 뒤였다. 무상대능력의 혼원기가 자상들은 모두 치료해 놓았지만 화살촉이 꽂혀 있는 부위는 어쩔 수가 없었다. 다행히 전신 가득 혼원기를 돌워 화살촉이 깊이 꽂히지는 않았지만 적지 않은 화살촉들이 꽂혀 있었으니 죽지 않은 것만 해도 다행이다. 죽지 않고 살아 있는 것은 오로지 무상대능력의 공능 덕분이었다.

'또 도망을 치고 말았구나. 다시는 누구에게서도 도망치지 않으려 했건만……'

장무위 자신도 군대를 상대로 싸운다는 것은 만용일 뿐임을 잘 알고 있었다. 무성이라 하더라도 군대를 상대로 하여 싸울 수는 없다. 그러나 왕씨 조손과 400여 아이들의 처참한 죽음을 보고 난 이후에 명의 기병들이 오자 피하고 싶은 마음이 들지 않았을 뿐이었다.

장무위는 고통을 참으며 화살촉을 하나씩 제거했다. 몸에 꽂힌 화살을 혼자서 제거하는 일은 쉬운 일이 아니다. 장무위는 벽곡단으로 배를 채우며 그 자리에서 며칠 동안 꼼짝도 하지 않고 화살촉을 제거하기 시작했다. 이렇게 심한 상처를 입고도 살아났다는 것이 장무위 스스로도 신기할 지경이었다. 화살촉이 박혀 있는 주변의 살을 절개해 촉을 빼내고 혼원기를 집중해 치료하는 것은 진정 고통스러운 일이었다.

5일이 지나자 입고 있는 흑의는 여전히 너덜너덜했지만 처참하던 상처들은 다 치료가 되었다. 그러나 몸의 상처는 치료를 했어도 마음의 상처는 아물지 않아 너덜너덜해진 흑의와 다르지 않았다.

"영락제 그놈만큼은 꼭 죽여 버리겠다!"

장무위는 영락제에 대한 들끓는 증오심을 감추지 못하고 다시 명의 군대를 찾아 신형을 날렸다. 그러나 도망칠 때 반쯤 혼미한 정신으로 움직였기 때문에 어디가 어딘지 분간을 못해서 평원을 떠돌 수밖에 없었다. 천지사방 인적 하나 없는 광활한 대초원에서 장무위는 명나라 군대가 아니라 길을 알려줄 사람을 먼저 찾아야 했다. 그렇게 보름을 헤매다 마침내 몽골 사람을 만날 수 있었다.

'명은 패전하여 도망가고 영락제는 죽었다.'

그들로부터 전해 들은 이야기는 장무위를 허탈하게 했다. 그러나 전황을 유리하게 만들기 위해서 지어낸 거짓 소문인지도 모른다고 생각한 장무위는 계속해서 명의 군대를 추적하여 갔다. 그러나 소문은 사실이었다. 죽은 자를 향해 칼을 빼 들면 무엇 하겠는가? 들끓던 복수심, 온몸을 불사를 것 같던 분노가 가라앉자 허탈감이 몰려들었다.

"이곳에서 헤맨들 무슨 소용 있으랴. 백두산으로 돌아가자."


남궁세가의 근청전에서 은밀한 대화가 오가고 있었다.

남궁산의 얼굴이 잔뜩 상기되어 있었다.

"드디어 찾았단 말이지?"

"예, 아버님. 이번에 몽골에서 일어난 전쟁 때문에 은신하고 있던 놈이 움직인 것 같습니다."

"가주, 확실히 해야 하네. 절대로 놓쳐서는 안 되네, 절대로!"

"비첩단의 역량을 아버님께서 가장 잘 아시잖습니까? 놈은 무공도 거의 다 잃은 몸으로 숨어 살았다고 합니다. 반드시 물건을 본 가로 가져올 수 있을 겁니다."

"그 물건만 있으면 천하를 움켜쥘 수 있어."

남궁산은 혹시 누가 들을까 하여 목소리를 더욱 낮추어 속삭이듯이 말했다. 남궁산은 1368년 원의 순제가 새로이 일어나는 명에 밀려 북방으로 물러가는 혼란의 와중에 유출된 원 황실의 비서(秘書) '세조밀기(世祖密記)'를 가지고 있었다. 돈 버는 법을 확실히 알고 있던 남궁산이었다. 이제는 몰락했지만 원 황실에 비밀리에 전승되어 오던 책이라면 나중에 만금의 가치가 있을 것이라 생각하곤 구입해 두었던 것이다.

책의 내용은 사실 별것이 없었다. 역대 칸들의 일대기가 간략하게 서술되어 있었고, 천하경영(天下經營)에 있어 주의해야 할 점들이 적혀 있는 정도였다. 한 가지 특별한 것이 있다면 칭기즈칸과 그의 후예들이 천하를 얻을 수 있었던 힘에 대한 이야기가 무슨 신화처럼 몇 줄 적혀 있다는 것이었다. 나중에는 만금의 가치가 있을지 몰라도 남궁산이 세조밀기를 구입했을 당시에는 정말로 별 볼일 없는 책이었다. 그래서 남궁산도 세조밀기를 고이 모셔놓기만 하고 별 신경을 안 쓰고 있었다.

그러다가 수년 전 남궁산은 '칭기즈칸에게 천하를 얻을 수 있게 해주었던 힘'이 실존하는 것임을 알게 되었다. 칸의 위엄을 높이기 위해 지어낸 이야기라고 생각했던 신기의 이름이 현세에 등장한 것이다. 요동벌에 혈풍을 일으켰던 '풍백(風伯)'이 바로 그것이었다.

그날 이후로 남궁산은 풍백에 대한 추적을 한시도 멈추지 않았다. 다른 모든 사람들이 추적을 포기하고 돌아갈 때에도 남궁세가의 비첩단은 해동검객을 계속해서 추적하고 있었다.

그런데 해동검객은 이미 조선으로 갔으리란 모든 사람들의 예상을 깨고 오히려 몽골에 숨어 있었다. 허를 찌른 것이다. 그러다가 이번 영락제의 몽골 침략으로 일어난 전쟁을 피해 움직인 것이 비첩단의 정보망에 걸려든 것이다.

남궁세가가 키워온 100명의 비첩단 중 50명이 몽골의 북부로 도망간 해동검객을 쫓아갔다. 이제 풍백이 남궁산의 손에 언제 들어오는가 하는 것만 남아 있었다. 남궁산의 가슴은 뜨거운 야망으로 부풀어 올랐다.

"절대 비밀을 지켜야 하네. 이 사실이 알려지면 천하가 우리의 적이 될지도 몰라. 물건을 찾아오는 것보다 비밀 유지가 더 중요하네. 서두르다 비밀이 유출되지 않도록 조심하고."

"명심하고 있습니다. 걱정하지 마십시오, 아버님."

밖에서 비첩단을 맡고 있는 남궁태의 목소리가 들렸다.

"아버님, 소자이옵니다."

"어서 드시게."

남궁태가 들어와 예를 갖추고 바로 기쁜 표정으로 말을 시작했다.

"아버님, 영락제가 죽었다 합니다."

일순 방 안이 조용해졌다. 그러나 곧 남궁산과 남궁인의 얼굴에 희열의 빛이 떠올랐다. 남궁산이 연이어지는 낭보에 기쁨을 참지 못하고 흥분한 어조로 말했다.

"자세히 말해 보게."

"예, 아버님. 몽골의 카라코롬에서 동몽골의 4만 기병과 신비고수(神秘高手) 지옥마도(地獄魔刀)의 기습을 받고 대패를 당하고 도망치다 유목천에서 화병으로 죽었다고 합니다."

"하하하! 영락제가 그리 쉽게 죽어버릴 줄이야. 잘됐어. 영락제는 좀 껄끄러웠거든. 이제 우리에게 기회가 온 것 같아. 둘째, 수고했네. 자네가 오늘 연이어 즐거운 소식만 전해주는구먼."

남궁태가 즉시 황송한 얼굴로 대답했다.

"아닙니다. 저는 시키시는 대로 했을 뿐입니다. 부끄러울 따름입니다."

"하하하, 아니야. 이제 우리 남궁가가 천하를 지배할 날이 멀지 않았어. 그런데 신비고수 지옥마도라니? 그건 무슨 소린가?"

남궁태의 얼굴에 비릿한 웃음이 떠올랐다.

"예, 동몽골의 은거 기인이라고 소문났는데, 20만 대군 속을 혼자서 무인지경으로 휩쓸며 영락제의 속을 뒤집어놓은 고수라고 합니다."

남궁산이 피식 실소를 흘렸다.

"훗, 혼자서 20만 대군 속을 혼자서 무인지경으로 휩쓸어? 20만 대군이라면 해동의 그 찢어 죽일 최가와 장가가 함께 손잡고 들어가도 시체조차 못 건질 것인데, 별 허무맹랑한 소릴 다 듣겠군."

"예, 아무래도 전쟁에 지고 살아 돌아온 놈들이 책임을 회피하기 위해 만들어낸 소문 같습니다. 황실에서도 웃기는 소리라 치부하고 있다고 합니다."

당대 남궁세가의 가주인 남궁인도 처음에는 신비고수라는 말에 솔깃했으나 이내 쓸데없는 소리임을 알고 남궁산을 보며 본론을 상기시켰다.

"아버님, 그럼 대계를 실행시켜야겠습니다."

"그래, 명교를 움직여 혈풍을 일으키고 동시에 한왕도 은밀히 지원하게나."

"예. 그런데 한왕은 아무리 봐도 가능성이 없는 것 같습니다."

"한왕을 황제로 만들어줄 생각은 나도 없네. 나는 다만 혼란을 원할 뿐이야. 한왕이 황제가 된다 해도 우리에겐 득이야. 그는 황제의 재목이 아니야. 필연적으로 혼란이 있을 걸세. 오독문과의 협약은 어떻게 되었나?"

"귀주(貴州)와 광서(廣西), 그리고 사천(四川) 세 개 성의 상권만 넘거준다면 우리에게 협조하겠다고 합니다.”

남궁산은 혀를 차면서 가소롭다는 표정을 지었다.

“쯧쯧, 사천독왕 단훤(段暄)도 인물은 아니야. 담이 그렇게 작아서
야⋯⋯.”

세 개 성을 떼 달라고 해도 줄 것인데 기껏 상권만 달라 하는 것이
다. 물론 나중에는 다시 빼앗아오겠지만. 단훤의 간이 그렇게 작은가
생각하니 비웃음이 절로 나왔다.

남궁태가 조용히 듣고 있다가 걱정스러운 표정을 지었다.

“그런데 오독문이 우리 몰래 명교와도 손을 잡고 있는 것 같습니
다.”

“후후, 우리를 못 믿겠다 이거겠지. 상관없네. 오독문이나 명교의
움직임은 우리가 훤히 들여다보고 있으니 무에 걱정이 있겠나. 본 가
에서 키우고 있는 기업들은 어떤가?”

“네째(남궁의)가 맡고 있는 대만(臺灣)은 지금까지 아무런 문제 없이
순조롭게 일이 진행되고 있습니다. 천하 각처에 운영하는 기업들에서
매년 황금 2만 냥이 넘는 순익을 얻고 있습니다. 당금 천하 상권의 삼
할 이상을 본 가에서 장악하고 있습니다. 그런데 팽가가 급성장을 하
면서 이제까지 우리가 장악하고 있던 상권을 넘보고 있는 실정입니
다.”

계속해서 미소 짓고 있던 남궁산이 얼굴이 서서히 굳어갔다.

“팽조혁이가 나에게 도전을 한다? 천하를 차지하면 맨 먼저 빚을 갚
아줘야겠어. 그전까지는 그냥 두고 볼 수밖에.”

“⋯⋯.”

몽골을 떠난 지 20여 일 만에 장무위는 초가을의 홍엽(紅葉)이 가득한 백두산에 오를 수 있었다. 5년 만의 귀향이었다.

백두산의 기온은 조선의 다른 곳에 비해 무척 낮았다. 여름이 지나는가 하면 어느새 온 산이 붉게 물들어 있다. 장무위는 붉게 물든 산이 꼭 피에 물든 자신의 모습을 연상시키는 것 같아 먼저 계곡으로 가서 세상에서 묻혀온 피를 깨끗이 씻고 닦아내었다. 그 이후에 부모님의 묘에 먼저 들러 인사를 드리고 스승이 영면하신 결계 쪽으로 갔다.

항상 일관된 모습으로 그를 돌봐주시던 스승의 모습처럼 결계 속의 풍경은 5년 전 백두산을 떠날 때나 지금이나 아무런 차이가 없었다. 장무위는 털썩 무릎을 꿇었다.

"스승님, 못난 제자가 돌아왔습니다. 배움을 얻고자 세상으로 나갔습니다만, 몸은 피에 절었고 마음엔 상처만 가득합니다. 스승님의 큰 은혜를 입은 몸으로 이렇게 추한 모습으로 돌아왔습니다. 용서해 주십시오."

무릎을 꿇은 채 장무위는 하루 동안 꼼짝도 하지 않고 용서를 빌었다. 머리 속으로 아무것도 모르고 스승께 배움을 얻던 시절들이 생각났다.

'이게 무슨 꼴인가? 스승님께 면목이 없구나.'

장무위는 피에 전 몸으로 더 이상 스승이 영면하신 장소에 있을 수 없어 예전에 검, 도법을 수련하던 움막으로 갔다.

움막은 5년 동안 자연의 풍화를 견디지 못했는지 무너져 있었다. 장무위는 어쩔 수 없이 새 움막을 지으려 하다가 갑자기 생각나는 바가 있어 신형을 날렸다. 아무리 움막을 잘 짓더라도 자연 속에서는 몇 년을 버틸 수 없었다. 장무위는 이번에 오랜 은거를 할 생각이었다. 이에 장무위는 스승처럼 정자를 하나 만들기로 했다.

예전에 사냥감을 손질하던 계곡을 잠시 둘러보던 장무위는 계곡의 사면을 훑어보고 계곡물이 닿지 않은, 즉 폭우가 내려 계곡의 물이 불어나도 괜찮을 정도의 지형을 찾아 다녔다.

천지(天池)에서 흘러내린 물이 삼도백하(三道白河)로 흘러드는 계곡의 상류에 반경이 얼추 10장은 되어 보이는 꽤 넓은 공터가 하나 있었다. 둘이 가까이 있는 장소를 찾다 보니 계곡 쪽을 택했는데, 마음에 쏙 드는 장소였다. 장무위는 일단 그곳에다 동물의 오감을 차단하는 결계를 만들어놓았다.

장무위는 결계를 치자마자 바로 회령으로 갔다. 수중에는 쓰고 남은 돈이 아직 은 200냥 정도 남아 있었다. 그 돈으로 먼저 벽곡단을 만들 재료들을 사 모았고, 정자를 짓는 데 필요한 각종의 장비와 재료도 사 모았다. 그렇게 모은 짐들은 우마차로 다섯 대 분이나 되었다.

장무위는 조화구법을 시전해 수십 번을 왕복하며 자신이 만든 결계 속으로 짐들을 옮겼다. 그리고 적당한 나무를 자르고 돌을 다듬어 결계 속에 스승의 흉내를 내어 아담한 정자 하나를 만들 수 있었다. 스승의 결계처럼 완벽하게 세상과 차단되는 것이 아니고 동물의 오감만을 차단할 수 있게 된 결계였기에 비바람의 영향을 받아야 한다는 단점이 있었지만 만들어놓고 보니 모양은 스승이 만드신 정자와 흡사했다.

정자는 결계 속 공터를 10분의 1 정도 차지하는 크기였다.

마음에 들었다.

장구위는 공터의 나머지 부분엔 땅을 고르고 바닥을 다져 연무할 수 있는 공간을 만들었다.

"휴, 이제 대충 준비는 된 것 같구나."

거처할 정자와 연무할 수 있는 공간을 만들었으니 이제는 먹을 것을 장만해야 했다. 수련을 하다 말고 사냥을 다니는 것은 상당히 귀찮은 일이었고 장무위는 벽곡에 이미 익숙한 처지. 가뜩이나 피에 전 몸에다 비록 짐승의 피라고 해도 더 이상은 묻히기가 싫었던 것이다.

장무위는 그때부터 벽곡단을 만들기 시작했다. 만든 것들은 작은 항아리에 넣어서 밀봉하고 정자의 한쪽에 쌓아두었다. 몇 년은 너끈히 버틸 수 있으리라 생각될 만큼의 양을 만들고 나서야 준비가 다 된 것 같이 느껴졌다.

장무위는 삼지연(三池淵)에 가서 깨끗하게 목욕을 하고 자신이 친 결계 속으로 돌아와 가부좌를 틀고 앉았다. 이제부터 다시 명상하며 수련을 시작하려 했던 것이다. 그러나 한 시진도 못 되어 자리를 박차고 일어날 수밖에 없었다. 바쁘게 이것저것 준비할 때는 몰랐으나 막상 조용히 명상에 잠기려니 왕혜정의 얼굴이 자꾸 떠올라 답답해지는 마음을 도저히 참을 수가 없었다.

휘익!

장무위는 신형을 날려 백두산 정상의 천지로 향했다. 제운봉(梯雲峰:2,593m)에 올라 흡사 군신(軍神)들처럼 천지를 감싸고 있는 백두연봉(白頭連峰)들을 보았다. 답답한 속이 조금 트이는 듯했으나 이내 하늘을 닮아 푸르디푸른 천지에 왕혜정의 얼굴이 비추는 듯해서 한나절을 그 상태로 멍하니 천지만 바라보았다.

'혜정, 그대가 멀리 떠나 버린 후에야 더욱 절실해지니 이를 어찌하면 좋겠소.'

다시 가슴이 터질 듯한 답답함이 치밀어 올랐다.

"으―아―아―아!"

발 아래 일망무제로 펼쳐지는 세상에 슬픔 가득한 소리가 퍼져 나갔다.

결계로 돌아온 장무위는 그러나 수련을 다시 시작하지는 못했다. 머리 속에 끊임없이 이어지는 번민들이 수련을 막는 것이었다.

'스승님, 어리석은 제자 장무위, 이제 무엇을 위해 강함을 추구해야 하는지도 잊어버렸습니다. 스승님께서 제 길을 가라 하셨는데 저의 길이 무엇인지 갈피조차 잡을 수 없습니다. 스승님의 곁을 떠나서 한시도 수련을 게을리 한 적이 없습니다. 그러나 그렇게 수련을 했으면서도 정작 제게 소중한 사람들을 보호하지 못했으니 무엇을 위해 수련해야 하는지를 모르겠습니다. 앞으로 저는 어떻게 해야 하는지요, 스승님.'

장무위는 어린 시절에는 호랑이를 이길 강함을 원했고, 그래서 강해지기 위한 수련을 했다. 그러나 생사현관을 타통하면서 처음의 목적은 이미 이룬 것이나 다름이 없었다. 그 이후에는 수단이 목적이 되어 수련을 위한 수련을 했다. 그리고 무상구도를 창안한 이후에는 무상도가 목표가 되었다. 그때부터 스스로 무인이라고 생각하고 아무런 회의도 없이 계속해서 무도의 궁극을 추구하는 수련을 했다.

그러다 왕혜정을 만나 평생에 느끼지 못했던 감정을 느끼게 되고 사람의 삶이 단순하지 않음을 알게 되었다. 사람의 감정에 대하여 아무리 깊은 지식을 쌓았다 하더라도 그것은 죽어 있는 지식이었다. 사람과 부대끼면서 느끼는 감정들은 직접 경험하지 않고서는 알 수 없는 것들이었다.

스승께서 아즈나 챠크라를 열어주신 후로 장무위의 지력은 천재 소리를 들을 만해졌다. 평범하던 지력이 천재의 수준만큼 올라간 것이다. 대지혜를 깨칠 수는 없겠지만 한 번 본 것은 투영이 되듯 머리 속에 기억되고 복잡한 현상들도 범인들보다 쉽게 분별할 수 있는 판단력도 얻었다.

그러나 장무위의 사랑에 대한 감정의 연륜은 스물여섯 살에 세상에 나가면서 그때부터 성장한 것이나 다름없다. 그것도 수련에만 일로매진(一路邁進)해서 옆을 돌아보지 않았으니 성장의 속도는 무척 더뎠다. 부모님과 스승의 사랑만이 사랑에 대한 감정의 모든 것이었고, 남녀의 사랑에 대해서는 왕혜정을 만나기 전까지 생각해 본 적도 없다. 그러니 왕혜정의 사랑을 보고도 모를 수밖에 없었다.

그러다 조일봉의 결혼으로 남녀의 삶이 어떤 것인지 사실적으로 옆에서 보고 배울 수 있었다. 왕혜정에 대한 감정들을 다시 돌이켜 보면서 그것이 여인에 대한 사랑의 감정이 아닐까 생각하던 차에 왕혜정이 처참하게 죽어버렸다. 그리고 왕혜정이 온몸이 타 들어가는 고통 속에 남겼을 다섯 글자 '아애장무위(我愛張武威)'가 장무위의 뇌리에 천둥이 되어 울렸다. 그제야 장무위는 자신도 왕혜정을 사랑하고 있었음을 자각했다.

왕혜정의 죽음 이후에는 수련의 의미가 흔들렸다. 수련을 하기 위한 모든 준비를 다해놓고 막상 수련을 시작하려 하자 자신이 보호해야 할 사람이 이미 죽고 없는 현실이 답답하게 다가왔다. '도대체 왜 수련을 하는가? 무엇을 위해, 누구를 위해 수련을 하는가?' 하는 의문이 생겼다. 무상도를 수련한다고 해서, 무의 궁극을 이룬다고 해서 죽은 사람이 살아날 것도 아니고 후세에 이름을 남긴다고 해서 자신의 삶에 무슨 의미가 있겠는가?

맹목적인 수련에 대한 회의가 들면서 장무위는 하루 종일 자신이 만
든 결계 속에서 명상을 하며 시간을 보냈다. 무상구도에 대한 수련도
생사토강에 대한 연구도 모두 중지하고 오로지 자신이 앞으로 무엇을
해야 하는가만 생각했다.

백두산의 겨울은 유난히 빨리 왔다. 하늘도 희고 땅도 희다. 오랜 명
상을 하자 수련의 목적뿐만 아니라 자신의 정체성에 대한 회의도 일었
다. 맹목적으로 27년을 수련만 한 장무위가 수련에 대한 회의를 갖게
되자 자신의 인생에 대한 회의도 일어나는 것이었다. 온 세상을 하얗
게 덮은 눈은 장무위의 머리와 어깨에도 탑을 쌓았다.

# 제17장

# 명고(明敎)

## 명교(明敎)

**콰**

동창을 맡고 있는 제독태감(提督太監) 남상(南祥)은 분노를 참지 못하고 탁자를 거칠게 내려쳤다. 가장 믿고 있던 부하가 헛소리를 하는 것이다. 곧 이어 육십 먹은 노인네의 목소리라 생각할 수 없는 가늘지만 힘있는 목소리가 터져 나왔다.

"내 목이 떨어지면 자네가 책임질 거야? 도대체 말이 되는 소리를 해야지. 폐하께 그런 보고를 했다간 내 목이 무사하지 못해. 도대체 일을 어떻게 하는 건가!"

당두 진자홍(陳慈洪)은 속으로 '10만이 입을 맞추고 거짓말하는 것을 그럼 나보고 어쩌란 말이냐?' 하는 욕설이 튀어나왔다. 그러나 겉으로 그런 말을 했다가는 내일 햇빛을 보지 못할 것이다. 진자홍은 공손한 표정을 지으며 허리를 숙였다.

“공공, 실은 저도 그 이야기를 믿지 않고 있습니다. 책임을 회피하기 위해서 입을 맞추고 거짓말을 하는 것 같습니다. 아니나 다를까, 고문을 해보니 말이 달라지더군요. 어떤 놈은 지옥마도란 놈이 화살을 맞고 죽었다고 하고 어떤 놈은 유유히 사라졌다고 하며 서로 일치하지 않았습니다.”

“쓸모없는 것들! 그런 짓거리를 하니 20만으로 4만의 몽골을 못 이겼지. 이 문제는 폐하께 내가 알아서 보고해야겠어.”

남상은 남몰래 가공할 무공을 익히고 있었다. 이번 전쟁에서 죽은 금의위 지휘사 백선창에게도 지지 않는 고수가 바로 남상이다. 그런 남상의 상식으로 볼 때 지옥마도의 이야기는 헛소리 그 이상도 이하도 아니었다.

20만 대군 속을 유유히 헤집고 다니는 무공고수가 세상에 어디 있단 말인가? 상상의 무공 호신강기라도 익히지 않은 이상 어찌 화살비를 피할 수 있겠는가. 진자홍의 말대로 입을 맞춘 것이 틀림없어 보였다.

영락제의 뒤를 이은 홍희제는 온화한 성격의 소유자였다. 그러나 헛소리를 그냥 믿고 들어줄 사람은 아니었다. 황제에게 그대로 보고했다간 남상의 목이 먼저 떨어질 것이다.

“에잇, 한왕 때문에 가뜩이나 신경이 곤두서 있는데 이런 문제까지 내가 챙겨야 하다니…….”


50여 년 전에 수천 명의 한족(漢族)들이 궁핍한 몰골로 타림분지로 들어왔다. 신강의 지배 민족 위구르족은 그 한족들이 자신들의 영역을 지나가는 줄 알고 그냥 보고 있었으나 예상외로 한족들은 타림분지에 움막을 짓고 정착하려는 의도를 드러냈다. 이미 거대한 위구르제국의 영광은 잊어버렸으나 칭기즈칸에 복속하면서 신강을 약속받았던 위구르족이었다. 자신들의 땅에 이족이 들어와 사는 것을 용납할 수는 없었다.

필연적으로 자신들의 터전을 지키려는 위구르족과 남의 땅에 정착하려는 한족들 사이에 마찰이 일어날 수밖에 없었다. 위구르족의 용맹한 전사들이 드디어 결집하고 한족을 몰아내기 위한 전쟁을 시작하려할 즈음에 한족들의 사자(使者)가 왔다.

자신들은 명의 배척을 받는 순수한 종교인들로 명의 탄압을 견디지 못하고 탈출하여 세상을 떠돌아다니고 있으며 더 이상 갈 곳도 없는 처지임을 설명하고 위구르족이 은혜를 베풀기를 간청하고 또 간청하였다.

한족을 토벌하기 위해 모였던 위구르족 전사들은 그들의 사정을 불쌍히 여겨 응징을 미루었고, 이에 명에서 쫓겨온 한족들은 간신히 조그만 정착촌을 이루고 살 수 있게 되었다.

그런데 시간이 흐르면서 이 한족들로 인해 위구르의 사회 질서가 점차 흔들리기 시작했다. 한족들의 종교가 위구르족 사이에 퍼지기 시작하면서 그들의 종교를 믿는 위구르인이 점차 늘어나게 되었던 것이다.

이 한족들의 종교는 명교(明敎)라 했다. 명교는 불을 숭배하였고 사회적 약자를 배려하는 이상적인 교리(敎理)를 가지고 있었다. 명교는 마른 들에 불이 번지듯이 순식간에 위구르인들 사이를 파고들었으며 몇 년이 지나지 않아 상당한 세력을 형성하게 되었다.

문제는 바로 명교의 사회관(社會觀)이었다. 명교의 사회관은 극단적인 이분법을 취하고 있었다. 즉, 사회 구성원을 단지 지배 계급과 피지배 계급의 두 계급으로 나누어 보고 있었던 것이다. 그리고 명교는 피지배 계급의 입장을 배려하는 종교였다. 계급 간의 대립을 불러일으킬 수 있는 소지가 다분했다. 결국 명교를 믿는 하층민들의 반란의 조짐이 한족들이 정착한 곳 주변 곳곳에서 보이기 시작했다. 이에 위기감을 느낀 대족장 카라바가는 위구르 전사를 모아 이 한족들을 몰아내려 하였다.

마침내 명교라는 종교로 대표되는 한족과 위구르 하층민들의 연합 세력이 위구르의 지배 계급인 대족장 카라바가가 이끄는 위구르 전사들과 충돌하였다. 그러나 결과는 쉽게 명교를 퇴치할 수 있을 것이란 카라바가의 예상과는 다르게 수많은 사상자를 내며 전쟁이 장기화될 조짐을 보였다. 이미 명교의 세력도 만만치 않았고, 한족들은 하나하나가 무공의 고수였던 것이다. 카라바가가 압도적인 군세로 명교를 밀어붙이기는 했으나 결사항전하는 무공의 고수들은 카라바가의 군에도 큰 피해를 입혔던 것이다.

카라바가가 자신의 이익을 보호하기 위해 싸웠다고 하지만 그는 위구르인. 동족의 피를 계속해서 부르는 전쟁을 길게 하고 싶은 생각은 추호도 없었다. 그리고 아예 목숨을 여벌로 가지고 있다고 생각하는 듯 자신의 몸은 돌보지 않고 덤벼드는 명교의 무공고수들에게 질리기도 했다.

결국 카라바가는 명교의 광명우사(光明右師)라는 인물을 만나 더 이상 명교가 세력 확장을 하지 않는다면 천산산맥(天山山脈)과 타림분지의 접점에 명교의 정착을 허락하겠다는 입장을 전했고, 명교의 광명우사는 카라바가의 은혜를 잊지 않겠다는 말로 대답을 대신했다.


타림분지에서 천산산맥 쪽으로 가다 보면 웅장한 성이 하나 있는 것을 볼 수 있다. 엄청난 넓이의 구릉을 빙 둘러가며 높은 성곽으로 두른

이 성은 50년 전 이곳에서 정착한 명교의 인물들이 지은 성이었다. 겉에서 보면 까마득하게 높은 성벽이었지만 정작 성안으로 들어가서 보면 성벽은 불과 이 장도 안 되는 높이였다. 높은 구릉에 만들었기 때문에 성안과 밖의 높이 차가 상당히 있었던 것이다.

성의 중심부에는 거대한 사원이 하나 자리하고 있었다. 광명사(光明寺)라는 이름의 사원이었다.

광명사의 심처(深處)에 있는 존명궁(尊明宮).

심유한 눈빛을 지닌 40대의 중년인.

당금 명교의 교주(敎主) 한유(韓裕)는 넓게 낸 창을 통해 티 한 점 없이 맑고 깨끗한 하늘을 보며 장탄식을 토해냈다.

"휴우. 어떻게 해야 하나. 과연 설득할 수 있을까?"


홍무제(洪武帝) 주원장(朱元璋)이 원(元)을 몰아내고 명을 세울 수 있었던 것은 명교의 도움이 컸기 때문이었다. 퇴폐와 향락으로 기울어가는 원이었지만 당시 원의 기병은 무적의 군이었다. 목숨을 도외시하고 한족의 부흥을 위해 노력했던 명교가 없었다면 주원장은 들판에 널린 시체가 되어 늑대 밥이 되었을 것이다.

그러나 수십 년을 양지에서, 혹은 음지에서 그렇게 노력을 했건만, 정작 주원장이 황제가 되자마자 가장 먼저 한 일은 토사구팽(兔死狗烹)이었고, 그 대상은 바로 명교였다.

민중 속으로 파고든 명교의 힘은 권력욕에 물든 주원장에게 큰 두려움을 주었던 것이다. 결국 자신들의 힘으로 다시 찾은 한족의 나라에서 명교는 사교(邪敎)라는 오명을 뒤집어쓰고 배척을 받았다. 관과 무림의 협공에 교는 산산이 해체되고 교도들은 죽임을 당했다.

간신히 살아남은 교도들은 열 살의 어린 소교주(小敎主) 한유를 보필하여 신강으로 도망쳤다. 그리고 위구르와 생존을 위한 전쟁을 하였고, 살아남은 자들은 불과 500명밖에 되지 않았다. 이후 50년 동안 오직 명교의 부흥을 위해 살아남은 자들은 전력투구했다. 위구르의 지배 계급들 몰래 교도를 늘리고 관과 무림의 눈을 피해 숨어 있던 교도들을 은밀히 불러 모아 점차 강한 세력을 쌓아갔다.

한유는 불과 스무 살의 어린 나이에 교주가 되었다. 한유의 인생에 던져진 절대명제는 바로 교의 부흥과 복수였다. 교를 위해 죽어간 모든 이들의 짐을 한 몸에 떠안은 것이다. 원치 않았지만 자신을 믿고 따르는 교인들의 기대를 저버릴 수는 없었다. 한시도 쉬지 않고 팔만사천검법(八萬四千劍法)과 건곤대나이신공(乾坤大那移神功)을 연마했으며 교세의 확장을 위해 동분서주했다. 명교 역사상 가장 젊은 나이인 60세에 건곤대나이신공의 구단(九段)을 성취하였고 명교를 무당에 버금가는 내실있는 거대 종파로 만들었다.

그러던 중 영락제가 죽어버렸다. 영락제의 죽음은 교도들을 자극하기에 충분했다. 시간이 지나 원수들이 다 죽은 이후에 복수를 시작할 수는 없다는 것이다. 열 살 어린 나이에 피와 죽음을 본 한유였다. '또 얼마나 많은 피와 죽음을 보아야 하는가?' 생각하니 속이 답답해졌다.

복수를 하고자 한다면 많은 교도들이 희생될 것이다. 그러나 복수를 한다고 해서 죽은 사람이 돌아오는 것도 아니다. 피에 대한 두려움과 타고난 성격은 복수를 주저하게 만들었다. 한유가 정체를 노출할 위험이 있다는 교도들의 반대를 무릅쓰고 명교 탄압의 주역 중 하나이자 살부지수인 당시의 무림맹주 불허 선사를 찾아가 생사결을 치른 이유도 불허 선사를 없앰으로써 무림인들에 대한 복수를 마무리 짓고자 함이었다. 그렇지만 그건 한유 혼자만의 생각이었다.

　깊은 생각에 잠겨 있던 한유는 존명궁에 마련된 회의실로 자리를 옮겼다.
　저마다 산악 같은 기도를 흘리고 있는 여섯 명의 인물들이 모여 있다가 한유가 들어서자 기립하였다.
　"모두 앉으시오."
　여섯 명의 인물들이 일제히 인사를 하며 자리에 앉았다.
　한유는 자리에 앉아 있는 명교의 주역들, 광명쌍사(光明雙師)와 사대호교법왕(四大護敎法王)들의 얼굴을 바라보며 은근히 복수심을 거둘 것을 표명하였다.
　"영락제가 죽었다는 소식을 모두 들었을 것입니다. 이제 복수를 하려 해드 주적(主敵)을 잃어버린 것과 같게 됐습니다. 세력을 키우기 위해 동분서주하다 실기한 듯합니다. 그러니 앞으로는 복수를 위해서가 아니라 핍박받는 백성들을 위해 교의 힘을 쏟았으면 합니다."
　광명우사 조문룡(糟文龍)이 몸을 벌떡 일으키더니 한유의 말을 받았다.
　"교주님, 실기했다 하심은 너무 이른 말씀인 것 같습니다. 그놈의 혈통이 끊어지지 않았습니다. 더군다나 우리를 배신한 강호인들 중엔 아직도 살아 있는 놈들이 많이 있습니다."
　한우도 조문룡에겐 함부로 하지 못하고 깍듯하게 대한다. 과거 위구르와 생존 투쟁을 할 때 그 선봉에 서서 명교를 통솔하던 인물이 바로 광명우사 조문룡이었다. 오늘날 명교를 이만큼 회복시킨 실질적인 주역이자 한유의 스승이기도 했으며 명교 내에서의 신망도 교주인 자신 못지않았다.

"내 어찌 그런 사정을 모르겠습니까. 그러나 후손에게 죄를 물을 수야 없지 않겠습니까? 그리고 강호의 무림인들이야 한 목숨 살자고 주 원장에게 빌붙은 것이었으니 주적이라 할 수도 없습니다."

한유는 타고난 성품이 대인대덕(大仁大德)하였다. 피의 복수를 해야 하는 명교주의 성품으론 어울리지 않았다. 조문룡이 어릴 때부터 복수심을 주입시켜 왔으나 천성은 어쩌지 못하는지 복수를 거두려는 모습을 보이고 있었다. 그러나 조문룡은 당시 명교가 참화를 입을 때 일가 친척과 후손들을 모조리 잃어버리고 하늘까지 사무친 원한으로 죽지 못하고 130의 생을 살아온 사람이다. 한유가 복수를 포기할 뜻을 보이자 답답하여 절로 언성이 높아졌다.

"교주님의 성품이 온화하신 것은 본 교의 홍복이나 냉정해지실 필요가 있습니다. 당시 관과 무림인들이 연합해서 우리 명교를 칠 때 어린 아이나 여인들은 물론이고 개새끼 한 마리, 닭 한 마리 남겨두지 않고 모조리 도륙했습니다. 후손이면 어떻고 주적이 아니면 어떻습니까? 피의 복수를 맹세하며 50년을 이 척박한 곳에서 절치부심했습니다. 받은 대로 돌려줘야 합니다. 부디 살펴주십시오!"

한유의 얼굴이 굳어지며 뭐라 말을 못하고 있자 옆에서 듣고 있던 20대 중반의 냉혹한 인상의 미녀가 조문룡을 도와 흡사 남자와 같은 말투로 얘기를 했다.

"교주님, 저는 50년 전의 혈사에 대해서 잘 모릅니다. 그러나 배신자들에 의해서 수십 년의 세월을 분노와 슬픔으로 살아오신 분들을 많이 보았습니다. 복수를 거두고자 하시는 것은 수십 년을 고통 속에 살아온 분들을 외면하는 것이라 생각됩니다. 영락제가 죽었으니 차라리 잘된 일입니다. 지금과 같이 황제가 교체되는 혼란기라면 오히려 우리의 행사에 여러모로 유리합니다. 실기한 것이 아니고 오히려 적기라고 생각됩니다."

한유는 자신의 딸이자 광명좌사로 무림을 책임지고 있는 한조현(韓調賢)을 보고 속으로 안타까움을 금할 수가 없었다. 서른 살이 넘어 후사를 위해 정략결혼하여 낳은 자식이었다. 시집도 안 가고 오직 교를 위해 한 몸을 바친다 하며 스물여덟 살이 된 지금까지 중원을 들락거리며 분투(奮鬪)하고 있었다.

"저는 본 교를 위해 순교(殉敎)할 결심을 하고 있습니다. 명 황실과 무림에 대한 복수의 선봉에 제가 서겠습니다."

사대호교법왕의 수좌(首座)인 한천검왕(寒天劍王) 이소(李昭)는 아예 순교라는 말을 써가며 복수를 지지하는 입장을 나타냈다.

한유도 더 이상 자신의 뜻을 관철시킬 수가 없음을 알았다. 비록 자신이 교주지만 광명쌍사와 사대호교법왕의 뜻을 거스르고 할 수 있는 일은 아무것도 없었다.

"여러분들의 뜻을 잘 알겠습니다. 그러나 복수는 무림에 한정했으면 합니다. 복수를 하고자 백성들을 도탄에 빠뜨릴 수는 없습니다. 명교의 교주로서 하는 명령이 아니라 인간 한유가 드리는 부탁입니다. 들어주십시오."

교주가 이렇게까지 말하자 다들 민망함을 금치 못했다. 자신들이 너무 교주를 다그치는 듯했기 때문이다. 그들이라고 해서 어찌 대인대덕한 교주의 성품이 싫겠는가. 다만 사무친 원한을 잊지 못할 뿐이었다. 교주가 무림인들에 대한 복수로 한정하자 내키지 않았지만 교주의 체면도 세워줘야 하고 실제로 이치에도 합당했다. 명 황실을 상대로 복수를 하려다간 간신히 이룩해 놓은 지금의 성세도 모두 잃어버릴 것이다. 원한을 갚자고 명교의 맥이 끊어지게 할 수는 없다. 가장 강경론을 펼치던 조문룡이 먼저 나서며 말을 했다.

"우리 명교가 악도에게 배신당하고 척박한 새외로 쫓겨왔으나 교주님처럼 훌륭한 분을 모시게 됨은 아후라 마즈다께서 우리의 소원을 들어주시려 함인가 봅니다. 백성들을 걱정하시는 교주님의 마음을 제자들이 어찌 거스르겠습니까? 교주님의 뜻에 따르겠습니다."

한유는 비록 자신의 뜻을 관철시키지는 못했으나 복수를 무림에 한정한 것만으로도 다행이란 생각을 했다. 조문룡에게 감사의 눈빛을 보냈다. 기왕 무림에 한정된 복수를 하기로 했으니 이젠 자신도 망설일 수 없다. 최대한 빠른 시간 내에 복수를 끝내야 피를 적게 볼 것이다. 한유는 입술을 질끈 깨물었다.

"감사합니다. 이제 목표가 정해졌으니 앞으로의 일을 의논해 봅시다. 먼저 천산응왕(天山鷹王)께서 당금 무림의 정세를 자세히 말씀해 주십시오."

명교에서 가장 경공의 조예가 깊고 명교의 일궁(一宮) 이부(二府) 사전(四殿) 중 신안전(神眼殿)을 맡고 있는 천산응왕 소진(邵鎭)이 즉시 복명하였다.

"예, 교주님."

소진은 잠시 뜸을 들여 생각을 정리하고 말을 시작했다.

"당금 명의 무림 정세는 무당의 독주가 계속되고 있고 남궁세가와 하북팽가가 무당의 아성에 도전하고 있습니다. 무당을 제외한 나머지 팔파일방의 성세는 예전만 못하고 특히 곤륜이 근래의 크고 작은 일들로 위상이 많이 약화되었습니다. 남궁세가와 팽가를 제외한 나머지 세가들은 이제 군소문파 수준으로 보시면 될 겁니다."

"서장의 포달랍궁과 운남의 오독문에 대한 이야기도 해주십시오."

위구르와의 분쟁에서 선봉에 섰던 대력패왕(大力覇王) 방극(傍剋)이 멀뚱한 표정으로 소진에게 한마디 했다. 물어보고 싶으나 체면이 없어서 계속 참고 있던 말을 하려니 부끄러움을 감추려고 절로 표정이 멀뚱해질 수밖에 없었다.

5년 전에 세력을 확장하던 명교가 포달랍궁의 세력을 침범하면서 분란이 인 적이 있었다. 서로 피를 보기를 꺼려한 양측은 비무로 권리를 가르기로 했다. 당시 명교의 대표로는 한천검왕 이소가 나서기로 교내의 의견이 모아졌었다. 그러나 싸움이라면 밥 먹다가도 뛰쳐나오는 방극이 거의 떼를 쓰다시피 해서 이소 대신 포달랍궁으로 갔다. 떠나면서 자신을 믿으라고 얼마나 큰소리를 쳤는지 광명사가 들썩일 정도였다. 그렇지만 방극은 큰소리를 치며 갔다가 꼬리를 말고 오는 추태를 보이고 말았다.

방극이 아무리 낯가죽이 두꺼운 사람이라 하더라도 교의 중대사를 망쳐 놓고서야 얼굴을 들고 돌아다닐 수가 없었다. 연무를 핑계로 거의 칩거하다시피 틀어박혀 있다가 오늘 이 자리에 불려 나온 것이다. 판첸라마의 대수인에 쫓겨온 날부터 방극의 관심은 복수가 아니었다.

소진이 방극을 보고 대답했다.

"안 그래도 이야기하려던 참이었습니다. 포달랍궁은 누가 건드리지만 않으면 힘을 드러내지 않고 있습니다만, 무당이나 우리에 비해 결코 약한 세력이 아니지요. 건드리면 위험한 곳입니다. 운남의 오독문도 무서운 독술을 지녀 결코 경시할 수 없는 곳입니다. 다행히 우리와 이해가 합치하는지라 협력을 요청해 놓고 있는 상황입니다."

소진은 침을 삼키는지 잠시 말을 멈추었다가 다시 이야기를 시작했다.

"그리고 무림의 세력 판도에 영향을 끼칠 수 있는 고수들은 여러분도 잘 아시다시피 신주이십사인이란 말로 요약할 수 있겠습니다. 우리가 상대해야 할 사람들은 구주와 십영의 거의 전부가 될 것입니다."

방극이 다시 참지 못하고 소진이 말하는 중에 끼어들었다.

"운남의 사천독왕은 우리와 이해관계가 합치된다 하셨지만 서장의 판첸라마나 천하제일고수라는 해동의 천검과 도제는 왜 빠뜨리십니까?"

방극의 관심은 판첸라마였다. 그러나 속마음을 숨기려고 천검과 도제도 같이 걸고넘어지는 것이었다. 속이 훤히 보이는 방극의 행동이었지만 소진은 미소 지으며 이야기를 계속했다.

"판첸라마는 좀 전에도 말씀드렸다시피 건드리지 않으면 적이 될 이유가 없는 사람입니다. 방 형제도 판첸라마에 대한 생각은 이제 그만하셨으면 합니다. 또한 천검도 해동에서 움직이지 않고 있고 명의 무림에 무슨 일이 일어나든지 신경 쓸 사람이 아닌 것으로 파악이 됩니다. 도제의 경우는 신룡과 같아 행적을 점칠 수 없습니다만, 그도 해동 사람으로 명의 무림에서 일어나는 일에 끼어들지는 않을 것입니다."

광명좌사를 맡고 있는 한조현은 명나라를 자주 드나들었다. 명나라 무림에 떠도는 절대고수 도제의 이야기를 귀가 따갑게 들었다.

"그렇지만 도제는 명나라 무림인 몇몇과 친분이 있다고 들었습니다. 나중에 문제가 될 소지가 있습니다."

"도제는 무적의 고수라고 알려져 있습니다. 건드릴 수 없는 사람입니다. 제가 확실해지면 말씀드리려 했습니다만, 오늘 본전에 들어온 소식에 의하면 몽골에 나타난 지옥마도가 도제일 확률이 있습니다."

"아!"

누군가 감탄사를 토하는 소리가 들리더니 좌중이 잠시 조용해졌다.

당금의 천하는 영락제와 몽골의 신비고수 지옥마도의 이야기로 떠들썩했다. 수십만의 정병들이 밀집해 있는 곳으로 칼 한 자루만 들고 들어가 영락제를 상갓집 개꼴로 만들고 유유히 빠져나갔다는 신화적인 고수가 바로 지옥마도였다.

살기 넘치는 눈빛은 푸른 불이 뚝뚝 떨어지는 듯했고 움직임은 바람을 타고 나는 아수라와 같아 막을 자가 없었다고 한다. 영락제가 지옥마도에 의해 목이 뚫릴 뻔했다는 이야기는 이미 비밀도 아니었다. 명의 20만 대군이 동몽골에 진 것이 아니라 지옥마도에게 졌다고 말하는 사람도 있을 정도였다. 천하를 상대로 복수를 획책하고 있는 명교의 전 세력을 동원한다고 해도 수십만의 정병이 밀집한 곳에서는 죽음 이외에는 얻을 게 없을 것이다.

도저히 믿을 수 없는 이야기였다. 혹자는 무성의 재림(再臨)이라고 하기도 했다. 도대체 어떤 고수이기에 그런 신위를 발휘하는가? 하고 당금의 천하가 벌컥 뒤집혀 있는 상태였다. 물론 대부분은 헛소리라고 치부하고 있었지만 혹시나 하는 생각을 하는 사람도 적지가 않았다. 10만의 병사들이 이구동성으로 거짓말을 한다고 보기도 힘들었던 것이다. 만약 그 정도의 고수가 실존한다면 세상에 어떤 사람이, 어떤 세력이 감히 대적을 할 수 있겠는가.

"지옥마도가 도제라는 이야기는 금시초문입니다. 무슨 근거라도 있는지요?"

한조현이 궁금증을 참지 못하고 다시 물었다. 지옥마도는 몽골의 신비고수라고 소문이 났었던 것이다.

"제가 맡고 있는 신안전에서 탐문한 결과입니다. 지옥마도의 행색이 도제와 일치했습니다. 검은색 무복에 6척 반의 신장, 그리고 지옥마도가 손에 들고 있다던 거울처럼 깨끗한 검은색 장도는 도제의 현천도(玄天刀)일 확률이 높습니다. 세상에 검은색의 장도는 흔하지 않습니다.”

좌중의 모든 인물들이 소진의 말에 귀 기울이고 있는 상황에서 한조현이 흡사 남자와 같은 말투로 계속해서 질문을 했다.

“전에 말씀하시길 도제는 그 당시 화북평원에 있는 조가장에 머물고 있다고 하지 않으셨습니까?”

“실은 그것 때문에 도제와 지옥마도가 동일인임을 확신하지 못하고 있는 것입니다. 그런데 입수된 정보에 따르면 도제는 카라코롬의 혈전이 발생하기 8일쯤 전에 조가장을 떠나 북쪽으로 갔다고 합니다. 북쪽이라면 몽골 쪽이라고 볼 수 있습니다.”

한조현이 의아한 기색으로 소진을 쳐다보았다. 그가 이치에 맞지 않은 이야기를 하는 듯했기 때문이다.

“화북평원에서 카라코롬까지 8일 만에 갈 수 있다는 것은 믿음이 가지 않는군요. 소법왕님의 능력으로도 그것은 어렵지 않을까요?”

“제가 비록 경공에 재주가 있어서 천산응왕이라고 불리지만 저에게는 그런 능력이 없습니다. 그러나 전해지는 이야기로 도제는 지고한 내공심법을 익혀서 범인이 상상할 수 없는 기이한 능력을 발휘한다고 합니다. 팽조혁도 도제의 내공에는 두 손 두 발을 다 들었다고 합니다. 그리고 여러분도 아시다시피 도제의 다른 별호가 창천신룡입니다. 도제의 신법이 뛰어남은 그 별호만 봐도 알 수 있습니다. 기이한 내공과 뛰어난 신법이라면 짧은 시간 안에 화북평원에서 카라코롬까지 주파할 가능성이 있습니다.”

소진의 장황한 설명이 끝나자마자 계속해서 말을 주고받던 한조현 대신에 조문룡이 궁금증을 참지 못하고 입을 열었다.

"지옥마도가 도제라면 무엇 때문에 그런 일을 한 것인가?"

조문룡의 위상은 교주 못지않았다. 소진이 황망히 조문룡에게 고개를 숙여 보이며 대답했다.

"죄송합니다. 그것은 저도 모르겠습니다. 그리고 저도 두 사람이 동일인임을 확신하진 못하고 있습니다. 만약 두 사람이 동일인이라면 몽골에 도제의 친인이 있어서 전화(戰禍)를 입은 것이 아닌가 하고 추측됩니다."

좌중의 인물들이 모두 고개를 끄덕였다. 충분히 가능성이 있는 이야기였다. 군자가 아니라 군자할아버지라 해도 친인이 죽었다면 복수의 칼을 빼 들 것이다. 명교가 지금 무림을 상대로 복수하려는 것도 같은 맥락인 것이다. 들리는 소문에 의하면 도제는 실로 천생(天生)의 무인으로 수련에만 관심이 있고 다른 것에는 관심이 없는 사람이라고 한다. 그런 사람이 일부러 몽골까지 가서 대군을 상대로 혈투를 벌이지는 않았을 것이다.

"지옥마도와 도제가 동일인이라면 명 황실에서 가만히 있지 않겠군요?"

한조현의 말에 소진이 고개를 갸웃거리며 말했다.

"명 황실은 지금 그럴 여유가 없을 겁니다. 영락제의 갑작스런 죽음으로 인해 한왕 주고후가 권력욕에 불타 반란을 일으킬 조짐이 있습니다. 더군다나 명 황실은 병사들의 이야기를 황제를 잃고 살아 돌아온 패잔병들의 헛소리로 치부하고 있다고 합니다."

20만 대군이 불과 4만의 기병에 대패를 당하고 친정을 나갔던 황제마저 잃고 살아 돌아왔다면 책임 추궁도 심할 것이다. 책임을 모면하기 위해 입을 맞추는 것도 충분히 가능성이 있었다.

"또한 명 황실이 그 이야기를 사실이라 믿는다 해도 함부로 도제를 적대시하진 않을 겁니다. 수십만 대군 속을 유유히 헤집고 다녔다는 고수가 만약 암살이라도 할라 치면 그 누가 막을 수 있겠습니까? 도제가 계속적으로 명 황실과 대적한다면 모르겠지만 그렇지 않다면 덮어둘 가능성도 농후합니다."

명교주 한유는 가만히 이야기를 듣고 있다가 문득 떠오르는 게 있어 지금까지 아무런 말도 안 하고 조용히 앉아 있는 귀수염왕(鬼手閻王) 적효(赤淆)를 보았다.

"귀수염왕께서 전에 도제의 일을 맡으신 것으로 알고 있습니다만, 어찌 되었습니까?"

적효는 항상 조용하고 말이 없었지만 맡은 바 일은 철저히 완수하는 치밀한 성격의 소유자였다.

"도제의 의제 패도 조일봉에게 황금 100냥을 선물로 보냈습니다. 조일봉은 그 돈으로 집을 수리하고 장원을 샀습니다. 도제가 그 사실을 안다면 우리의 행사를 간섭하지는 않을 것입니다."

"음……."

한유가 침음성을 터뜨렸다. 돈을 받고 오리발을 내밀지는 않겠지만 특별히 친분을 쌓았다고 할 수는 없는 일이다. 그것도 당사자가 아닌 바에야.

"황금 100냥이 거금이기는 하지만 도제를 우리 편이라 보기는 어렵겠습니다."

적효도 마침 그렇게 생각하고 있던 터라 별달리 할 말은 없었다.

"예, 교주님."

좌중은 다시 침묵에 잠겼다. 해동 사람인 도제가 자신들의 일을 상관할 가능성은 없었다. 그렇지만 도제와 관련된 인물을 건드린다면 도제도 가만히 있지는 않을 것이다. 도제가 자신들과 적이 되면 복수하기보다 안위를 걱정해야 할지도 모른다. 도제와 부딪치는 일은 최대한 피해야 했다.

"도제가 명나라에서 친분을 가진 인물들에 대하여 알고 있는 바를 말씀허 보십시오."

한유의 말에 소진이 자신이 대답해야 할 사항임을 알고 다시 나섰다.

"십영의 첫 손에 꼽히는 패도와는 좀 전에도 말씀드렸다시피 의형제를 맺고 있고, 패도가 팽가의 여식과 결혼을 했으니 팽가와 친분이 있습니다. 그 외에 따로 인연을 맺었다고 할 수는 없지만 천진에 있는 개방, 금도문과도 친분이 있는 걸로 파악이 되고 있습니다."

천하를 상대로 복수하려 하는 명교가 단 한 명의 무인을 두려워하는 현실이 우습기도 했지만 현실은 냉혹한 법이다. 자존심을 세우려다 도제와 적이 되는 상황을 맞이하고 싶은 사람은 아무도 없었다.

한유가 좌중을 돌아보며 강조했다.

"여러분들은 들으십시오. 우리의 목적은 복수를 하고자 함이지 순교를 하고자 함이 아닙니다. 위험 요소는 최대한 제거해야겠습니다."

좌중에 앉아 있는 모든 사람들도 그런 생각을 가지고 있었다.

"……."

"그래서 우리의 복수 대상에서 도제와 친분이 있는 사람과 문파는 일단 제외하겠습니다. 그리고 무당도 일단 복수 대상에서 제외하겠습니다. 두림맹이 결성되기 전까진 이들도 우리를 적대시하진 않을 겁니다."

명고는 수십 년을 절치부심해 힘을 길렀으나 무당은 가만히 앉아서 황제의 도움으로 번창했다. 작금에 이르러서는 그 세력이 명나라 무림을 좌지우지할 정도였다. 명교가 무당과 붙는다면 지지는 않겠지만 이

긴다는 보장도 없었다. 일 대 일로 자웅을 결해도 결코 승부를 점칠 수 없는 상대가 무당이었다. 복수의 대상은 많았다. 무당에 얽매어 교의 사활을 걸 필요는 없었다. 건드리지도 않는데 먼저 나서서 피를 볼 무당이 아니었다. 그러나 무림맹이 형성된다면 무당이 앞장설 가능성이 농후했다.

한유가 계속해서 말을 이었다.

"우리의 적은 일단 무당과 팽가, 그리고 개방을 제외한 팔파와 사대세가로 한정합니다. 부화뇌동하는 나머지 군소방파들에게까지 빚을 묻고 싶지는 않습니다. 이의있으면 말씀하십시오."

조문룡이 대표로 말을 했다.

"교주님의 뜻대로 하십시오."

한유가 다시 고개를 숙여 조문룡에게 사의를 표하였다. 조문룡이 많이 양보하고 있다는 것을 알기 때문이다. 마음속에 결론을 내린 한유는 쾌도난마(快刀亂麻)의 식으로 앞으로의 계획들을 정리해 갔다.

"거사는 광명좌사가 항주에 만들어놓은 기반을 중심으로 지원자를 받아서 하겠습니다. 이곳 광명사는 후대를 위한 안배로 남겨두어야 합니다. 지원자들은 항주로 가는 즉시 광명사와 모든 연이 끊어집니다. 이 점을 명심하시고 지원자들을 받아주십시오."

"옛!"

50년을 갈고닦아 온 복수의 칼이 타림분지를 떠나려 하고 있었다. 그러나 한유는 몰랐다, 50년이란 세월은 복수의 칼에 아무도 모르는 균열을 만들어놓았다는 것을.

# 의형제(義兄弟)

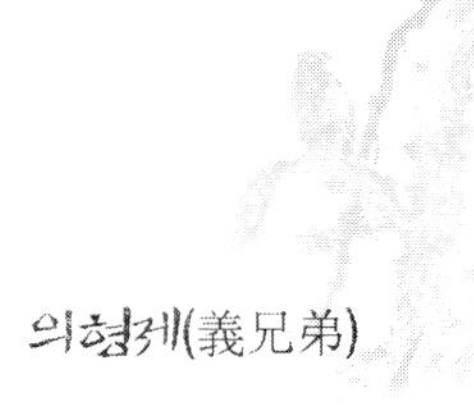

의형제(義兄弟)

조일봉은 요즘 죽을 맛이었다. 평생 동안 관심도 기울이지 않았던 글공부를 강압(?)에 의해서 억지로 해야만 하는 처지였다. 서재에 가득한 책들을 보니 머리부터 지끈거렸다. 저 많은 책들을 언제 다 읽는단 말인가. 지금 조일봉이 들고 공부하는 책은 천자문이었다.

"으… 정말 미치겠구나. 내 글을 모르고도 잘만 살아왔는데 이 나이에 천자문을 배워야 하다니……. 으… 하늘 천(天)… 으… 이건 그나마 아는 글자네."

조일봉의 입에서 연신 죽는소리가 새어 나왔다.

조일봉이 늙어서(?) 천자문을 배우게 된 사연은 복잡했다.


조일봉은 결혼식이 끝나고 팽여주와 깨가 쏟아지는 신혼 생활의 단꿈에 젖어 있었다. 형님과 동생이 각자의 볼일을 보러 가자 마음도 편해졌다. 그러나 바로 그 즈음 생각지도 못했던 방해물이 나타났다. 유소백과 죽이 맞아 한참을 어울려 다니던 팽무상이 '매화락'의 비밀을 알아버린 것이다.

팽무상은 결혼식이 끝나도 집으로 갈 생각을 하지 않고 매화락을 무슨 전가(傳家)의 보도(寶刀)처럼 휘두르며 심심할 때마다 조일봉을 괴롭혔다. 조일봉이 팽무상에게 술대접을 하느라 쓴 돈도 적지 않았다. 한 달을 진드기처럼 괴롭히던 팽무상이 팽가로 돌아간 이후에야 조일봉은 다시 신혼의 단꿈에 젖어들 수 있었다.

그러나 진드기 팽무상이 팽가에서 되돌아오면서부터 일이 터지고 말았다. 장무위에게 전수받은 무상구도의 전 6초를 열심히 수련하고 있는 조일봉에게 팽무상이 싱글벙글거리면서 찾아왔다.

"매제(妹弟), 잘 있었는가?"

조일봉은 팽무상을 보자마자 기분이 더러워졌다. 자연 불퉁한 표정에 불손한 어조의 말이 나왔다.

"험, 또 오셨소? 집에서 할 일도 많으실 텐데 예까진 어쩐 일로 오셨소?"

'너 하릴없냐? 바쁘지 않냐?' 하는 조일봉의 불손한 말에도 팽무상의 얼굴에는 싱글벙글거리는 기색이 가득했다.

"엥? 매제의 말을 들어보니 왠지 날 박대한다는 느낌이 드네그려?"

순간 당황한 조일봉. 기분이 나빠도 웃는 얼굴을 해야 하는, 즉 약점을 잡힌 사람의 행태를 그대로 드러냈다.

"헛! 그 무슨 말씀을… 제가 어떻게 처남을 박대하겠습니까. 이렇게 아니라 제가 오늘 거하게 한잔 사겠습니다."

"험, 아니라면 됐네. 난 또 자네가 날 박대하는 것 같아 순간 당황스러웠네. 내가 원래 술을 별로 좋아하지 않는 체질이라 웬만하면 거절해야겠으나, 자네의 성의를 무시하면 여주에게 미안하지. 암. 거! 하게 한잔 사보게나. 요즘 술이 영 받질 않아서 좋은 술이 아니면 안 넘어가니 이 점을 참작해야 할 것이네."

팽무상의 말을 듣고 조일봉은 속이 부글부글 끓어올랐다. 조일봉도 이제 술에 완전히 맛을 들여 일부러라도 건수를 만들어 술을 먹고 싶었다. 그렇지만 팽무상과 같이 술을 마시면 조일봉이 계산을 전담해야 했다. 팽무상에게 쓴 돈이 이미 적은 돈이 아니었던 것이다. 약점을 잡히는 바람에 팽무상이 말하지 않아도 알아서 대접을 해야 할 조일봉이었지만 팽무상이 아예 노골적으로 비싼 술을 강요하자 더 이상 참을 수가 없었다.

"쳇! 처남, 너무하신 거 아닙니까? 이미 처남에게 술값으로 날린 돈만 해도 적지가 않습니다."

조일봉은 모르고 있었지만 팽무상은 조일봉과 팽여주의 결혼식이 끝나고도 팽가로 돌아가지 못하고 조가장에서 자잘한 일들을 열심히 처리해 주었다. 조일봉은 나이는 먹을 대로 먹었지만 하인들을 다루거나 소작인들을 다루는 등의 장원을 운영하는 방법들은 전혀 모르고 있었다. 모르면 배우기라도 해야 하는데 조일봉은 장원 운영엔 아예 관심도 없었고 가르쳐도 배울 생각을 안 했다. 모든 일들을 어린 팽여주에게 떠넘기고 무공 수련만 하는 것이었다.

그렇다고 팽여주가 장원 운영에 능통한가 하면 그것도 아니었다. 팽여주도 그런 일들에 대해선 서투르기만 했다. 하나씩 배우고는 있었지만 당장 팽여주 혼자서 모든 일을 해결할 정도는 아니었다. 새로 들인 총관은 아직 믿음이 안 가서 믿고 맡길 수는 없고, 결국 팽여주는 사람

좋고 만만한 팽무상에게 부탁했다.

사람 좋고 만만한 팽무상(?)은 팽여주의 부탁을 거절할 수 없었다. 그 덕분에 팽무상은 팽여주를 도와 조가장을 반석 위에 올려놓기 위해 나름대로 많은 노력을 했었다. 그러는 와중에 심심할 때면 조일봉을 찾아갔다. 말 한마디 한마디에 즉각 반응하는 조일봉이 재밌어서 수시로 놀려먹는 재미도 쏠쏠했다.

그런데 본가로 돌아가서 다시 가문의 일에 열중하다 보니 자꾸 조가장의 일들이 궁금해졌다. 자신이 돌봐주지 않아도 잘 돌아가고 있는지 걱정이 되기도 하고. 그래서 팽무상은 중간 점검차 팽여주가 조가장을 잘 운영하고 있는지 한번 보러 온 것이었다. 그리고 이번에는 아예 작정을 하고 조일봉을 놀려먹을 생각도 가지고 있었다. 왕창 놀려먹기 위해선 표정 관리를 잘해야 했다. 조일봉의 투정을 듣자마자 팽무상의 얼굴이 순간 확 굳어졌다.

"허?! 날린 돈?! 아니, 매제! 해도 해도 너무한 거 아닌가! 내 언제 자네에게 술을 사달라고 한 적이 있었나? 자네가 싫다는 나를 끌고 억지로 술을 먹이지 않았나? 그리고 날린 돈이라니! 나에게 술 한잔 샀다고 해서 돈을 날렸다 생각했다면, 됐네! 내 자네에게 술을 대접받아서 뭐 하겠는가! 내 노래나 한 곡 부르고 가야겠네."

팽무상이 필요 이상으로 흥분하는 듯하자 조일봉이 순간 멈칫했다. 그러나 팽여주에게 이른다는 말만 아니면 무엇을 꺼리겠는가. 팽무상이 오늘은 낮술을 먹고 왔나? 하는 생각이 들었다. 절로 음흉한 웃음이 나왔다.

"흐흐흐, 노랠 하든지 춤을 추든지 처남이 알아서 하시구려."

그런 조일봉을 잠시 노려보던 팽무상은 이내 목청을 가다듬고 큰 소리로 노래를 했다.

천진의 밤에는 오색의 등불이 영롱하고(천진의 홍등가)
달빛과 어우러진 불빛 아래 매화향이 가득하네(이름 높은 기녀 매화).
거친 삭풍이 불어도 암향(暗香)을 흩뜨리진 못했건만(많은 사람들을 상
대해도 끄떡없었으나)
큰 칼이 지나간 자리엔 떨어진 매화만 남았네(조일봉이 매화를 몸져눕게
했다).


조일봉은 팽무상이 노랠 잘한다고 생각했다. 의외로 목청이 맑았다.
노래의 가사가 조금 이상했지만 제법 운치가 있는 듯했다. 조일봉은
가사가 무슨 뜻인지도 모르고 장단에 맞추어 고개를 끄덕거렸다.
"오라버니, 그게 무슨 노래죠?"
팽여주가 어느새 대청에 나타나 있었다.
스스로의 노래에 심취해 있던 팽무상은 순간 깜짝 놀랐으나 이내 태
연하게 팽여주를 반가이 맞았다.
"어? 언제 왔느냐?"
"언제 오긴요, 방금 왔죠. 그리고 여긴 우리 집인데 오고 말고가 어
디 있어요."
"아! 이런 내 정신 좀 보게나. 여긴 조가장이었지."
"그런데 오라버니, 방금 부르신 노래는 처음 들었어요. 무슨 노래
죠?"
팽무상은 조일봉이 설마 노래의 뜻을 못 알아듣고 장단을 맞춰서 고
개를 끄덕거릴 줄은 몰랐다. 그런데 알아들으라는 조일봉은 못 알아듣

고 듣지 말아야 할 팽여주가 들었으니 난감했다. 조일봉이 워낙 순진해서 놀리는 데 재밀 붙였지만 팽무상도 조일봉이 화(?)를 입는 것은 원치 않았다. 팽무상은 등에서 식은땀이 흘러내렸다.

"별거 아니야. 그냥 내 기분 내키는 대로 부른 거니 신경 쓰지 말거라. 아! 내가 요즘 정신을 놓고 다닌단 말이야. 급히 해야 할 일이 있었는데 깜빡하고 왔군."

팽무상은 급히 자리에서 일어나며 미안하단 표정을 지었다.

"오자마자 그냥 가게 돼서 미안하네. 그리고 매제, 자네의 성의는 고마우나 내 술은 다음에 마시도록 하지."

"오라버니, 오랜만에 오셨는데 좀 더 계시다 가시죠."

팽여주의 말에 조일봉이 불쑥 한마디 했다.

"오랜만은 무슨 오랜만. 한 달 전까지만 해도 우리 집에서 죽치고 있었는데."

팽무상의 얼굴이 순간 확 붉어졌다. 자기를 도와준 줄도 모르고 빈대 취급을 하는 조일봉에게 뭐라 한소리 하고 싶었지만 오래 있을 상황이 아니었다.

"내 급한 일 때문에 지체할 상황이 아니네. 그럼 다음에 보세나."

말이 끝나자마자 팽무상은 좀 더 있다 가라는 팽여주를 뿌리치고 휭하니 조가장을 떠나갔다. 그 모습을 보는 조일봉은 팽무상이 꼭 도망가는 듯하다 생각했지만 이내 씩 웃고 말았다.

'오늘은 처남에게 뜯기지 않았다.'

그러나 조일봉의 흐뭇함은 채 5일을 못 갔다.

황급하게 서둘러 떠난 팽무상의 노래에 무슨 의미가 있다고 생각한 팽여주가 이리저리 노래에 대해서 수소문을 시작했던 것이다. 결국 팽여주는 시중드는 하녀 춘심이를 통해 매화락에 숨은 의미를 알게 되었다. 하인들 사이에선 이미 '매화락 조일봉' 의 위명이 자자했던 것이다. 지고한 정력을 지닌 조일봉을 우상화해서 본받고자 하는 하인들도 많았다.

팽여주의 마음은 정말로 답답했다. 팽무상이 놀리는 것인 줄도 모르고 장단을 맞추어 고개를 끄덕거리고 있던 조일봉의 모습을 생각하니 눈물이 멈추질 않았던 것이다. 매화락이니 뭐니 하는 것은 결혼 전의 일이니 팽여주가 뭐라 한다고 해서 돌이킬 수 있는 것도 아니었다. 팽여주는 돌이킬 수도 없는 지난 일을 가지고 속 좁게 사랑하는 조일봉을 괴롭힐 생각은 추호도 없었다.

조일봉의 순수한 모습에 반해 반강제(?)로 결혼한 팽여주였다. 그러나 조일봉이 팽무상의 놀림에 장단을 맞추고 있던 모습은 순수한 모습이 아니라 멍청한 모습이었던 것이다. 평생을 의지해야 할 조일봉의 추태에 팽여주의 눈에서 저절로 눈물이 흘러내렸다.

조일봉은 아무 말 없이 그냥 드러누워 눈물만 흘리는 팽여주에게 손이 발이 되도록 빌었다. 조일봉은 가슴이 찢어지는 듯했다. 남의 집 귀한 딸을, 그것도 귀엽고 사랑스럽기 그지없는 팽여주를 데리고 와서 행복하게 해주지는 못할망정 눈물을 쏟게 만들었던 것이다. 조일봉은 속으로 맹세를 했다.

'내가 다시 기방을 출입하면 사람도 아니다!'

결국 손이 발이 되도록 비는 조일봉에게 팽여주가 글공부를 하라고 했다. 조일봉의 순수함이 멍청함으로 나타나지 않게 하려면 글공부를 하는 수밖에 없다고 판단했던 것이다.

그날 이후로 팽여주는 동침을 완강히 거부했다. 조일봉은 그야말로

'주경야독(晝耕夜讀)'을 몸소 실천하고 있었다. 낮에는 무상구도를 수
련하고 밤에는 천자문을 배웠다. 읽는 것은 자신있었던 조일봉이었으
나 의외로 천자문에도 모르는 글자가 많았다.

서재에서 머리를 쥐어 뜯어가며 열심히 글공부하던 조일봉은 팽무
상이 찾아왔단 소리에 이가 갈렸다. 그러나 아무리 꼴 보기 싫어도 처
남이 찾아왔는데 모른 척할 수는 없다. 내키지 않았지만 밖으로 나가
서 맞지 않을 수 없었다. 그러나 하인의 안내를 받으며 들어오는 팽무
상을 보자 저절로 얼굴이 확 일그러졌다.
"왜 또 오셨소? 내 죽는 꼴을 봐야 속이 시원하겠소?"
"자네에게 긴히 할 말이 있네. 들어가서 이야기하세나."
조일봉의 박대에도 불구하고 팽무상의 얼굴은 전혀 변화가 없었다.
처음 올 때부터 굳어 있는 표정 그대로였다. 생각대로 했으면 쫓아내
도 시원찮았겠지만 분위기가 이상했다. 팽무상의 예상외의 반응에 조
일봉도 뭔가 있음을 짐작하고 안으로 안내했다.
"지옥마도의 이야기는 자네도 들었겠지?"
팽무상은 자리에 앉자마자 인사도 생략하고 다짜고짜 지옥마도 얘
기부터 했다.
"아, 그거 말입니까? 몽골의 신비고수로 알고 있습니다."
팽무상의 진지한 말에 조일봉은 피식거리며 대답했다. 몽골 사람 중
에 그런 신위를 발휘할 수 있는 고수가 어디 있단 말인가. 박효양 어르
신이나 신처럼 떠받드는 장무위라면 또 모를까.
"음… 그게 말일세, 지옥마도가 장 대협이란 소문이 있네."
조일봉은 '역시 형님이 아니고서야 그런 능력이 있는 사람이 없지'

하며 고개를 끄덕이다가 순간 일이 간단치 않음을 알고 놀라서 되물었다.

"그게 무슨 말씀입니까? 형님이 왜?"

"그건 나도 모르겠네. 그래서 자네에게 물어보려고 온 거야. 혹시 몽골에 장 대협의 친인척이 계신가?"

"아뇨, 없습니다. 형님의 친인척은 아무도 없어요."

팽무상이 들은 바 지옥마도의 행색은 장 대협과 비슷했다. 장무위가 언제 조가장을 떠났는지 잘 알고 있는 팽무상이니 지옥마도의 행색을 듣자마자 바로 장무위와 연계시켜서 생각했던 것이다.

"그럼 도대체 이유가 뭘까? 이상하군."

조일봉이 한참 머리를 굴리다가 무릎을 탁! 치며 말했다.

"몽골에 친인척은 없지만 지인(知人)은 있습니다!"

"그건 무슨 소린가?"

"그게 뭐냐 하면요, 왕정문 어르신의 부탁으로 형님께서 몽골에서⋯⋯."

조일봉이 몽골에서 있었던 이야기를 열심히 하자 팽무상은 지옥마도가 바로 장무위임을 알 수 있었다.

"매제, 지옥마도는 장 대협 본인임에 틀림없는 것 같네."

"⋯⋯?"

"카라코롬에 남아 있던 모든 몽골 사람들이 학살당했고 카라코롬은 폐허가 돼버렸다고 하네."

"뭐라고요?! 도대체 언제 그런 소식을 들으셨습니까!"

조일봉은 대경실색했다. 처음 듣는 이야기였던 것이다. 민간에는 아직 전쟁 소식이 자세히 전해지지 않고 있었다. 명나라가 남의 나라에 가서 전쟁을 했으니 거리도 멀었고, 또 이긴 전쟁이 아니라서 소문이 많이 나진 않았다. 더군다나 힘없는 몽골 백성들을 학살한 것이 무슨 자랑이라고 소문이 떠돌겠는가.

형님이 가셨으니 왕씨 조손의 안위는 아무런 문제가 없다고 생각하던 조일봉이었다. 그만큼 장무위의 능력을 믿고 있었다. 또 왕씨 조손은 아룩타이의 집에 살고 있다고 하지만 몽골의 군이나 관과는 아무런 연관이 없는 사람들인 것이다.

'만약에 왕씨 조손이 해를 당했다면……?

눈앞이 캄캄해졌다. 형님의 성격을 조일봉은 잘 알고 있었다. 원(怨)은 어떤지 몰라도 은(恩)은 확실하게 갚으려 하는 사람인 것이다. 은혜를 입은 사람들이 해를 입었다면 장무위의 심정이 어떨까 상상이 가지 않았다.

"이번 전쟁에서 살아 돌아온 10만의 병사들을 통해 이야기가 전해졌네. 나도 본가로 가서 들은 이야기야."

"형님은 왕정문 어르신에게 현천도를 얻으신 이후에 왕씨 조손을 남처럼 생각하지 않으셨는데… 수십만 대군과 혈전을 벌이셨다면 왕씨 조손이 해를 입었음이 분명합니다. 이 일을 어찌해야 하죠? 형님이 얼마나 상심이 크실지… 미치겠네."

조일봉은 자릴 박차고 일어났다. 걱정이 되어 가만히 앉아 있을 수가 없었다.

"처남, 전 백두산에 좀 다녀와야겠습니다."

팽무상이 다급히 조일봉을 말리며 말했다.

"매제, 잠시만 앉아보게. 그보다 집 주변에서 수상한 자들을 못 봤는가?"

"수상한 자들이라뇨? 전 못 봤습니다."

그제야 팽무상은 한시름을 놓았다. 조가장은 화북평원에 지어져 주변 일대가 넓은 벌판이었다. 조일봉이 사람이 순진하긴 하지만 무공만큼은 세맥을 타통한 절대고수. 이 넓은 벌판에서 조일봉의 눈을 피할 수 있는 관부고수는 없을 것이다. 아직 관부에서 다른 행동을 하지 않았다고 판단해도 무방했다.

사실 팽가에선 이 문제로 명 황실의 보복을 받을까 봐 걱정이 태산이었다. 그래서 한편으론 관부에 만들어놓은 인연을 이용해서 팽가와 조일봉에게 불똥이 튀지 않도록 손을 쓰고 다른 한편으론 관부고수들의 행태에 촉각을 곤두세우고 있었다.

"음, 다행일세. 명 황실이 보복하지나 않을까 걱정을 많이 했다네. 그래서 내가 이렇게 서둘러 온 것일세."

조일봉은 순간 열불이 치솟았다.

"보복을 해요? 왜? 이놈들을 그냥!"

"진정하게나. 아직 아무 일 없는데 먼저 나서서 관부와 척을 질 필요는 없네."

조일봉도 관부를 상대로 싸움할 생각은 추호도 없었다. 일개 무인이 어떻게 관부를 상대할 수 있겠는가. 다만 속에서 불이 치솟아 울컥한 것뿐이었다.

"처남, 제가 백두산에 좀 다녀와야겠습니다. 그동안 우리 여주를 좀 데리고 있어주십시오."

조일봉이 장무위를 어떻게 생각하는지 팽무상도 잘 알고 있었다.

"알았네. 여주는 내가 본가로 데리고 가서 잠시 보호하고 있겠네. 여주를 생각해서라도 빨리 다녀오도록 하게. 지금 관에서 아무런 움직임이 없지만 안전하다고 장담하지는 못해."

"예, 최대한 빨리 다녀오겠습니다."

뜬눈으로 밤을 샌 조일봉은 바로 다음날 울먹이는 팽여주를 다독여 주고 백두산으로 말을 달렸다. 화북평원에서 백두산까지는 절대 가까운 거리가 아니었다. 조일봉은 제대로 쉬지도 않고 죽어라 말을 달려 보름 만에 백두산에 도착했다.

그러나 백두산은 동네 뒷산이 아니었다. 높은 산과 깊은 골은 어디가 어딘지 분간도 못할 지경이었다. 고생고생을 하며 간신히 장무위에게 들은 대로 오두막이 있는 곳을 찾아갔으나 그곳에는 오두막이 있었다는 흔적만 남아 있었다. 그때부터 조일봉은 백두산을 뒤지며 형님을 부르며 돌아다녔다.


시간이 약이란 말이 있다. 그렇게 혼란스럽던 마음도, 가슴이 터질 듯하던 슬픔도 시간이 흐르자 진정이 되었다. 그러나 장무위는 앞으로 자신이 가야 할 길을 찾지는 못했다. 세상에 홀로 동떨어진 듯, 어두운 밤길을 혼자 거니는 듯한 느낌에 장무위는 멍하니 가부좌만 틀고 앉아 제대로 된 명상을 하지도 못했다. 그런데 갑자기 낯익은 목소리가 들려왔다.

"형—니—임! 혀—엉—니—임!"

"저건 일봉이 목소린데?"

장무위는 조일봉의 목소리를 듣자 깜짝 놀랐다. 자신이 찾아오지 말라고 당부를 했었는데 어쩐 일로 여기까지 찾아왔는지 모를 일이었다. 즉시 신형을 날려 소리가 들려온 곳으로 찾아가 보자 먼지를 흠뻑 뒤집어써 먼 길 온 티를 내고 있는 조일봉의 모습이 보였다.

"일봉이, 나 여기 있네. 한데 자네가 여긴 어쩐 일인가?"

"형님이 보고 싶어서 왔습니다. 오지 말라 하셨지만 참을 수가 없었습니다."

"이 사람아, 그게 무슨 말인가. 무슨 일이라도 있었나?"

"저에게 무슨 일이 있는 게 아니고, 몽골에서 있었던 이야길 들었습니다. 그 이야길 듣고 형님이 걱정되어서 찾아온 것입니다."

장무위는 조일봉의 진정 어린 두 눈을 보고 가슴이 뭉클했다. 괜스레 눈시울이 뜨뜻해지려고 했다. 왕혜정이 죽은 이후 세상에 오직 혼자 남은 듯한 느낌을 받았었는데, 두 명의 의동생이 있음을 왜 생각지 못했던가! 먼지를 흠뻑 뒤집어쓰고 있는 조일봉의 모습을 보니 고마운 마음과 미안한 마음이 동시에 들었다.

"일단 내가 있는 곳으로 가세나."

"예."


장무위에게 몽골에서 있었던 이야기를 들으면서 조일봉은 연신 분을 참지 못하고 길길이 날뛰었다. 설마 명나라 군사들이 그런 참혹한 일을 저질렀을 줄이야 꿈에도 몰랐다. 400명의 아이들을 한곳에 몰아넣고 불을 지르다니… 인두겁을 쓰고 어찌 그럴 수 있단 말인가.

"형님, 제가 명나라 사람이란 사실이 이렇게 부끄러운 적이 없었습니다. 용서해 주십시오."

"자네에게 무슨 잘못이 있겠는가. 그런 소린 하지 말게. 그런데 제수씨는 어쩌고 이렇게 오게 됐는가?"

"형님의 이야길 듣고 오지 않을 수 없었습니다. 내자는 처가로 보냈습니다."

"음, 그런데 내 소식을 어떻게 듣게 된 것인가?"

"예, 처가에서 소식을 전해줘서 알게 됐습니다."

이어진 조일봉의 설명을 듣고 장무위는 머리끝이 쭈뼛 섰다. 카라코롬에서는 분노 때문에, 그 이후에는 스스로 번민에 빠져 미처 생각지 못했던 문제였다. 명의 병사들 중에 자신을 알아보는 사람이 있었다면 자신을 이렇게 따르고 생각해 주는 의제에게 큰 위기가 닥칠 수도 있는 것이다. 생각할수록 소름이 끼치고 등에서 식은땀이 흘렀다. 자신이 저질러 놓은 일 때문에 의제가 멸문지화를 당할지도 모르는데, 세상에 보호해야 할 사람이 없다며 회의와 번민에 빠졌던 사실이 부끄럽기 그지없었다. 남녀의 정에 얽매어 형제의 정을 외면할 뻔했던 것이다. 어디 쥐구멍이라도 있으면 당장 들어가고 싶었다.

"일봉이, 정말 미안하네."

조일봉의 눈이 휘둥그레졌다.

"형님이 제게 미안하실 이유가 뭐가 있습니까?"

"자네에게 큰 화가 미칠 수 있음을 내 전혀 생각도 못했네. 너무 생각이 짧았어."

조일봉은 장무위가 무엇을 말하는지 바로 알 수 있었다. 팽무상이 걱정하던 그것이었다. 그렇지만 형님에게 미안하단 말은 죽어도 듣고 싶지 않았다.

"형님! 전 형님께서 미안하단 말씀을 거두시기 전까진 꼼짝도 안 할 겁니다. 제 생명은 부모님이 주셨으나 사람답게 살 수 있게 해주신 분은 형님이십니다. 형님의 일로 제가 죽어야 한다면 기쁘게 받아들이겠습니다. 그런 말씀은 거두어주십시오. 더군다나 관에선 아무런 움직임도 없습니다."

장무위의 눈에 결국 이슬이 맺혔다. 조일봉의 말 한마디 한마디에는 진심이 가득 담겨 있음을 느낄 수 있었기 때문이다. 장무위는 고개를 돌려 정자 안에 가득 쌓아놓은 벽곡단 항아리를 보며 젖은 눈시울을 감추었다.

"제수씨가 걱정되어서 안 되겠네. 이럴 게 아니라 당장 자네 장원으로 가세."

"형님, 저 때문에 형님의 수련에 지장이 생기는 것은 싫습니다. 제가 어리석어 남들에게 욕을 많이 먹고 있지만, 내자도 보호 못할 바보는 아닙니다."

큰 위기가 닥칠지도 모르는데 오히려 자신의 수련을 걱정하는 의제였다. 장무위는 조일봉이 손을 덥석 잡았다.

"일봉이! 자네의 정이 이리도 깊은 줄 내 미처 몰랐네. 미안하네. 내 자네에게 뭘 숨기겠나."

장무위는 한숨을 쉬었다.

"휴, 나의 스승님께선 인세에 다시없을 위대한 신인(神人)이셨네. 어릴 적에 스승님의 은혜를 입어 당신의 한없는 깨달음의 일부를 배울 수 있는 기연(奇緣)을 얻을 수 있었지. 나는 스승님을 닮고 싶었네. 그렇지만 스승님께서 나의 길을 가라 하셨기에 난 구도의 길을 걷고자 하는 욕심을 버리고 무도에 뜻을 두었어. 항거할 수 없는 힘에 부모님을 잃고 천애고아가 되었던 내 신세를 생각하며 앞으로는 어떠한 힘에도 굴복하고 싶지 않아서였어."

장무위는 잠시 말을 멈추고 옛일을 회상했다. 이미 20년도 넘은 일들이지만 아직도 머리 속에 생생하다.

"비록 어린 나이에 결정한 것이었지만 그 이후로 한시도 쉬지 않고

수련에 매진하며 내 목표를 이루기 위해 노력했지. 그런데 몽골에서
왕 부인을 만나고 난 이후에 내 마음에 파문이 일기 시작했네. 자네 결
혼식에 참석하려고 몽골을 떠날 때까지만 해도 몰랐지만, 난 왕 부인을
사모하고 있었던 거야. 휴우! 그런데 몽골에서 그런 참혹한 일이 있은
후 삶에 회의가 들기 시작했네. 세상에 더 이상 보호해야 할 사람이 없
다고 생각한 거지. 수련에도 의미를 잃고 속으로만 침잠해 들어갔네.
그 누구보다 정이 깊은 의제가 둘이나 있는데 그것은 생각도 못하고
내 생각만 했네."

조일봉은 아무런 말도 하지 않고 형님의 말을 들으며 목이 메어왔
다. 하늘처럼 생각하고 있던 형님도 사람이었던 것이다.

"몇 달 동안 생각만 했어. 수련은 아예 시작도 못하고 내 삶이 의미
가 없었다고 생각했어. 스승께서 베푸신 은혜와 자네들의 정을 외면하
고 말이야."

장무위는 흐르는 눈물을 감추며 진심을 토로했다. 의미가 없다 생각
했던 자신의 삶이지만, 자신을 걱정해서 처의 안위도 접어두고 만릿길
을 달려왔을 의제 조일봉을 보니 그 생각이 얼마나 사치스러운 생각이
었던가를 절감했다. 장무위 자신이 행한 일 때문에 위험에 처한 조일
봉이었다.

"일봉이, 지금 당장 일어나게. 장원으로 가세나."

조일봉은 괜찮다 말하고 싶었지만 형님이 지금껏 혼자 마음 고생을
하고 계셨다는 것을 알고는 자신이 옆에서 형님의 기분을 풀어드려야
겠다는 생각을 했다.

"예, 형님."

조일봉은 편히 쉴 입장이 아니었다. 장무위의 다그침을 받자 벌떡

일어나 보름 동안 지나온 길을 거슬러 가기 시작했다.


　백두산을 출발한 두 사람은 보름이 채 안 되어 다시 조가장에 도착했다. 그런데 조가장에는 생각지도 못했던 반가운 얼굴이 와 있었다. 유소백의 모습을 본 두 의형제는 깜짝 놀랐다.
　"아니, 소백이 자넨 안동으로 돌아가지 않았었나?"
　"형님들, 저는 3일 전에 왔습니다. 걱정이 되어서 안동으로 갈 수가 없었습니다."
　유소백은 옥함산의 불욕사에 들렀다가 별 소득 없이 조선으로 다시 행로를 잡았다. 이번에도 배 타기가 무서워 요동으로 빙 돌아가고 있는데 몽골과 가까운 요동의 무림인들 사이에 떠도는 이야기를 듣고 '이거 큰일이구나!' 하면서 바로 조가장으로 온 것이었다. 요동에도 영락제와 맞섰던 지옥마도가 도제와 동일인일 가능성이 있다는 얘기가 떠돌고 있었다. 잘못하면 조일봉에게 큰 화가 미칠 수도 있는 것이다.
　유소백의 이야기를 들은 장무위는 이런 생각은 하나도 못하고 백두산에서 태평하게 번민에 빠져 있었던 자신이 정말 부끄러워졌다.
　"내 입이 열 개라도 자네들에게 할 말이 없네. 휴우."
　유소백이 의연히 말했다.
　"큰형님, 우리들은 의형제를 맺었습니다. 남이 아닙니다. 형님이 그렇게 말씀하시니 몸 둘 바를 모르겠습니다."
　"그래, 의형제야. 내 이번에 느끼는 바가 많았네. 자네들의 깊은 정을 모르고 나만 생각했네."
　장구위는 처의 안위를 뒤로하고 만릿길을 찾아온 조일봉이나 혹시나 하는 가능성에 죽을지도 모르는 장소를 찾아 역시 만릿길을 되돌아온 유소백을 보고 가슴이 뭉클해졌다.

'스승님, 세상의 삶이란 이런 것이군요. 이렇게 정이 깊고 성품이 곧은 의제가 둘이나 있습니다. 삶에 회의를 느꼈던 제 자신이 부끄럽습니다.'

스승께서는 영면에 드시기 전의 모든 시간을 장무위가 살아가면서 도움이 되었으면 하는 것들을 가르치는 데 할애하셨다. 그런 큰 은혜를 입고도 자신의 삶에 회의를 느끼다니…….

자신을 극진히 사랑해 주시던 부모님에 대한 기억이 아직 생생하고 박효양 같은 분도 뵙지 못한 것을 안타까워하며 탄식하던 위대한 스승을 모시고 크나큰 은혜를 입었다. 자신보다 형제를 더 생각하는 동생들을 둘이나 두었고 왕혜정의 사랑도 받았다. 장무위는 이미 천복을 가득 누리고 있는 것이다. 그런데도 장무위 자신은 거기에 만족 못하고 회의와 번민에 시달렸다. 세상에는 자신보다 훨씬 더 슬프고 힘든 일을 겪은 사람들도 많을 것이다. 자신처럼 하나의 일에 좌절한다면 세상에 멀쩡한 사람들이 어디 있겠는가.

장무위는 이래저래 부끄러운 마음이 자꾸 들었다.

장무위는 조가장의 후원에 방원 10장가량의 결계를 쳤다. 만일의 사태에 대비하여 피신처를 만들어놓은 것이다. 그리고 의제들에게 결계에 영향을 받지 않고 들어가는 방법을 설명해 주었다.

"이 결계는 인간을 비롯한 동물들의 오감을 차단하는 결계네. 위험이 닥치면 이곳으로 들어와서 피신하도록 하게. 세상 어느 곳보다 안전한 곳이 될 것임을 내 장담하네."

조일봉은 결계의 위력에 눈이 휘둥그레졌다. 강호에는 진법(陣法)이란 것이 있어서 신기한 현상을 일으킨다고 들었지만 장무위가 친 결계는 정말 희한한 것이었다.

조가장의 후원은 방원이 500장가량이나 되었다. 커다란 가산도 있고 연못도 있었다. 결계가 쳐진 곳은 바로 가산과 연못이 맞닿아 있는 부분이었다. 결계 속에는 벌써 몇 가지 물건들을 가져다 놓았다. 그것은 결계를 정상적으로 통과하지 않으면 볼 수가 없었다. 분명 그 자리가 맞는데 아무리 살펴보고 돌아다녀 봐도 가져다 놓은 물건들이 없는 것이다. 장무위가 가르쳐 준 방법대로 결계를 통과해야만 물건들이 보였다. 흡사 같은 장소에 두 개의 공간이 존재하는 것처럼 보였다.

"형님, 정말 신기합니다. 딴 세상이 하나 더 있는 것 같습니다."

조일봉은 눈이 휘둥그레지며 연신 감탄을 터뜨렸다. 그에 반해 유소백의 놀라움은 감탄 정도에서 그치지 않았다. 너무 놀라 말도 못할 지경이었다. 입만 벙긋거리며 뭐라 하고 싶은 말이 있는데도 표현을 못했다.

유소백은 원래 군문에 진출할 생각을 가지고 있었던 터였다. 지금이야 무도에 뜻을 두었지만 한때는 각종 진법을 깊이 공부해 그 이치에 밝았다. 아무것도 모르고 단순히 신기한 것을 보고 놀라는 조일봉에 비해서 유소백은 알고 있으므로 해서 더 크게 놀랐다. 세상에 이런 진법, 아니, 결계가 있을 줄은 상상도 못했던 것이다.

'정말 세상의 배움이란 끝이 없는 것이구나.'

입에 거품을 물 정도로 놀란 유소백은 앞으로도 결코 배움의 자세를 잊지 않겠다는 맹세를 했다.

장무위는 결계 속에 아예 백두산에서처럼 정자를 하나 만들어놓았다. 화북평원은 천진과 거리가 가까워 물류의 유통이 원활한 곳이다. 정자를 만들고 수십 개의 완전 밀봉한 벽곡단 항아리를 만들어놓은 데

걸린 기간은 두 달도 채 걸리지 않았다. 비상 식량과 옷가지를 비롯한 생필품들은 가산과 맞닿은 곳에 동혈을 하나 뚫어 창고를 만들고 적재해 놓았다.

그런 준비를 하고 있는 사이에 다행스럽게도 관에서는 아무런 움직임이 없었다. 유소백은 그제야 마음 놓고 안동으로 돌아가야겠다고 했다.

"형님들, 아무래도 명나라 관부에선 형님의 일을 믿지 않는 듯합니다. 걱정 안 하셔도 될 것 같습니다."

아닌 게 아니라 장무위도 이젠 어느 정도 안심하고 있었다. 명나라 관부에서 조가장을 치려 했다면 벌써 쳤을 것이다.

"소백이, 조심해서 돌아가고 노사께 안부를 꼭 전해주게. 내가 가서 인사를 드려야 하는데 자꾸 자넬 통해서 인사를 해야 할 사정이 생기는구먼. 노사께 죄송스럽기 이를 데 없어. 부탁하네."

"예, 형님. 꼭 전해 드리겠습니다. 큰형님께선 일봉 형과 같이 계실 겁니까?"

"그래. 한 1, 2년은 여기에 있을 것이네. 그전까진 완전히 마음을 놓진 못할 것 같아."

"예, 잘 알겠습니다. 저도 시간을 내서 종종 찾아뵙도록 하겠습니다."

조일봉이 싱글벙글거리며 한마디 한다.

"막내, 이번에 고마웠어. 내 그 마음 잊지 않도록 할게."

유소백이 슬쩍 삐친 표정을 지었다.

"다음에는 둘째 형님이 절 찾아오십시오. 매번 저만 먼 길을 걸어다녀야 하는 현실이 안타깝습니다."

"하ᄒ하, 알았어. 꼭 그렇게 하도록 할게."

이내 유소백은 싱글싱글 웃으며 손을 흔들고는 조선으로 말을 달렸다.

이 즈음 유소백의 기마술은 몽골의 기병들보다도 나았다. 귀공자풍의 유소백이 바람을 가르며 화북평원을 가로지르는 모습을 뒤에서 바라보던 조일봉은 '으, 나보다 멋진 것 같아' 하면서 앞으론 자신도 외양에 좀 더 신경 써야겠다는 생각을 했다.


조가장은 다시 평안을 찾았다. 팽가와도 주기적으로 연락을 주고받았으나 관부의 움직임은 없는 것으로 판명되었다. 팽여주는 세 의형제가 도착한 직후에 조가장에 돌아와 있었다.

장무위는 거처를 옮겼다. 현재까지 아무런 일도 없었지만 자칫 잘못하면 패가망신할 뻔하게 만들었으니 팽여주의 얼굴을 보기가 미안했던 것이다. 또한 장무위의 거처라고 마련된 곳은 너무 호화로워서 있고 싶은 마음이 들지 않았다.

장무위는 아예 거처를 후원에 있는 정자로 옮겼다. 바로 오른쪽에는 가산이 있고 정면에는 연못이 있어 풍광도 좋은 편이었다. 조가장의 인원들이 대피할 수 있도록 만들어진 결계이다 보니 정자도 크게 지어 놓았다. 넓은 공터도 짬짬이 다져 놓아서 연무를 하기에 안성맞춤이었다. 백두산에서 수련할 수 있다면 가장 좋겠으나 그렇게 하지 못하는 현실에 비추어 이곳보다 좋은 곳은 없었다. 더욱이 후원에는 조가장 가솔들의 발길을 금지(禁止)해 두었으므로 조용하였다.

의형제들 덕분에 회의와 번민에서 벗어난 장무위는 조일봉 부부에게도 폐관수련을 한다고 말해 놓고 다시 수련을 시작했다. 밤에는 명상을 하면서 마음속에 만든 가상의 칼로 무상구도를 수련하고 그 이외의 모든 시간은 생사탄강의 수련에 전념하였다.

'지나간 과거를 돌이킬 수도 없으니 과거에 연연하는 것은 나를 아껴주신 분들을 기만하는 것이다. 수련한 것은 결국은 나를 위한 것이었다. 세상의 누구도 나에게 수련할 것을 강요한 사람은 없었다. 내가 원했기 때문에 강함을 추구한 것이 아닌가?' 고 생각하며 마음을 다잡았다.

절대무공을 터득했다고 해서 세상의 일을 어찌 맘대로 하겠는가. 다만 무력이 필요할 때 좀 더 강한 무공을 지니고 있다면 좀 더 나은 결과를 도출할 수 있을 뿐이었다.

백두산에서는 모든 수련을 중지하고 멍하니 생각에만 빠져 있었지만 그사이에도 저 혼자 살아 움직이는 혼원기의 양은 커져 있었다. 혼원기의 양이 커지니 발출할 수 있는 강기의 양도 커져 이제는 다섯 치 넓이의 강기를 임의대로 가슴둘레에 형성시킬 수 있었다.

정자 속에서 가부좌를 틀고 앉아 있는 장무위의 가슴둘레에는 투명한 푸른 강기의 띠가 눈에 보이지 않을 정도로 빠르게 돌아가고 있었다. 너무 빨라서 가만히 고정되어 있는 듯한 그 강기의 띠는 장무위가 거두려 마음먹으면 순식간에 사라지고 펼치려 마음먹으면 순식간에 나타나서 빠르게 회전을 했다.

내력의 소모가 극심해서 3갑자 가까이 되는 내공으로도 오래 사용할 수는 없었지만 잠깐씩 표출하는 것은 그렇게 어렵지 않았다. 몽골에서 형성시킨 강기의 고리는 푸른 불꽃이 이글거리는 듯했으나 지금은 아주 얇아 있는지 없는지도 모를 투명한 푸른색이었다. 박효양의 무형검강을 보고 난 이후에 강기를 압축시키려는 노력을 끊임없이 한 결과였다.

얇게 압축시키니 넓이는 그대로지만 위력은 천양지차였다. 가히 그 무엇으로도 뚫을 수 없는 무적의 강기가 형성된 것이다. 회전의 속도도 더욱 빨리 할 수 있었다. 생사탄강으로 몸을 덮을 수 있게 수련할 수만 있다면 박효양의 무형검강도 막을 수 있을 것 같았다.

생사탄강의 수련은 이제 내력의 문제로 넘어갔다. 더 이상은 어떠한 방법을 쓰더라도 강기의 폭을 넓힐 수가 없는 것이다. 올해 서른다섯 살을 맞은 장무위의 내력은 3갑자가 조금 넘었다. 3갑자의 내력으로 최대한 표출시킬 수 있는 강기의 고리가 다섯 치였다. 그 이상은 아무리 해도 늘어나지 않자 수련의 방향을 바꿀 수밖에 없었다.

그래서 장무위는 생사탄강의 수련은 하루 한 시진 정도로 줄이고 나머지 시간은 모두 무상구도를 더욱 향상시키기 위해 투자했다. 더 이상 초식을 보완하는 것은 무의미했다. 무상구도의 완성도는 이미 세상의 어떤 무공보다도 앞서 있었다. 이제는 초식의 보완이 아니라 다른 형태로 무상구도를 발전시켜야 했다. 장무위는 생사탄강을 수련하면서 강기의 숙련도가 향상되어 수유의 순간에 강기를 형성시키고 소멸시킬 수 있는 능력을 가질 수 있게 되었다. 그리고 박효양의 무형검강처럼 강기를 압축하는 방법도 터득할 수 있었다.

장무위는 이에 만족하지 않고 강기의 압축을 무상구도에 도입하여 무상구도의 전 6초식을 얇게 압축된 도강을 이용해서 펼칠 수 있게 수련했다. 이미 몸을 움직이며 수련할 단계는 지났으나 도강을 발출한 상태로 자유자재로 초식을 구사하려면 역시 수련을 통해 익숙해지게 만드는 게 가장 좋았다.

정자 앞의 공터에서 무상구도를 시전하는 장무위의 현천도는 도신이 길게 늘어난 듯했다.

넓이는 현천도와 같았고 두께는 너무나 얇아서 있는지 없는지 분간도 잘 안 되는 얇은 띠가 도첨에서 길게 솟아나 있었다. 길이는 일 장 정도였고 색깔은 푸른색이었다. 무상구도의 전 6초는 장무위가 비무행을 하면서, 또 혈전을 치르면서 얻은 바를 더해 칠십이식 육백사십팔변이 되어 있었다. 보완하고 수정하기를 거듭해 더 이상 덧붙일 것도 없고 줄일 것도 없는 완벽한 선이 현천도와 길게 이어진 강기를 따라 그어지고 있었다.

완공(緩功)을 하는 장무위의 이마에는 땀이 송골송골 맺혔다. 칠십이식 육백사십팔변변을 하나씩 천천히 풀어 나가는 모습은 흡사 춤을 추듯 부드러웠고 규칙적인 흐름이 있었다.

"휴!"

모든 초식을 풀어낸 장무위가 길게 숨을 들이쉬었다. 압축된 도강을 발출한 상태에서 칠십이식 육백사십팔변을 완공으로 풀어내는 것은 쉬운 일이 아니었다. 끊이지 않던 혼원기의 흐름도 칠십식을 풀어낼 때는 끊어질 지경이었다. 잠시 호흡을 고르던 장무위는 정자로 돌아가 가부좌를 틀고 앉았다.

'뭔가가 미진하다. 내가 놓치고 있는 게 있어.'

무상구도는 아무리 생각해도 초식상으로 더 이상 보완할 게 없었다. 그러나 최근 들어 명상을 하면서 가상의 칼을 휘둘러도, 도강을 펼친 채 현천도를 휘둘러도 뭔가가 잘못되었다는 생각이 자꾸 들었다. 딱 집어낼 수 없지만 그러한 느낌은 갈수록 커졌다.

장무위는 이제까지 자신의 비무행 중 인상 깊었던 비무들을 돌이켜 보았다.

'팽조혁, 자인 도장, 박효양 어르신…….'

특히 박효양과의 비무는 모든 상황이 머리 속에 뚜렷이 각인되어 있었다. 며칠 동안 수련을 중지하고 비무 당시 자신이 펼친 초식과 상대방이 대응하던 방법들을 생각해 보았다. 뭔가 이상하단 생각이 들었다. 혼원벽력도 팽조혁이나 자인 도장의 경우에는 초식의 대결에서 전혀 밀리지 않았지만 박효양과 비무를 할 때에는 내공을 제외하더라도 초식의 수준에서도 상당히 모자람을 느낄 수밖에 없었다.

스스로 완벽하다고 생각하는 초식들이 어째서 그렇게 밀렸을까? 아무리 허점을 찾으려 해도 찾을 수 없는 무상구도의 전 6초식이 왜 그렇게 허구하게 파해되었을까?

"음……."

박효양이 무상구도의 전 6초를 막을 때 사용하던 검법이 생각났다. 일정한 초식이라고 볼 수 없는 상황에 맞는 검법의 운용.

쾅!

장무위는 순간 자신의 뇌리에서 벼락이 울리는 듯한 느낌을 받았다.

"이런 바보 같은 일이 있나! 이제까지 헛고생을 했구나."

장무위는 비로소 자신의 잘못을 깨달았다. 이미 심도의 경지를 터득한 자신이 아직도 초식에 너무 얽매어 있었던 것이다. 완벽한 초식의, 완벽한 전개를 중요시하다 보니 초식의 정형에 너무 얽매어 있었던 것이다. 자신이 이미 깨친 천지획분이나 백두지명에는 수많은 흐름들이 하나의 선으로 녹아들어 있음을 뻔히 알고 있으면서도 무상구도의 전 6초를 이제껏 억지로 나누기만 했던 것이다.

장무위는 즉시 현천도를 빼 들고 공터로 내려갔다. 강기의 수련만은 헛되지 않아서 현천도를 빼 들자마자 투명하리만큼 얇은 푸른색 띠가 현천도의 도첨에 길게 맺혔다. 장무위는 즉각 무상구도를 전개했다.

번개가 하늘로 치솟다가 종횡으로 장내를 휘돌아 다니는 듯하더니 이내 강력하게 찔러 들어갔다. 그러나 찌르는 힘이 다하기도 전에 번개는 천지사방으로 비산하였다.

"그렇구나! 바로 이것이구나! 이미 오래전에 깨달았던 사실을 이제까지 나누는 데 급급해서 인식을 못하고 있었구나."

박효양이 무상구도가 천지신검결보다 못하지 않다고 한 말의 뜻을 이제야 알게 된 것이다. 상황에 맞는 선택이 필요했다. 뇌전교격을 펼치다가도 그 흐름을 깨뜨리지 않고 뇌전종횡으로, 뇌전종횡을 다 펼치지 않았다 해도 상대의 대응에 따라 벽력진산의 변식으로 자유자재로 옮아갈 수 있다면. 즉, 초식에 얽매이지 않고 자유로운 변초를 할 수 있다면 무상구도의 전 6초식은 6초식에 머물지 않고 수백 수천의 초식이 될 수도 있을 것이다. 굳이 한 초식 내에 존재하는 변식으로만 대응할 문제가 아니었던 것이다.

이미 형의 단계를 탈피하여 심도의 경지를 완성한 장무위라면 당연히 상황에 맞게 운용이 가능해야 했으나 사람의 고정관념이란 게 그것을 막았다. 스스로 심혈을 기울여 만든 무상구도였다. 한 초식 한 초식을 완벽하게 다듬을 생각만 했지 그 완벽함에 얽매어 융통성을 잃어버리고 있는 것을 몰랐다. 역설적으로 그 완벽함으로 인해 심검의 단계에 들지 못한 고수들은 무상구도의 전 6초를 막을 수 없었지만. 고정관념을 깨뜨린 것은 새로운 도약의 시작이었다.

"한심하구나, 장무위!"

그날 이후로 장무위의 무상구도는 살아 있는 도법이 될 수 있었다. 현천도의 궤적은 물이 흐르듯 자연스러웠다. 꿈틀거리는 벼락이 되었다가 살아 있는 바람이 되었고, 이내 빛무리가 되어 터지듯이 폭발하였다. 이제 무상구도란 이름이 진정 부끄럽지 않게 된 것이다.

　"아이고, 쉽게 말하면 어디가 덧나나? 밥 먹고 얼마나 할 짓이 없었으면 말을 이따위로 꼬아놓은 거야."
　조일봉은 온몸이 찌뿌듯하고 머리가 어찔하였다. 글공부란 것이 무공에 비해 결코 쉬운 것이 아니었다. 무공 못지않은 노력이 필요했고 정신력이 필요했다. 조일봉도 이젠 천자문을 완전히 떼고 사서삼경(四書三經)을 공부하는 중이었다. 남들 같으면 체면 때문이라도 어린 신부에게 배움을 청하지 못하겠지만 체면 같은 것은 아예 신경도 쓰지 않는 조일봉이었다. 팽여주를 스승으로 모시고 욕심을 부려 사서삼경을 동시에 배웠다.
　그런데 그것도 하루 이틀이지, 한 두 달을 그렇게 공부하니 입에서 욕설이 절로 나왔다. 다른 것은 어찌 버틴다 해도 주역(周易)과 시경(詩經)만큼은 욕설없이 넘어갈 수가 없었다. 팽여주가 사서삼경만 공부하면 더 이상 글공부를 하라고 강요하지 않겠다고 약속했기 때문에 최선을 다해서 공부했지만 쉽게 풀이할 수 있는 것을 어렵게 비비 꼬아놓은 것만큼은 이해가 가질 않았다. 팽여주에게 간에 붙은 쓸개처럼 아부를 하고 애교를 부려 주역은 공부하지 않기로 했다. 그러나 시경만큼은 어떠한 일이 있어도 배워야 한다고 강요하는 팽여주였다.
　팽무상의 간단한 은유에 바보가 되었던 조일봉이었으니 빠져나갈 틈이 없었다. 아무리 생각해도 조일봉은 글공부를 할 체질은 아니었나 보다. 오늘 공부한 양만큼 어제 배운 것을 잊어버리는 것이다. 사서삼경의 공부에 3년을 예상했지만 이런 식으로 공부를 한다면 30년이 걸려도 불가능할 것이다.

‘결혼을 한다고 다 좋은 것은 아니야. 형님과 같이 천하를 내 집처럼 돌아다닐 때가 훨씬 더 좋았어.’

장무위가 폐관수련하다시피 해버리자 조일봉도 장무위의 얼굴 보기가 힘들었다. 방해할 수 없는 상황인 것이다. 형님이 마음의 안정을 찾으신 것 같아 안심이 되었지만 바로 옆에 계신데도 찾아가 같이 놀지(?) 못해서 심히 안타까웠다.

글공부는 어려웠고 형님은 얼굴 보기도 힘들고 이래저래 조일봉은 요즘 불만 가득한 하루하루를 보내고 있었다. 한 가지 마음에 드는 일이라면 조일봉이 열심히 공부하는 티를 내자 팽여주가 더 이상 합방을 거부하지 않는다는 것이었다. 새로운 시를 하나만 외워서 팽여주에게 읊어주면 되는 것이다. 즐거운 밤일을 생각하며 조일봉은 다시 책으로 시선을 돌렸다.

“오늘은 어떤 시를 읊어야 하나?”

# 제19장

# 강호(江湖)에 부는 혈풍(血風)

강호(江湖)에 부는 혈풍(血風)

항주(杭州:전당강(錢塘江)의 하구에 위치하며 서쪽 교외에 유명한 서호(西湖)를 끼고 있다. 수(隋)나라 때 건설한 대운하의 종점)는 소주(蘇州)와 더불어 색향(色鄕)으로 유명한 곳이다.

워낙 풍광이 수려하여 놀기에 좋았고, 놀기 좋은 곳이다 보니 돈 많은 한량들이 몰려들고 그들을 노린 기루(妓樓)가 들어섰다. 기루는 한량들을 노리고 예쁜 기녀들을 천하각지에서 뽑아왔다. 그런 기녀들을 쫓아 또 한량들이 찾아들었다. 소주와 항주의 여인들이 예쁘다는 이야기가 점차 퍼져 나갔다.

남의 돈을 미모로 우려내야 하는 기녀들이 많다 보니 저절로 다른 지방에 비해 상대적으로 미인들이 많아지게 된 영향이 컸다. 기녀들이 유행시키는 치장도 타지방에 비해 항주를 돋보이게 만드는 요인이었다. 이런 순환이 계속되니 항주와 소주는 천하의 돈이 몰리고 별의별 향락을 위한 시설들이 들어서게 되었다.

항주와 소주의 수많은 기루 중에서도 첫 손에 꼽히는 기루는 천상루(天上樓)였다. 생긴 지 10년도 안 되는 천상루는 처음 생길 때부터 엄청난 자금력으로 천하의 온갖 미인들을 사 모았다. 그리고 천상루는 일개 기루답지 않게 서호변에서도 가장 풍광이 좋은 곳에 가히 성을 방불케 하는 규모로 지어졌다.

천상루의 주인은 설미인(雪美人)이라는 호칭으로만 알려진 여인이었다. 무슨 돈이 있어서 천상루와 같은 거대한 기루를 세울 수 있었는지 궁금해하는 사람들이 많았지만 정체를 드러내지 않아 신비함을 더했다. 관에서 궁금하게 여겨 따지고 들라 치면 거금을 안겨줘서 무마해버리곤 하니 아직까지 설미인의 정체는 베일에 싸여 있었다.

돈을 벌려면 투자가 필요하듯이 천상루는 초기에 큰 투자를 한 만큼 많은 돈을 벌어들였다. 천상루가 벌어들이는 돈이 어지간한 상단보다도 더 많다는 소리가 들릴 지경이었다. 세상의 사람들은 모르고 있었지만 패도라 불리는 조일봉 대협도 천상루의 기녀들이 벌어들인 돈으로 집을 고치고 땅을 샀다.


천상루의 후원에는 거대한 인공 가산이 하나 있었다. 높이가 그렇게 높지 않으나 넓은 부지를 차지하고 있는 거대한 가산이었다. 그리고 가산 속에는 옛날부터 거대한 지하 공간이 은밀히 자리하고 있었다. 바로 남송의 황실에서 금나라의 침입을 대비해 만들어놓은 지하 공간이었다.

설미인이라 알려진 명교의 광명좌사 한조현이 천상루를 서호변에 만든 이유가 바로 이 지하 공간 때문이었다. 지하 공간의 가장 안쪽에는 다시 상당한 크기의 건물이 하나 있었다. 흡사 광명사의 존명궁을 축소시켜 놓은 듯한 건물 속에는 명교의 수뇌부가 모여 있었다.

태사의에 앉아 있는 한유가 좌중을 둘러보며 말을 시작했다.

"신강에서 이곳 항주까지 오는 데 시일이 많이 지체되었습니다. 그러나 모든 지원자들이 행적을 들키지 않고 안전하게 모였으니 지체된 시간을 아까워할 필요는 없습니다."

광명쌍사와 사대호교법왕이 일제히 머리를 숙였다.

"예, 잘 알고 있습니다."

"우리의 적은 팔파와 사대세가의 일대 고수들입니다. 그들을 치려 한다면 수많은 난관을 넘어야 할 것입니다. 저항도 심할 겁니다. 여러 분들의 의견을 듣고 싶습니다."

한조현이 서둘러 나서서 말을 했다.

"교주님, 일단 약한 세력을 먼저 쳐야 합니다."

좌중의 사람들 눈에 의아한 기색이 어렸다. 이 자리에서는 적을 어떻게 치는가를 논하는 자리였다. 어디를 칠까를 논하는 것이 아니었다. 이미 묵시적으로 가장 가깝고 가장 강한 안휘의 남궁세가와 숭산의 소림사를 먼저 치기로 했던 것이다. 좌중의 시선을 의식한 한조현이 계속 말을 이었다.

"남궁세가와 소림사를 먼저 친다면 우리도 큰 피해를 입을 것입니다. 잘못하면 다른 원수를 갚을 힘을 상실할지도 모릅니다. 그러나 공동파나 언가 같은 곳을 먼저 친다면 우리의 세력은 큰 손실이 없을 겁니다. 약한 자들도 뭉치면 큰 힘을 발휘할 수 있습니다. 그러나 흩어져 있을 때는 우리의 상대가 안 될 것입니다. 그들이 뭉치기 전에 친다면 큰 피해 없이 목적하는 바를 이룰 수 있습니다."

“광명좌사의 말씀에 일리가 있습니다. 그러나 공동이나 언가는 우리가 지나온 곳에 있는 세력들입니다. 그들을 먼저 치려면 우리가 온 길을 되돌아가야 합니다.”

천산웅왕 소진의 말에 한조현이 미리 준비한 말을 꺼냈다.

“접전을 한다면 아무리 조심한다 해도 우리의 행적이 드러날 것입니다. 오는 길에 공동을 쳤다면 광명사가 위험해집니다. 그러나 이곳에서 일을 시작한다면 어떠한 세력도 광명사와 우리를 연계시키지는 않을 것입니다. 가지들을 먼저 쳐낸 후에 강한 적들과 건곤일척의 승부를 결해야 합니다.”

그제야 좌중의 인물들의 눈에 동의하는 기색이 어렸다.

신강과 항주는 그야말로 극과 극이었다. 한유가 이곳에 세력을 만들라 한 것도 광명사를 위험에 빠뜨리고 싶지 않아서였다. 조문룡이 나서서 한조현의 말에 힘을 실어주었다.

“광명좌사의 말이 타당하오. 시간을 더 지체하게 되어 마음이 편치 못하지만 가지들을 먼저 쳐내고 남궁가와 소림을 치는 것이 옳을 듯합니다. 그 후에 전원 순교할 결심으로 무당을 칩시다.”

조문룡이 나서서 말하자 다른 사람들은 이견(異見)을 보일 수가 없었다. 좌중의 의견이 통일되었다.

교주를 제외한 명교 최강의 고수 한천검왕 이소가 나섰다.

“기왕에 약한 적을 치기로 한 이상 곤륜, 공동, 종남, 언가를 한번에 치는 것이 좋겠습니다. 거추장스러운 세력들을 먼저 정리해 놓으면 광명사에 남은 우리의 후손들에게 큰 힘이 될 겁니다. 곤륜은 저에게 맡겨주십시오.”

이소가 지명한 네 개의 방파들은 명나라의 북쪽에 위치한 세력들이다. 그중에 곤륜을 제외하고는 그렇게 강한 세력이 없었다. 이소가 가장 강한 곤륜을 맡겠다고 나서자 조문룡도 피가 끓어오르는지 노구를 움직일 생각을 했다.

"가장 악독했던 공동은 제가 맡겠습니다. 교주님의 윤허를 바랍니다."

"좋습니다. 여러분들의 의견이 그러하다면 저도 동의하겠습니다. 한천검왕께서 곤륜을 맡아주십시오. 그리고 좌사께선 말씀대로 공동을 맡아주십시오. 그렇지만 우사께선 노령이시라 안전을 염려하지 않을 수 없습니다. 대력패왕과 같이 움직여 주십시오. 좌사와 귀수염왕께선 종남을 맡아주시고, 천산응왕께선 언가를 맡아주십시오."

한천검왕은 한유도 승부를 장담하지 못하는 절대고수다. 그가 맡고 있는 한천전(寒天展)의 검수들도 명교에서 가장 강했다. 충분히 곤륜을 상대할 수 있을 것이다. 그러나 광명좌사 조문룡은 나이가 너무 들어서 무공이 오히려 퇴보하고 있는 실정이었다. 예전에는 천하를 울리던 고수였으나, 지금은 이 자리에서 광명우사를 맡고 있는 한조현을 제외하곤 가장 약했다. 힘은 있으나 머리가 없는 대력패왕 방극과 같이 움직인다면 공동을 상대하는 데 문제가 없으리라.

종남은 구대문파의 말석에 간신히 끼어 있는 문파이다. 귀수염왕과 한조현이 같이 움직인다면 종남을 치는 것도 쉬운 일일 것이다. 그리고 언가는 가세가 급격히 기울어 군소문파의 수준을 못 벗어나고 있었다. 천산응왕이 이끄는 신안전의 힘이라면 넘친다 할 수 있었다.

한유는 계속해서 말을 이었다.

"여러분들의 능력이라면 별 피해 없이 적들을 처단하실 수 있을 겁니다. 다만 여러분에게 부탁드리고 싶은 것은, 우리의 원수는 각파의 장로급들이란 것을 명심하고 실수를 자제해 주십사 하는 것입니다.”

좌중의 인물들은 즉시 복명했다.

“옛!”

“자, 나갑시다. 교도들이 기다리고 있습니다.”

한유는 광명쌍사와 호교법왕들을 대동하고 지하 광장이 내려다보이는 단상에 올랐다. 그리고 공력을 돋워 큰 소리로 말했다.

“여러분, 이제 본 교의 구원(舊怨)을 갚을 때가 되었습니다. 우리는 복수회(復讐會)란 이름으로 강호에 진 빚을 갚을 것입니다!”

“와아! 명교 만세! 교주님 만세!”

지하 광장에는 800명 가까운 인원들이 도열해 있었다. 신강의 광명사에서 복수에 지원한 인원들이었다. 위구르인과 무공이 낮은 인물들은 지원을 해도 받아주지 않았다. 죽을 확률이 더 높은 복수의 길에 많은 인원을 데리고 올 수는 없는 것이다. 그러나 이곳에 있는 800명은 대부분이 검기를 발출할 수 있는 고수들이었다. 인원은 적어도 명교 전체 전력의 5분의 4가 넘었다.

한유는 손을 들어 지원자들을 진정시키고 말을 이었다.

“복수가 끝나면 이 자리에 있는 여러분들 중에 몇 분이나 살아남아 있을지 모릅니다. 그러나 우리는 복수라는 험난한 가시밭길을 걷고자 이곳에 왔습니다. 쉽지 않은 길이지만 한번 해봅시다! 아후라 마즈다(명존(明尊), 명교에서 받드는 신)께서 우리를 보호해 주실 겁니다.”

“만세! 만세! 만세!”

한유는 다시 장내를 돌아보며 차분히 말을 이었다.

“남들에게 말 못할 사연으로 인해 지금이라도 돌아가고자 하시는 분들은 주저없이 나서시오. 누구도 뭐라 하는 사람이 없을 겁니다. 아무런 탈 없이 신강으로 돌아갈 수 있을 것임을 내 목숨을 걸고 장담하겠습니다."

그러나 아무도 앞으로 나서는 자가 없었다. 광장에 모인 800여 인원의 눈에서는 쇠라도 녹일 듯한 안광들이 쏟아지고 있었다. 결의로 가득한 눈빛들이었다. 한유가 공력을 가득 돋워 사자후를 토했다.

"좋소! 이제 나아감만이 있을 뿐이고 물러섬은 없습니다! 원수들에게 명고의 힘을 보여줍시다!"

광명쌍사와 사대호교법왕이 나와 선창을 했다.

"명교 만세! 교주님 만세!"

"명교 만세! 교주님 만세! 와아! 와! 와!"

지하 광장은 죽음을 각오한 800여 내가고수들이 지르는 함성에 의해 들썩거렸다.


장무위에게 전수받은 무상구도를 열심히 수련하고 있는 조일봉에게 손님이 찾아왔다. 바로 광명교의 사자라는 도상이었다. 조일봉은 하인을 따라 들어오는 도상을 보고 속으로 '드디어 올 것이 오고야 말았구나' 하고 생각했다. 역시 세상에 공짜는 없는 법이다. 황금 100냥짜리 일이 도대체 어떤 것일지 속으로 걱정이 되기 시작했다.

도상은 조일봉을 보자 즉시 허리를 깊이 숙이며 포권하였다.

"조 대협께 도상이 인사 올립니다."

"하하, 어서 오십시오. 몇 년 만에 뵙는군요. '선물!' 은 유용하게 잘 썼습니다."

조일봉이 호탕하게 웃지만 선물에 묘한 억양을 두면서 청탁을 안 받겠다고 간접적으로 말하고, 또 안색도 반기는 표정이 아님을 알고 도상은 머뭇거리지 않고 바로 본론을 꺼냈다. 괜히 우물쭈물하다가는 말을 꺼내지도 못할 것이다.

"예, 감사합니다. 유용하셨다니 교주님께서 크게 기뻐하실 겁니다. 오늘 이렇게 온 것은 조 대협께 허락받을 일이 있어서입니다."

"허락이라니요? 말씀해 보십시오."

"다름이 아니오라 이번에 본 교가 강호무림에 빚을 받을 일이 있는데, 조 대협께서 허락을 좀 해주셨으면 합니다."

조일봉은 크게 기뻤다. 광명교주라면 세외삼강 중의 한 사람이다. 강호에서의 위명은 조일봉보다 앞선다 할 수 있었다. 그런데 자신에게 허락을 받고 행사를 하려 하다니 조일봉은 높아진 자신의 위치를 생각하고 큰 소리로 웃었다.

"하하하! 빚을 받는 일에 제가 허락하고 말고가 어디 있겠습니까? 귀교의 행사에 저는 간섭하고 싶지 않습니다. 그런데 무슨 빚을 받으려 하시는지?"

간섭하고 싶지 않은 것이 아니고 받아먹은 뇌물 때문에 아예 간섭을 못하는 것이었지만 조일봉은 자신의 높아진 위상을 자각하고 당당히 말했다.

"예전에 본 광명교가 강호에서 큰 곤욕을 치른 적이 있습니다. 본 교의 교주님께서 이제 그때 받은 빚을 청산코자 명을 내리셨습니다. 강호에서 복수회란 이름으로 빚 갚음을 하려 합니다. 허락해 주십시오. 절대로 조 대협께는 폐가 가지 않도록 하겠습니다."

조일봉은 광명교가 복수회란 섬뜩한 이름을 들고 나오는 것은 고려하지 못하고, 이제 드디어 광명교가 밥그릇을 챙기기 위해 나서는구나하고 단순히 생각했다. 예전에 어떤 곤욕을 치렀는지 궁금하기도 했지만 자신과는 상관없는 일이다. 그리고 자신에게 폐를 끼치지 않겠다고 했으니 솔직히 조일봉이 허락하고 말고 할 것도 없는 일이었다.

"허락이라니, 가당치도 않소이다. 편한 대로 하시구려. 그런데 혹시 제 처가와 문제가 생길 여지는 없소이까?"

도상은 몰래 한숨을 내쉬었다. 조일봉이 그새 많이 날카로워진 것 같았다. 예전 같으면 한두 번 띄워주면 만사형통이었는데 이번에는 주변으로 눈을 돌리기까지 하는 것이다. 그러나 조일봉이 이야기를 안 꺼냈으면 자신이 먼저 거론해야 했던 문제이니 조일봉이 말을 꺼내자 오히려 수월해졌다.

"본 교에서는 절대로 팽가와 문제를 일으키고 싶지 않습니다. 조 대협과 한 집안이 된 팽가인데 어찌 감히… 그런 걱정은 안 하셔도 됩니다. 다만 본 교는 팽가를 피하는데 팽가에서는 본 교를 적대시한다면 문제가 될 수 있습니다. 그때는 조 대협께서 힘을 써주십시오."

조일봉은 바로 이게 황금 100냥짜리 일이구나 생각했다.

'결국은 청탁을 하는구나. 그러나 광명교가 먼저 처가에 폐를 끼치지 않겠다고 했으니 별문제는 없을 것이다.'

아무리 생각해 봐도 자신이 손해 볼 일은 없는 것 같았다.

"음, 처가의 일은 제가 뭐라고 하지 못하겠습니다. 그러나 처가에서 먼저 귀교를 적대시한다면 제가 한번 힘은 써보겠습니다."

"하하하, 조 대협이 힘써주신다고 했으니 이제 저는 걱정을 덜었습니다. 참, 조그마한 성의를 준비했습니다. 받아주십시오."

조일봉이 아무리 공짜를 좋아해도 더 이상은 받을 수 없었다. 도상이 올 때 얼마나 가슴이 덜컥했는지 모른다. 다행히 이번에는 큰 청탁은 아니었으므로 걱정을 덜었지만 앞으론 또 어떤 청탁을 받을지 모른다. 정중히 사양을 했다.

"아닙니다. 제가 아무리 낯이 없다고 하지만 하는 일도 없이 어찌 계속해서 선물을 받겠습니까? 실은 전에 받은 선물도 너무 부피가 커서 돌려 드려야 하나 생각 중이었습니다."

"돌려주시다니요. 그런 말씀은 하지도 마십시오. 순수! 한 성의였습니다. 그리고 이번에도 마찬가지입니다. 받아주십시오."

그러나 조일봉도 이미 한 번의 경험이 있는 터라 더 이상은 받고 싶지 않았다. 더군다나 조일봉은 이미 상당한 재력가였다. 혼례를 치르면서 많은 선물을 받았고, 화북 일대의 대지주라서 돈이 그렇게 궁하지도 않았다. 전에 도상에게 공돈을 받았을 때는 아무것도 모르고 너무 좋아했었다. 그런데 그렇게 받은 돈은 쓸 때마다 찜찜했다. 결국은 이렇게 청탁도 받게 되고. 차라리 돈을 안 받고 맘 편한 게 더 좋을 것이다 생각하니 절대로 받고 싶지 않았다.

도상은 몇 번이나 더 선물을 내밀었으나 끝까지 조일봉이 사양하자 어쩔 수 없이 거둘 수밖에 없었다.

'이놈이 이제 배가 불렀구나. 그렇지만 이놈을 묶어두었으니 최소한 도제와 팽가는 적이 될 일이 없을 것이다.'

소기의 목적을 달성한 도상은 더 이상 권하다가는 목적이 의심받을 수도 있음을 알고 순순히 물러섰다.

"조 대협 같은 분께 돈으로 선심을 사려 했으니 죄가 큽니다."

"하하하, 무슨 말씀을. 하여간 귀교의 일이 잘 풀렸으면 합니다."

그 다음부터 화기애애한 이야기가 한참을 이어졌다. 물론 그때부터 이루어진 대화의 내용은 쓸데없는 것이었다.

청해 곤륜파(崑崙派).

작금의 곤륜은 그야말로 강호상에서의 위상이 추락할 대로 추락한 상태였다. 포달랍궁의 판첸라마에게 제일고수 현소 도장이 패한 지 얼마 되지도 않아서 다시 한 번 패도 조일봉에게 망신을 당하여 그 찬란하던 이름이 진창에 처박혀 버렸던 것이다. 추락한 위상을 대변하듯 곤륜에 알게 모르게 금전적 도움을 주던 상인들이 외면하기 시작했다. 기부하는 돈이 점점 줄어들기 시작하더니, 이제는 끼니를 걱정해야 할 처지가 되었다. 그리고 새로운 제자들을 받아들이는 일도 어려워졌다. 영재들이 곤륜을 외면하는 것이다. 이래저래 곤륜은 문호를 연 이후에 가장 험난한 시기를 보내고 있었다.

당대의 곤륜장문 현기(玄機) 도장은 곤륜의 앞날을 생각하자 눈앞이 캄캄했다.

'재능있는 영재들은 모두 타 방파에 빼앗기고 재정도 궁핍해졌구나. 내 대에 이르러서 이런 꼴을 볼 줄이야……. 돌아가신 사부님께 면목이 없구나.'

이 상황을 타개하려면 곤륜의 위상을 드높여야 하는데 방법이 없었다. 곤륜의 제일고수라 불리는 사제 현소마저 판첸라마에게 패한 이후로 심검을 연성한다며 폐관칩거해 버렸다. 현기 도장이 아무리 말려도 소용이 없었다. 입에서는 연신 한숨만 나왔다.

'사제가 심검을 완성해야 할 터인데…….'


현소 도장은 모르고 있었지만 엎친 데 덮친 격으로 지금 곤륜파의 주위로는 지독한 살기를 풍기는 200여 명의 검은 그림자들이 몰려들고 있었다. 그림자들은 야간 순찰을 도는 곤륜의 제자들을 눈 깜짝할 사이에 제압하며 곤륜의 산문을 점거해 버렸다.

"교주님께서 살생을 자제하라 하셨지만, 곤륜은 절대 만만한 곳이 아니다. 우리가 피해를 입을 수는 없다. 곤륜제자들을 보는 즉시 척살한다. 시작해라!"

한천검왕 이소의 얼음장같이 싸늘한 말에 200여 그림자들은 대답도 없이 즉시 다섯 명씩 조를 이루어 사방으로 흩어졌다.

"끄악! 큭! 으악!"

이내 비명 소리가 울리며 곤륜에 피바람이 불기 시작했다. 검은 그림자들은 곤륜의 내부 구조와 사정을 훤히 알고 있는 듯, 잠들어 있는 곤륜제자들을 급습하여 순식간에 도륙해 버렸다.

땡— 땡— 땡—

경종 소리가 요란하게 울려 퍼졌을 때는 한참의 시간이 흐른 후였다. 이미 곤륜의 제자들 중에 살아 있는 자들보다 죽은 자들이 더 많았다. 200여 한천전의 정예 고수들을 이끌고 곤륜을 치러 온 이소는 냉소를 지으며 천천히 걸음을 옮겨 곤륜파의 중지로 발걸음을 옮겼다.

200여 명의 검수들이 지나간 곳에는 곤륜문인들의 시체가 널려 있었다. 곤륜의 다른 곳에서 비명이 잦아들 즈음 곤륜의 거대한 연무장에서는 싸움이 점점 커지고 있었다. 살아남은 곤륜문인들이 모두 연무장으로 모여들었고 이들을 추적하여 한천전의 검수들이 모여들었던 것이다.

연무장으로 천천히 발걸음을 옮기고 있던 이소의 눈에 백발을 휘날리며 검을 휘두르는 다섯 명의 노도인(老道人)이 보였다. 한 사람 한 사람이 한천전의 검수 다섯 명은 너끈히 감당하고 있었다. 노도인들의 주변에는 이미 오륙 명의 한천전 검수들이 시체가 되어 쓰러져 있었다.

검수들의 시체를 본 이소의 눈에서 귀화가 피어오르고 입에서는 싸늘한 음성이 터져 나와 장내를 뒤흔들었다.

"감히 형제들을 해치다니! 죽어랏!"

이소의 신형이 마치 허깨비처럼 흐릿해지더니 이내 싸늘한 검광이 노도인들을 덮쳐 갔다. 교주인 한유와 함께 명교 최고수의 자리를 놓고 각축을 버리는 이소의 검은 절대의 위력이 있었다.

다섯 명의 노도인들은 이소의 검이 다가오자 그동안 상대하던 한천점 검수들을 더 이상 신경 쓸 형편이 못 되었다.

콰콰콰쾅!

연이은 폭음과 함께 이내 다섯 노도인들과 이소의 격렬한 싸움이 벌어졌다. 그 한쪽에서는 한천전 검수들과 곤륜제자들이 따로 어울려 혈전을 벌였다.

좌선을 하고 있다가 제자의 보고를 받고 급히 뛰어나온 현기 도장은 장내를 훑어보고는 입이 딱 벌어졌다. 한쪽에서는 다섯 명의 사제들이 한 사람을 상대로 승기를 못 잡고 있었고, 다른 곳에서는 제자들이 일방적으로 도륙을 당하고 있었다. 비상 경종 소리를 들은 모든 제자들이 이 자리에 모였을 것이다. 그런데 현재 본산에 있는 500여 제자들 중 이 자리에 나타난 제자는 채 300명이 되지 않았다. 너무도 어이가 없어 말을 잃을 지경이었다. 워낙 상대의 기습이 통렬했다. 자다가 죽은 제자들이 얼마나 될지 생각만 해도 아찔했다.

현기 도장의 입에서 분노 가득한 창룡후(蒼龍吼)가 터졌다.

"멈—춰—랏!"

우웅!

장내에 현기 도장의 2갑자 내력을 담은 노성이 울려 퍼지자 일순 대기가 공명하여 떨었다. 그러나 현기 도장의 말에 손을 멈추는 사람은 아무도 없었다. 곤륜의 제자들이 손을 멈추려 해도 한천전 검수들이 손을 멈추지 않으니 현기 도장은 헛소리만 한 꼴이 되었다. 이에 대노한 현기 도장이 검을 빼 들고 한천전 검수들을 베어버리기 시작했다.

"헉! 으악!"

명교의 사전 중 한천전 검수들은 실로 목숨을 돌보지 않고 곤륜제자들을 쓰러뜨렸다. 무공에서도 이미 수준 차이가 나고 사기 면에서는 비교도 되지 않으니 곤륜제자들이 한 배 반이나 더 많다고 해도 죽어 나는 것은 곤륜의 제자들뿐이었다.

그러나 현기 도장이 검을 빼 들고 살수를 쓰기 시작하자 한천전 검수들도 하나씩 죽어 나가기 시작했다. 비록 장문인의 직무를 수행하느라 수련에 매진하지는 못했지만, 현기 도장은 현소 도장을 제외하곤 첫 손에 꼽히는 절세고수였다.

오랫동안 구대문파로 불리던 곤륜의 두 번째 고수 현기 도장의 손속에는 살기가 가득하였다. 곤륜제자들을 마치 파리 잡듯이 잡던 한천전 검수들도 현기 도장의 분노 가득한 검격을 받자 목숨을 내어놓아야 했다.

곤륜의 장문인인 현기 도장마저 직접 검을 빼어 들고 참가한 혈전은 시간이 지날수록 점입가경. 피가 내가 되어 흐르고 시체가 곳곳에 널려 아수라장을 연상시켰다. 비명 소리와 병기 부딪치는 소리가 요란한 장내에 갑자가 천지를 뒤흔드는 기합 소리가 터졌다.

"하압!"

쿠르릉!

"으악! 크억!"

이소와 곤륜의 다섯 별이라는 곤륜오성(崑崙五星)이 부딪친 장소에는 먼지 기둥이 생겨 있어 시야를 가렸다. 장내의 모든 움직임이 일시 정지하며 시선이 모아졌다. 먼지가 가라앉자 상황을 가장 먼저 파악한 현기 도장의 입에서 헛바람 소리가 터져 나왔다.

"헉! 저럴 수가?! 저자가 도대체 누구기에?!"

곤륜오성이 모두 쓰러진 곳에 오연히 검을 들고 우뚝 서 있는 한 명의 노검사가 보였다. 곤륜오성은 현기 도장의 사제들로 곤륜제일고수 현소 도장과 같은 배분의 고수들이었다. 비록 현소나 현기 도장보단 한 수 아래라 하나 당금의 신주이십사인(금의위의 백선창이 죽어서 이제는 신주이십삼인) 중에서도 십영을 제외한 십사 인이 아니고서야 누가 감히 곤륜의 오성을 혼자서 상대할 수 있단 말인가.

그런데 전혀 듣도 보도 못한 무인이 곤륜오성을 쓰러뜨린 것이다. 상대도 멀쩡하지는 않아 입으로 연신 시커먼 피를 토하고 있었지만 현기 도장은 눈앞이 캄캄해졌다. 곤륜의 장로들이 한꺼번에 몰살을 당한 것이다. 현기 도장도 이미 한천전 검수들을 10여 명이나 죽이고 자신도 온몸에 검상으로 도배를 한 상황이었다. 더 이상 버틸 자신이 없었다. 현기 도장은 피눈물을 흘리며 소리쳤다.

"도대체 너희들의 정체가 무엇이냐?! 왜 이런 짓을 하는 것이냐?!"

"후후, 쿨럭! 우리들의 정체가 무엇이냐고? 지금 상황이 이해가 안 가느냐?! 너희들이 저지른 일에 대한 인과응보니라! 그것만 알고 지옥으로 가거라. 염라대왕 앞에서 잘 생각해 보면 왜 죽었는지 대답할 수 있을 것이다!"

상대 노검사가 피를 토하며 하는 말에 현기 도장은 분노보다 의문이 치솟았지만 상대는 이미 검을 겨누고 자신에게 다가오고 있었다.

'현소 사제, 곤륜을 부탁하네.'

현기 도장은 속으로 폐관수련하고 있는 현소를 생각하며 진원진기를 끌어올렸다. 비록 노검사가 피를 토하고 있다곤 하지만 현기 도장의 사제 다섯 명을 죽여놓고도 외상 하나 없었다. 실로 가공할 고수인 것이다. 현기 도장은 죽음을 각오했다.


같은 날.

옛날 명교를 소멸시키려 끝까지 추적을 하다 가장 큰 피해를 입어 이제는 중소문파 수준으로 위상이 떨어진 공동파와 구파일방에서 가장 말석을 차지하던 종남파, 무공의 고수를 배출하지 못해 가세가 크게 기운 진주언가에도 각각 복수회라 자처하는 200여 명의 고수들의 습격이 있었다.


강호가 발칵 뒤집혀 버렸다. 원이 북으로 물러간 이후에 명나라 땅에서 벌어진 가장 큰 혈사가 벌어진 것이다. 습격을 받은 삼 파와 언가는 거의 멸문지경에 처했다. 각파의 일대 제자들은 모두 죽었고 이, 삼 대 제자들도 살아남은 자들이 얼마 되지 않았다. 공동파 같은 경우는 멸문지경이 아니라 멸문을 당한 것이나 마찬가지였다. 강호에 나가 있는 몇몇 제자들 외에 공동산에 남아 있던 모든 제자들이 전멸을 당하고 본산이 불에 타버렸다.

곤륜이나 종남, 진주언가에서는 장로급 고수들과 대항하는 고수들만 죽여 버리고 겁을 집어먹고 숨어 있는 어린 제자들은 모른 척 내버려 두었던 복수회였다. 그런데 유독 공동산에서는 잔인하게 모든 공동 문인을 몰살시켜 버린 것이다. 공분을 자아내기에 족한 일이었다.

복수회의 만행을 규탄하는 소리가 높아졌고 당금의 무림을 주도하는 무당이 나서기도 전에 남궁세가의 가주 남궁인이 무림맹을 결성하자는 내용의 무림첩을 돌렸다. 천하의 무림인들이 남궁세가로 이동을 시작했다.

버드나무가 우거져 있는 서호변.

청명한 날씨였다. 세상의 혼란과는 상관없이 넓은 호수를 스치며 불어오는 바람은 상쾌했다.

한조현은 싱그러운 햇살과 상쾌한 바람을 온몸으로 만끽하며 서호를 따라 걸었다. 두근거리는 가슴을 진정시키기가 힘들었다. 오늘은 한 달에 한 번 정랑을 보는 날이기 때문이었다. 종남산에서 많은 죽음을 보았기 때문일까? 정랑에 대한 그리움이 더욱 간절하여 참을 수가 없었다.

"아! 아직 시간이 멀었구나."

아직 약속한 시간이 되려면 한 시진이나 남아 있었다. 한조현은 한 시진이 한 달처럼 느껴졌다.

직접 겪지는 못했지만 명교의 어른들에게 들은 이야기로 명나라 관부와 무림인들에게 뿌리 깊은 증오심을 가지고 있던 한조현이었다. 보고 들은 모든 것이 어떻게 하면 복수하는가 하는 것들뿐이었다. 한조현도 덩달아 아무것도 모르고 복수심에 불타올라 평생을 교를 위해 헌신하기로 마음먹고 있었다.

그러다 10년 전쯤, 명나라에 복수의 근거지를 마련하기 위해 명교이부 중 자신이 책임을 지고 있는 지부(地府)의 고수들을 이끌고 항주로 왔다. 그리고 이미 명나라에서 비밀리에 활동하고 있던 신안전의 도움을 받아 항주에 천상루를 세웠다. 기루는 정보의 수집이 용이했고 의외로 수익이 크다는 것을 알았던 것이다. 여인의 몸으로 생각하기 쉽지 않은 일이었지만 한조현 자신이 몸을 파는 것도 아니니 거리낄 것은 없었다.

명교에서 지원받은 황금 500냥을 모두 투입한 천상루는 세워질 때부터 거대한 규모로 인해 입소문이 자자했고 천하의 미인들을 고루 갖추어 문을 열자마자 손님이 끊이지 않았다. 일 년이 채 지나지 않아 실로 일개 기루라고 생각하기 어려운 거대한 이익을 천상루에서 볼 수 있었다.

세울 당시만 해도 경제적인 이익보다는 정보 수집을 우선시 여겨 만든 천상루였지만 큰 규모와 고급스런 장식, 아름다운 기녀들로 인해 소주와 항주 일대의 모든 기루 중 최고라는 인식이 생겼다. 밀려드는 손님을 다 수용할 수 없어 손님을 줄일 목적으로 비싼 화대를 받았는데, 손님이 줄기는커녕 오히려 늘기만 했다.

밀려드는 손님들 때문에 정보 수집이란 원래의 목적에 장애가 생길 정도였다. 그래서 반드시 예약을 해야만 천상루를 이용할 수 있게 하였는데, 이렇게 하자 천상루란 이름의 가치가 또 올라가서 뜨내기손님들은 아예 천상루에 들지도 못하고 비싼 손님만 들게 되었다. 시간이 지나자 천상루는 정보는 정보대로 수집하고 황금은 황금대로 벌어들이며 명교를 크게 일으키는 주역이 되었다.

나날이 성장하는 천상루를 곱지 않은 시각으로 바라보는 세력이 있었다. 당시 소주와 항주 일대를 암중에 장악하고 있던 흑사회(黑死會)라는 흑도 최대의 문파가 바로 그 세력이었다.

소주와 항주의 기루들에서 발생하는 이권은 실로 엄청났다. 하오문의 잡배들뿐만 아니라 명문정파들도 몰래 대리인을 내세워 체면불구하고 이권을 다투는 실정이었다.

흑사회는 그 모든 세력들을 물리치고 소주와 항주를 움켜쥔 세력이었다. 당금 명나라의 모든 흑도 세력 중 가장 강한 세력이 바로 흑사회였다. 천상루가 신비한 고수들을 이끌고 와서 흑사회를 무시하고 항주에 뿌리를 내리자 소주와 항주의 밤을 지배하던 흑사회가 참지 못하는 것은 불을 보듯 뻔한 이치였다.

그러나 명교의 광명좌사를 맡고 있는 한조현이다. 아무리 교주의 딸이라고 하지만 능력이 없으면 맡을 수 없는 자리였다. 비록 젊은 여인의 몸이었지만 어릴 때부터 명교의 초상승절학을 배웠고, 광명신단(光明神丹)이란 영약을 두 개나 복용해서 내력도 1갑자 가까이 되는 고수였다. 거기다 명교 지부고수들을 데리고 왔으니 흑사회의 압력에 굴할 이유가 없었다. 흑사회가 아무리 강해도 흑도무림(黑道武林)이란 인식이 있었던 것이다.

흑도무림은 무림인이라 칭하기도 뭣한 사람들의 모임이었다. 소위 말하는 암흑가가 바로 흑도무림인 것이다. 힘없는 사람들에게는 염라대왕처럼 굴지만 강한 사람 앞에는 한없이 비굴해지는 것이 흑도무림의 속성이었다. 한조현은 이 기회에 오히려 흑사회를 접수해야겠다는 생각을 했다.

결국 천상루와 흑사회 간에 세력 다툼이 일었고, 피를 봐서 문제가 커지길 원치 않았던 양측이 비무로 모든 것을 결정하기로 하였다. 천상루의 제안을 흑사회가 별 이의 없이 받아들인 것이다. 이를 의아하게 생각할 수도 있었으나 한조현은 간단히 생각해 버렸다. 흑도의 고수들 중에 한조현의 적수가 있다는 생각이 들지 않았던 것이다.

흑도무림에는 내가의 무공을 절정 이상으로 익힌 고수가 없다는 것은 상식이었다. 제대로 된 배움을 얻지 못한 당연한 결과인 것이다. 외가의 무공을 절정으로 익힌 고수는 간혹 있으나 내외를 함께 익힌 절정고수가 파락호들이 모여 있는 흑도무림에 있을 리 만무했다.

하나 절정고수라고 부르긴 뭣하지만 1갑자의 내공을 지닌 한조현은 웃으며 비무에 나섰다가 어이없게 흑사회주 양정(楊正)에게 대패를 당하고 말았다.

양정의 뛰어난 검술에 한조현의 소수공(素手功)이 맥을 못 추었던 것이다. 소주와 항주의 밤거리에서 옥인(玉人)이라 불리는 양정의 뛰어난 외모에 방심이 흔들려 제대로 힘을 쓰지 못한 것이 첫째 이유였고, 두 번째 이유는 예상을 벗어난 양정의 뛰어난 무공 때문이었다. 양정은 흑도의 인물이라고 보기 어려울 정도로 내외공을 두루 익힌 절정고수였던 것이다. 그런 인물이 흑도에 몸담고 있는 것 자체가 신기할 정도였다.

한조현은 몇 년 동안의 노력이 물거품이 된 것을 알고 허망하게 주저앉아 버렸다. 그러나 양정은 의외로 천상루에서 발생하는 이권을 건드리지 않았고 오히려 은밀히 한조현의 일을 도와주기까지 했다.

빼어난 외모에 뛰어난 무공 실력을 겸비한 양정이 그렇게 나오자 한조현은 평생 처음으로 이성의 감정을 느끼기 시작했다. 나이 스물두 살이 될 때까지 남녀의 일에는 무관심했던 한조현이었으나 그런 무관심함은 주변 분위기에 휩쓸려 자신도 평생을 복수에만 전념하려 했다가 생긴 것이었다.

늦게 배운 도둑질에 밤새는 줄 모른다는 말이 있다. 한번 무너지기 시작한 한조현의 방심은 거침이 없었다. 결국 한조현은 헤어날 수 없을 만큼 양정에게 빠져들었다. 나중에 양정이 계획적으로 접근한 사실을 알게 되었지만 깊이 빠져든 마음은 이미 요지부동이었다.

"한 달만이구려. 그동안 잘 있었소?"

등 뒤에서 들려오는 정랑의 목소리에 한조현은 온 얼굴에 웃음을 지으며 돌아보았다. 서호에서 불어오는 바람에 푸른 비단 옷자락을 날리며 서 있는 정랑의 모습은 임풍옥수(臨風玉樹)에 다름 아니었다. 한줄기 어두운 기운이 어려 오히려 매력을 더하는 잘생긴 얼굴에 늘씬한 체형. 6년 동안 사귄 사람이지만 한조현은 양정을 볼 때마다 가슴이 떨렸다. 평상시에는 남자처럼 말하는 한조현도 양정의 앞에서는 다소곳한 여인의 말투를 썼다.

"아! 정랑, 보고 싶었어요."

여전히 아름답지만 얼굴이 많이 상해 있는 한조현을 보자 양정도 가슴이 아파 한숨이 나왔다.

'마음 고생이 심했으리라.'

"나가 하고 싶었던 말이오. 당신의 얼굴이 많이 상했구려. 휴우. 당신에게 못할 짓을 시켜 내 뭐라 할 말이 없소."

양정의 말을 듣자 한조현도 두 사람을 둘러싼 환경을 생각하고는 목이 메었다.

"아니에요. 정랑을 위해서라면 그보다 더한 일이라도 할 수 있답니다."

"그대의 친인들에게 해가 없어야 하는데… 나도 집안 어르신들의 생각을 알 수가 없으니 답답하기만 하오."

"……."

"현매, 우리 가문이 당신의 순정을 이용하고 있지만, 내 목숨을 걸고 그대만큼은 꼭 지켜줄 것이오."

"언젠가는 우리도 함께할 수 있겠죠?"

"할아버님과 아버님이 약조를 하셨으니 꼭 그렇게 될 거요. 내 삶과 죽음은 당신과 함께하리라."

양정은 말이 끝나자마자 치솟는 격정을 참지 못하고 한조현을 왈칵 껴안았다. 그리곤 이내 신형을 날렸다. 한 달에 한 번 주위의 눈을 피해 몰래 만나는 두 사람이었다. 일각이 아까웠다.


남궁세가의 후원에는 다섯 개의 인공 연못과 세 개의 가산이 있었다. 연못 주변에는 천하에 존재하는 모든 꽃들이 다 모여 있는 듯 형형색색의 꽃이 피어 있었다. 실로 천하제일이라는 남궁가의 부를 여실히 보여주는 별세계였다. 그중 가장 넓은 연못의 중앙에는 이야기 속에나 나올 것같이 아름다운 수상 누각이 가산을 배경으로 세워져 있었다.

"이제 기회가 오는 것인가? 오랜 시간이 흘렀구나. 최소한 천 년은 본 가를 지탱할 기반을 만들어놓으리라."

수상 누각에 마련된 의자에 앉아 남궁산은 다짐하고 또 다짐했다.

남궁세가는 오래도록 강호무림의 제일세가라는 위치를 차지해 왔었다. 본격적인 무가의 위상을 드높인 것은 300년 정도 되었지만, 근 천 년을 이어온 세가라 뿌리도 깊었다. 무력은 다른 어떤 세가와 비교해도 뒤지지 않았고 금력은 천하 상권을 좌지우지할 정도였다.

오랜 세월 동안 천하에 한정된 재화를 남궁세가가 차지하기 위해서는 알게 모르게 남들에게 못할 짓도 많이 했었다. 그런 세월들에 대한 보상이런가? 남궁산의 아버지 강남대협(江南大俠) 남궁유(南宮游)는 전대의 가주들과는 다르게 모으는 것보다 베푸는 것을 더 좋아했다. 협의심이 남달라 불의를 보면 참지 못했고 가난한 자들을 보면 재산을 털어 도와주는, 그야말로 이야기 속에나 나올 협사(俠士)의 기질이 다분한 사람이었다.

특히 남궁유는 한족에 대한 자긍심이 높은 사람이었다. 원나라 황실에 반기를 드는 반몽(反蒙) 세력을 암중에 지원하면서 가산을 털어 수만금을 쏟아 붓는가 하면 나중에는 뜻이 맞는 무림인들과 함께 직접 검을 들고 나가 원나라와 싸웠다. 그러다 남궁산의 나이 스물세 살에 남궁유는 원나라 군사들을 치러 갔다가 포위망에 걸려 결국 죽고 말았다.

어린 나이에 요절한 아버지를 대신해 남궁산이 가주가 되었을 때 남궁세가에 남은 것은 아무것도 없었다. 천하 상권을 좌지우지하던 남궁세가의 재산들은 반몽 세력에 다 갖다 부었고, 영재들은 남궁유를 따라가 원나라 병사들에게 몰살을 당했다. 남궁유가 살아 있을 때는 천하 무림이 남궁세가를 떠받들었다. 그러나 남궁유가 죽자마자 남궁세가의 위세는 급전직하해 버렸다. 항상 오대세가의 첫 손에 꼽히던 남궁세가였으나 남궁유의 사후에는 오대세가의 말석에도 끼이지 못했고 그 누구도 남궁세가를 거들떠보지 않았다.

남궁산은 가주의 직위에 앉자마자 어릴 때 정혼했던 진주언가에 일방적으로 파혼을 당했다. 그리고 불과 얼마의 시간이 지나지도 않아 끼니를 걸러야 할 지경까지 내몰렸다.

남궁산은 한족을 위해 남궁세가의 전 재산을 쏟아 붓고 나중에는 목숨마저 잃어버린 아버지 남궁유를 얼마나 원망했는지 모른다. 스물세 살의 남궁산은 인심의 각박함을 뼈에 새겼다. 그 이후에 남궁산은 돈이 되는 일이라면 어떠한 짓도 서슴지 않았고 유실된 가전의 절기를 익히고 복원하는 데 총력을 기울였다. 스물세 살 이후로 남궁산에겐 민족도 없고 정의도 없었다. 나라에 대한 충성은 남궁산에게 비웃음의 대상이 될 뿐이었다. 남궁산의 가치 기준은 오직 자신과 가문에 이익이 되는가 안 되는가 하는 것뿐이었다. 실로 남궁세가의 오늘의 위세는 남궁산의 모든 청춘을 바친 결과였다.

마침내 남궁산이 원하는 천하의 혼란이 시작되었다. 이 기회를 이용하여 천하의 지배자로 천 년을 갈 남궁세가의 기반을 닦아야 하는 것이다.

생각에 잠겨 있던 남궁산의 눈에 아들이자 당대 가주인 남궁인이 걸어오는 게 보였다.

"어서 오시게. 오늘은 날씨가 무척 청명하네."

"예, 아버님. 앞으로의 본 가 미래를 보는 것 같습니다."

"허허. 그래, 좋은 소식이라도 들어왔나? 자네의 얼굴이 무척 밝아 보이네."

남궁인이 미소 지으며 대답을 했다.

"명교가 이번에 본 가로 오는 무림인들의 뒤통수를 치려고 한답니다."

"하하하, 뒤통수를 쳐? 재밌겠구나. 하하하, 명교가 큰 성과를 거두어야 할 텐데."

남궁산은 즐겁다는 듯이 연신 웃음을 멈추지 않았다.

"그렇지만 명교의 힘이 보통이 넘습니다. 본 가를 먼저 공격했다면 위험할 수도 있었습니다."

남궁인이 걱정스러운 표정을 지으며 말했다. 명교가 지금 항주의 천상루에 숨어 있다는 것을 남궁세가에선 잘 알고 있었던 것이다. 안휘와 항주는 가까웠다.

"정(正)이가 있는데 무슨 걱정인가? 더구나 본 가 2천의 정예가 수련을 마쳤으니 명교가 본 가를 공격했다면 제 무덤을 파는 격이지. 쓸데없는 걱정 하지 마시게나."

남궁산은 대수롭지 않다는 듯 남궁인의 걱정을 일축해 버렸다. 그러나 말은 그렇게 해도 남궁산도 그것 때문에 걱정을 많이 했었다. 남궁인의 서자인 남궁정(南宮正)을 믿었기에 명교를 준동시켰던 것이지 남궁정이 아니었다면 명교를 이용할 생각을 못했을 것이다.

"그보다는 명교가 쓸고 지나간 지역의 모든 상권을 우리가 접수해야 하네. 이 점을 꼭 명심하도록. 시기를 놓치면 다른 놈들에게 선수를 빼앗길 수 있어. 어리석은 자들은 무력을 우선시하지만 나는 무력보단 금력을 더 중요하게 생각한다네."

"예, 잘 알고 있습니다. 본 가의 대륙상단(大陸商團)이 이미 일에 착수했습니다."

"좋아. 이제 내가 무림맹주가 되면 일 단계는 성공이구나. 그 물건은 어찌 되었는가?"

남궁인의 안색이 조금 어두워졌다.

"죄, 죄송합니다. 해동검객이 몽골의 북쪽으로 움직였다는 것은 알고 있지만, 그 지역이 워낙 사람들은 없고 방대한 곳이라 비첩단이 애를 먹고 있다고 합니다. 그러나 꼬리를 잡고 하는 추적이니 오래지 않아 좋은 소식이 있을 겁니다."

비첩단의 50인이 추적을 하고 있다. 시일이 오래 걸려도 놓치는 일은 없을 것이다.

남궁산은 고개를 끄덕이며 말했다.

“음, 비첩단이 고생을 많이 하고 있겠구먼.”

“물건을 가지고 돌아오면 보상해 주면 되겠지요.”

“그래, 열심히 했으니 제대로 된 보상을 해줘야겠지.”

“…….”

남궁인은 보상이란 말을 하다 자신이 직접 살인멸구시킨 두 명의 천살단원들을 떠올리고 멈칫했다. 어쩔 수 없이 살인멸구했지만 지금까지도 마음이 편치 못했다. 풍백을 입수하게 된다면 부친이 비첩단을 그냥 둘지 걱정이 되었다. 부친이 말씀하시는 제대로 된 보상이 자신이 말하는 보상과 같은 것인지 확신이 가지 않는 것이다. 그러나 이어지는 남궁산의 말에 곧 마음속에 드는 불길한 생각을 접었다.

“곧 오독문이 움직일 것이야. 자네는 이번의 무림대회에 좀 더 신경을 쓰게. 내가 무림맹주가 되어야만 천하를 움켜쥘 발판을 만들 수 있네.”

“예, 최선을 다하겠습니다.”

두 사람이 이야기를 하고 있는 사이에 남궁태가 급히 다가왔다.

남궁산은 서두르는 남궁태를 보며 가만히 눈살을 찌푸렸다. 그러나 남궁태는 무엇이 그리도 급한지 남궁산의 안색을 살피지도 못하고 오자마자 예를 생략하고 바로 보고를 시작했다.

“아버님, 한왕이 황태자를 암습했답니다.”

남궁태의 말을 듣자마자 남궁산의 눈썹이 곤두섰다.

“뭣이라?! 벌써?! 자세히 말해 보게.”

“홍희제의 부음 소식을 듣고 남경에서 급히 귀경하던 황태자 주첨기를 한왕이 암습했지만 실패하고 말았답니다. 주첨기는 한왕의 암습을 피해 간신히 자금성으로 들어갔고, 홍희제의 뒤를 이어 황제로 등극했

답니다. 저도 방금 전에 들은 소식입니다. 비첩단의 인원 절반이 몽골로 간 이후에 정보력이 많이 약해졌습니다.”

남궁산은 제삼자를 통해 수만금을 한왕에게 지원하고 있는 사실을 생각하자 기가 막혔다. 한왕이야 주첨기를 암습하고 황제가 되면 피를 적게 보아서 좋겠지만, 남궁산이 원하는 것은 그런 것이 아니다. 남궁산은 천하의 혼란이 길어지길 바라는 사람이다.

“이런 일이 있나. 암습이라니! 군대를 일으켜서 전쟁을 벌일 수 있도록 그렇게 많은 돈을 지원했는데… 답답한 일이로구나. 우리의 계획에 큰 차질이 빚어지겠구나.”

“지방의 무장들이 주고후를 지원하고 있다고는 하지만 오래 버티지 못할 겁니다. 주첨기는 보통 인물이 아닙니다. 벌써 문무백관을 대동하고 친정을 나설 움직임을 보이고 있다고 합니다.”

영락제도 그렇게 친정을 좋아하다가 객사를 했는데 영락제가 가장 총애했다던 주첨기도 또 친정을 계획한다고 하자 남궁산은 화가 난다기보다 어이가 없었다.

“음, 친정이라… 이것들이 걸핏하면 친정이구나. 그렇다면 대규모 군대를 이끌고 한왕을 치러 간다는 말인데. 큰일이다. 우리의 모든 계획이 흐지부지될 수도 있어.”

남궁인이 가만히 듣고 있다가 이대로는 안 된다고 판단하고 말을 했다.

“한왕을 지원해야겠습니다.”

“무슨 소리! 절대로 그렇게 해서는 안 되네. 주고후를 지원했다는 정보가 유출되면 본 가는 멸문당해. 주고후에게 금전적인 지원할 때도 정체를 끝까지 숨겨야 했던 이유를 생각해 보게나.”

남궁세가의 목적은 천하의 혼란이었지 주고후와 연계되는 것을 바라진 않았다. 그래서 주고후에게 금전을 무상으로 지원하다시피 했다.

주고후의 입장에서야 '이게 웬 떡이냐!' 하면서 받아먹었겠지만 남궁세가는 정체를 숨겨야 했던 까닭에 수만금을 쏟아 부으면서도 주고후에게 아무런 영향력을 발휘할 수 없었다. 이젠 한왕이 허무하게 패퇴하지 않고 오래 버텨주기만을 바라야 할 상황이었다. 한왕이 일찍 무너지기라도 하면 수만금을 허공에 갖다 버린 결과가 될 것이다.

"그렇지만 한왕을 저대로 둔다면 오래 버티지 못할 것 같습니다. 한왕이 일찍 무너진다면 혼란의 불씨들마저 한꺼번에 사라지는 결과가 올 것입니다."

"나도 잘 알고 있네. 그렇지만 한왕을 지원하는 것은 위험 부담이 너무 커. 주첨기가 친정을 한다면 한왕의 진영에서 배신자들이 속출할 거야. 정보가 유출될 가능성이 높아. 주고후가 그렇게 서둘다니. 휴우."

남궁산은 장탄식을 토하며 말을 이었다.

"앞으로 한왕의 일은 관망하도록 하세."

남궁인과 남궁태는 쓰린 속을 달래기가 어려워 말없이 고개만 조아렸다.

□ 제20장 □

# 혼란(混亂)의 중첩(重疊)

## 혼란(混亂)의 중첩(重疊)

이제야 자신의 경지에 맞는 도법을 제대로 펼칠 수 있게 된 장무위였다. 달리는 말에 채찍을 가한다는 말처럼 수련의 강도를 늦추지 않고 더 나아가 무상도를 익히기 위해 각고의 노력을 하고 있었으나 이상하게 진척이 없었다. 마치 거대한 벽이 막아선 것처럼 백두지명 이상의 단계는 보이질 않았다.

"휴, 지금은 여기가 한계인가 보구나. 조급해하지 말자."

장무위는 자꾸 답답해지고 조급해지려는 마음을 추스르고 산책이라도 할까 해서 결계를 벗어났다. 후원을 이리저리 산책하고 있는데 조일봉이 걸어오는 게 보였다.

"형님, 마침 나와 계셨군요. 손님이 찾아오셨습니다."

"손님? 자네를 찾아온 게 아니고 날 찾아온 손님인가?"

"실은 형님과 절 같이 찾아온 손님입니다. 처남이 왔습니다."

"처남? 자네 처남이 한두 명인가. 그렇게 얘길 하면 내가 어떻게 알 겠나. 하하."

당금 명나라에서 남궁세가와 함께 천하제일을 다투는 팽가는 혈족 들이 많았다. 조일봉의 처남만 해도 수십 명은 될 것이다. 조일봉은 잠 시 공력을 돌워 주위를 살펴보았다. 그러더니 이내 목소리를 낮춰 장 무위에게 소곤거렸다.

"빈대처남이 왔습니다."

조일봉이 왜 빈대라고 하는지 알고 있는지라 장무위는 실소를 터뜨 렸다.

"후훗, 알았네. 앞장서게."


"장 대협, 이번에 강남의 남궁세가에서 무림대회를 개최합니다. 복 수회란 단체가 무림에 피를 부르고 있습니다. 그것을 논의하기 위한 자리인데, 장 대협께서 우리와 같이 참석하신다면 매제와 본 가엔 큰 힘이 될 것입니다. 우리 할아버님께서도 미리 가서서 장 대협이 참석 하시길 기다리고 계십니다."

조일봉의 빈대처남 팽무상이 장무위를 대하는 행동은 동배의 사람 을 대하는 수준이 아니고 무슨 대선배를 대하는 듯했다. 행동거지도 조심스럽고 말투도 조심스러웠다.

"허참, 전 그냥 조용히 수련할 생각뿐입니다. 그 말씀은 따르기가 어 렵습니다."

"형님, 그러지 마시고 저랑 같이 유람이라도 하시지요. 후원이 제법 잘 만들어진 곳이지만 형님이 좁은 곳에만 계속해서 머무르시니 제 맘 이 불편합니다."

조일봉이 재차 권유해도 장무위는 별로 나서고 싶은 생각이 없었다. 명나라 무림의 일에 자신이 나설 까닭이 없는 것이다. 괜히 나섰다가 남의 일에 말려들고 싶은 생각은 없었다. 상황을 보니 팽무상이 자신을 찾아온 것이 아니고 조일봉이 자신을 위한다고 일부러 불러낸 것 같았다. 계속 조가장의 후원에 틀어박혀 수련만 했더니 조일봉이 걱정한 모양이다.

"글쎄… 난 별로 생각이 없는데……."

"형님, 수련도 진척이 없다고 하셨잖습니까? 이번에 바람이라도 좀 쐬고 오시지요."

"흠."

"장 대협, 매제의 말대로 하십시오. 제가 장 대협께 감히 이런 말을 할 수준은 아닙니다만, 진척없는 수련에 억지로 매달리면 위험하다고 들었습니다."

장무위는 조일봉과 팽무상의 말에 일리가 있음을 알았다.

'전에 박효양 어르신이 말씀하시길 벽이 막아설 때는 절대로 무리하지 말라 하셨지. 유람 삼아 강남으로 한번 다녀오는 것도 괜찮은 일일 것 같구나.'

귀찮기는 했지만 절경으로 유명한 강남이라면 구경거리는 많을 것이다.

조일봉이 큰 눈을 데굴데굴 굴리며 열변을 토했다.

"형님, 강남은 예로부터 색향으로 유명한 소주와 항주가 있습니다. 이번에 제가 크게 한번 대접하겠습니다. 형님께 항상 받기만 했는데 제가 한번 쓰게 해주십시오. 예쁜 여인들을……."

조일봉의 말이 잘 가다가 옆길로 새자 장무위가 즉시 주의를 줬다.

“하하하, 자네 그러다가 제수씨에게 걸리면 큰일 나. 색향은 무슨.”

“헛?! 형님, 제 말은 잊어주십시오. 색향이 아니라 강남의 경치가 좋
다는 이야기를 하려다가 실수한 것입니다. 성혼을 한 제가 어찌… 형
님도 잘 아시면서 왜 그러십니까. 험험.”

조일봉은 장무위의 말을 듣자마자 퍼뜩 깨닫는 바가 있어서 연신 팽
무상의 눈치를 살피며 헛기침을 토했다. 그 모습을 보는 팽무상이 또
은근히 장난기가 발동했으나 지금 자리에 장무위가 있는지라 심하게
뭐라고 하진 못하고 그저 한마디 툭 던졌다.

“잘못하면 강남의 꽃들이 떨어지겠구나. 오상고절한 매화도 떨어졌
는데.”

“어—험! 험!”

이제는 제법 시구를 알아듣는 조일봉의 얼굴이 벌겋게 물들었다. 괜
히 말 한마디 잘못한 죄로 연신 좌불안석이다. 재밌기는 했지만 자신
을 위하려다 곤경에 처한 의제를 그냥 두고 보기가 뭣해서 장무위가
말을 꺼냈다.

“안휘로 간다면 소주와 항주는 못 보겠지만 그래도 강남이니 좋은
구경거리는 있을 듯합니다. 팽 형, 저도 이번에 같이 가도록 하겠습니
다.”

“형님, 잘 생각하셨습니다.”

조일봉이 방금 전의 상황은 즉시 잊어버리고 얼굴이 환해지면서 반
긴다. 그런 조일봉의 단순함에 장무위와 팽무상의 얼굴에도 웃음이 떠
올랐다.

“참, 장 대협. 몽골에서 수십만 대군 속을 혼자서 유유히 휘저으셨다
는 이야길 들었습니다. 장 대협의 무공에는 예전부터 탄복하고 있었습

니다만, 그 이야기를 들곤 정말 놀랐습니다. 장 대협의 무공 경지가 어디까지 이르렀는지 저는 상상도 못하겠습니다."

장무위도 익히 들어서 알고 있는 소리였다. 소문이 얼마나 믿을 게 못 되는지 절감하는 이야기들뿐이었다. 실로 장무위로서는 황당하기 그지없는 이야기들이었다. 유유히 휘젓기는커녕 분노로 이성을 잃어버린 탓에 꼼짝없이 죽을 상황에 몰렸다가 몽골의 기병들이 명나라 대군의 후위를 기습하여 간신히 살아남았던 것이다.

"음, 헛소문입니다. 한 사람의 능력이 아무리 뛰어나다 해도 수십만 대군 속에서 어찌 무사하겠습니까? 그 당시 궁병들이 한 번만 더 화살을 날렸다면 저는 지금 이 자리에 있지도 못했을 것입니다."

이어진 장무위의 설명을 듣고서야 팽무상은 겨우 수긍할 수 있었다. 팽무상도 지옥마도의 이야기를 들었을 때 반신반의했던 것이다. 실제로 한 사람의 능력이 수십만 대군을 상대할 정도라면 황제의 자리는 항상 무공의 제일고수의 차지가 되었을 것이다. 아니, 수십만이 아니라 1만이라도 상대할 정도가 되었다면 이 세상의 지배자는 항상 무공의 고수가 되어야 했을 것이다. 그렇지만 현실은 그렇지 못하다. 아무리 강한 사람이라도 한번에 상대할 수 있는 사람은 한계가 있는 것이다.

"그렇지만 장 대협이 아니라면 누구라도 그런 신위(神威)를 발휘할 수는 없었을 겁니다."

장무위의 말대로 몽골 기병들의 기습이 절묘하게 이루어졌다고 해도 당금 세상에서 장무위가 아니라면 그 어떤 사람도 수십만 대군과 맞서서 칼을 뽑을 생각을 못했을 것이다. 팽무상은 몇 년 전에 장무위와 대등하게 겨룬 할아버지 팽조혁을 생각해 보았지만 아무리 팔이 안으로 굽어도 안 되는 것은 안 되는 것이었다.

"맞습니다. 우리 형님만이 그런 신위를 발휘할 수 있으십니다."

조일봉이 덩달아 목에 힘을 주고 약간 거만한 표정을 지으며 팽무상을 지그시 내려다보았다. 팽무상을 내려다보는 조일봉의 눈빛은 '나는 이런 분을 형님으로 모시고 있다. 그러니 알아서 기어라' 하는 의미를 가득 담고 있었다.

그러나 조일봉과 다르게 장무위는 자신을 바로 앞에 두고 신위라는 표현이 자꾸 나오자 민망하기 그지없었다. 지금 세상에서 진정으로 신위라는 말이 어울릴 사람은 박효양 어르신밖에 없다는 생각이 들었기 때문이다.

"험, 그 이야긴 그만 했으면 합니다. 기왕 떠나기로 했으니 간단한 준비를 해야겠습니다."

장무위는 양해를 구하고 서둘러 자리를 피했다. 실제로 따로 준비할 것은 없었다. 장무위에게 필요한 것은 현천도와 벽곡단뿐이었다. 현천도야 항상 장무위의 허리에 걸려 있었고, 조가장의 후원에 많이 만들어 놓은 벽곡단을 조금 챙기는 정도면 준비는 끝이 날 것이다. 서둘러 자리를 피한 이유는 자신을 치켜세우는 두 사람의 말이 거북했기 때문이었다. 스물아홉 살에 두 번째로 백두산을 떠난 이후 6년의 시간이 흘렀지만 아직 장무위의 낯가죽은 과분한 칭찬을 가만히 앉아서 들을 만큼 두껍지는 못했다.

각자 여행 준비를 마친 장무위 일행이 막 조가장의 경계를 벗어나는데, 맞은편에서 20여 기의 인마가 먼지를 일으키며 다가오고 있었다.

두두두두!

말에는 한결같이 흑색 무복을 단정히 차려입은 기수들이 앉아 있었다.

　장무위 일행은 급하게 말을 달리는 상대방과의 충돌을 염려해 길을 비켜즈었다. 그러나 지나칠 듯이 보이던 20여 기의 선두에 서 있던 30대 장한이 장무위 일행을 보곤 즉시 손을 들어 올렸다.

　"정지!"

　30대 장한이 큰 소리로 신호를 보내자 급하게 말을 달리던 20여 기가 마치 한 사람이 멈추듯이 그 자리에서 말을 멈추었다. 20여 기수의 기마술이 모두 감탄을 자아낼 만한 수준이었다. 또 한눈에 보기에도 무서운 집단 훈련을 받은 인물들임을 알 수 있게 하는 움직임이었다.

　30대 장한은 곧 장무위 일행의 앞으로 다가와서는 아직도 길옆으로 피해 있는 일행을 살펴보다가 마상에서 장무위에게 포권을 취했다.

　"혹시 도제 장 대협이 아니십니까?"

　장무위가 얼떨결에 마주 인사하며 말을 받았다.

　"내가 장무위입니다만, 누구신지?"

　30대 장한의 얼굴이 곧 환히 밝아졌다.

　"이렇게 장 대협을 뵙게 되니 일생의 영광입니다. 저는 동창의 당두를 맡고 있는 진자홍이라고 합니다. 장 대협의 기상을 보고 본인이심을 짐작할 수 있었습니다. 저는 상부의 명을 받들어 장 대협을 찾아온 것입니다. 잠시 저에게 시간을 내주십시오."

　동창이란 말에 장무위 일행은 흠칫했다. '드디어 올 것이 왔나?' 하는 생각이 들어 일행의 얼굴이 모두 어두워졌다. 장무위는 상관이 없었지만 조일봉과 팽가는 명나라 사람들이었다. 명나라 관부와 대적하면 살아날 방법이 없을 것이다.

　일행의 어두워진 안색을 눈치 챈 진자홍이 서둘러 해명을 했다. 장무위의 안색이 흐려짐과 동시에 첨예한 살기와 가공할 기세가 폭풍처럼 일어나기 시작했던 것이다. 잘못하다간 말 한마디 못하고 목숨을 잃을 수도 있을 것이다. 당금의 천하제일고수 도제가 일으키는 기세는 동창의 일개 당두(?)인 진자홍이 감당할 수 있는 수준이 아니었다.

“여러분이 걱정하시는 일로 찾아온 것이 아닙니다. 그러니 걱정하지 마십시오. 저는 장 대협을 모셔오라는 명령을 받고 온 것일 뿐입니다.”

장무위는 그 말을 듣고서야 기세를 누그러뜨렸다.

“그럼 무슨 일로 찾아온 것이오?”

진자홍은 남몰래 한숨을 폭 내쉬었다. 말 위에 앉아 있었기에 망정이지 바닥에 서 있었다면 오금이 저려 주저앉았을 가공할 기세가 그제야 멈추었던 것이다.

‘휴우, 천하제일고수 도제 장무위. 과연 명불허전이구나.’

진자홍은 서둘러 말을 이었다.

“이 자리에서 말씀드리긴 곤란합니다. 제 상관을 만나면 다 아시게 될 것입니다. 며칠만 시간을 내주십시오.”

조일봉의 일이 걸려 있으니 거절할 수 없는 상황이었다. 문제가 생긴다고 해도 현천도가 허리에 걸려 있으니 포위만 당하지 않는다면 한 몸 빼내는 것은 어렵지 않을 것이다. 장무위는 한 번은 부딪쳐야 할 일이라면 빨리 결말을 내는 것이 좋겠다고 생각하고 수락했다.

“알겠소이다. 잠시만 기다려 주시오.”

장무위는 조일봉과 팽무상을 돌아보며 당부했다.

“일봉이와 팽 형은 날 기다리지 말고 먼저 길을 떠나십시오.”

“아닙니다. 장 대협을 기다렸다가 같이 떠나도록 하겠습니다.”

“하하, 내 걱정은 하지 마시고 먼저 떠나도록 하십시오. 당금 천하에서 날 어찌할 수 있는 사람은 많지 않습니다.”

옆에 있던 조일봉이 웃으며 팽무상의 팔을 잡아끌었다.

"처남, 형님을 믿으십시오. 수십만 대군도 털끝 하나 건드리지 못한 우리 형님이십니다. 우리가 먼저 길을 떠나면 형님이 알아서 찾아오실 겁니다."

천하에 악명이 자자한 동창의 인물을 따라간다는데도 오히려 싱글거리며 웃는 조일봉이었다. 팽무상은 그런 조일봉의 장무위에 대한 믿음이 두럽기도 하고 또 어찌 생각하면 속없는 사람의 멍청함으로 보이기도 해서 어찌해야 할지를 모르고 주저했다.

"그래도……."

"처남은 때때로 멍청한 사람처럼 보입니다. 세상 사람들이 아무나 보고 천하제일인이라고 하겠습니까? 우리 형님이니까 그런 호칭을 들을 수 있지요. 우리가 먼저 남궁세가에서 놀고 있으면 형님이 찾아오실 겁니다. 걱정 붙들어매시라니까요."

팽무상이 장무위를 보자 장무위도 자신의 안위를 걱정하는 기색은 눈곱만치도 없었다. 조일봉에게 멍청하단 소리까지 듣고서야 팽무상도 자신이 괜한 걱정을 하고 있나 하는 생각이 들었다. 당사자와 당사자를 가장 잘 알고 있는 사람은 아무런 걱정도 없는데 삼자의 입장인 자신이 뭐라 말할 상황이 아니었다.

"그럼, 저희들이 먼저 가 있겠습니다."

"알겠습니다, 팽 형. 다음에 봅시다. 일봉이는 팽 형을 잘 모시고 가도록 하고."

"예, 형님. 빨리 다녀오십시오."

장무위는 자신보다 더 태연한 조일봉을 보곤 싱긋 웃으며 진자홍을 따라갔다.

호북의 무한(武漢)을 지나는 10여 명의 비구승들이 있었다. 그들은 바로 구파일방으로 유명한 명나라 무림의 기둥, 아미(峨嵋) 복호사(伏虎寺)의 비구승들이었다. 맨 선두에 얼핏 보기에도 육십은 넘어 보이는 곱게 늙은 여승이 조용히 걸음을 옮기고 있었고 그 뒤를 아홉 명의 노소 여승들이 따르고 있었다.

"사부님, 무당에 들르지 않고 그냥 지나친 사실이 걱정돼요."

예쁘게 생긴 20대 초반의 여인이 걸음을 서둘러 맨 앞에 있는 늙은 여승에게 다가가더니 말을 걸었다. 늙은 여승 지공(智空) 사태는 막내 제자 오민(吳珉)을 돌아보며 웃었다. 오민이 무엇을 생각하는지 눈에 훤히 보였기 때문이다.

"무당도 안휘에서 만날 것인데 무엇을 걱정하느냐? 지금 길을 되돌아 무당산에 들렀다 갈 수도 없잖느냐? 네 정인도 남궁세가로 올 것 같으니 너무 걱정하지 말거라."

오민의 얼굴이 즉시 발그스레해졌다. 당대 아미 복호사의 주지승, 즉 아미파의 방장이자 자신의 사부인 지공 사태는 속을 훤히 꿰뚫고 있었던 것이다. 부끄러운 마음에 슬며시 얼굴을 돌려 뒤를 돌아보자 아니나 다를까, 사숙들과 사매들도 모두 빙긋 웃고 있었다. 오민은 부끄러움을 참지 못하고 항의했다.

"사부님! 그게 아니라고요. 저는 그냥, 그냥……."

그러나 정곡을 찔렸는데 무슨 다른 할 말이 있으랴. 뒷말을 잇지 못하고 그냥 소리만 반복할 뿐이었다. 크게 당황한 오민의 얼굴이 새빨갛게 변하자 일행이 비록 수행을 하는 승려들이라 하나 크게 소리 내어 웃지 않을 수 없었다.

"호호호!"

오민은 무당파의 속가제자이자 가장 어린 나이인 스물여섯 살에 십영(十英)의 반열에 오른 웅풍검(雄風劍) 소위건(蘇偉腱)과 태중 정혼한 사이였다. 오민과 같이 사천의 성도 태생인 소위건은 타고난 재질이 워낙 출중해 어릴 때부터 신동이라 소문이 난 기재였다. 그 기재가 얼마나 출중했는지 강호상에선 한때 소위건 쟁탈전이 벌어지기도 했었다.

점창파와 청성파가 소위건을 제자로 맞아들이기 위해 암투를 벌였던 것이다. 그러나 점창파와 청성파는 닭 쫓던 개 지붕 쳐다보는 꼴이 되고 말았다. 당대 제일의 문파인 무당이 소위건을 데려가 버렸던 것이다. 절세의 기재를 놓친 것이야 가슴을 치고 통탄할 노릇이었지만 무당을 상대로 시비를 걸 수야 없는 노릇. 점창파와 청성파는 꿀 먹은 벙어리가 될 수밖에 없었다.

요즘 들어서 오민은 소위건을 생각할 때마다 좌불안석이었다. 강호에는 요녀들이 있어서 영재를 홀린다고 하는데, 요녀들이 혹시 자신의 정랑을 유혹하면 어떡하나 하면서 걱정이 이만저만이 아니었던 것이다. 너무 잘난 정인을 둔 것이 잘못이라면 잘못이리라.

"막내가 힘든 여정에 활력이 되어주었으니 우리는 막내의 공을 생각해서 걸음을 빨리하도록 하자."

수행을 하는 비구니들의 행렬이 너무 소란스러워지면 남들에게 욕을 먹을 것이다. 지공 사태는 분위기를 정돈하고 걸음을 재촉했다. 사천의 아미산에서 안휘의 남궁세가까지는 가까운 거리가 아니었다. 걸어서 이동하려면 몇 달은 걸릴 거리였다.

수로를 이용해서 무한까지는 빠르고 편하게 왔다. 그러나 수행을 하는 비구니들이라 하지만 엄연히 여인의 몸이다. 오랜 선상의 생활에 불편한 점이 한두 가지가 아니었다. 결국은 중간에 힘이 들더라도 걸어서 움직이자는 의견이 받아들여져 수로를 포기하고 이렇게 걸어가는 것이었다.

오민의 나이도 적지 않아서 이제 스물세 살이나 되지만 막내는 어디를 가나 티가 나는 법이다. 힘든 여정에 오민이 때때로 즐거움을 주지 않았다면 훨씬 더 지루한 여행이 되었을 것이다.

강남의 절경을 처음 보는 일행이 태반인지라 수려한 풍광을 감상하며 자연의 아름다움에 심취하여 흡사 유람을 떠난 듯 느긋한 걸음으로 남궁세가로 향했다. 그러나 이들이 여행의 즐거움을 만끽하며 따뜻한 양광을 쬐고 있을 때 아미의 복호사에는 불길한 그림자가 드리워지고 있었다.

사천의 아미산은 예부터 보광이 어린다 하여 광명산(光明山)이라고도 불리는 명산이었으며 불교의 사대명산 중에서도 제일로 치는 불타의 성지였다. 그 명성에 어울리게 아미산은 천혜의 절경을 간직하고 있었다. 그리고 아미산의 수많은 봉우리 중에서도 빼어난 절경을 자랑하는 금정봉에는 그 이름도 유명한 복호사가 있었다. 바로 아미파의 본산이 있는 곳이었다.

평상시 향화객(香火客)들로 붐비던 아미산. 오늘은 이상하리만치 인적이 끊어져 있었고 산봉우리를 휘감으며 불어오는 바람은 피부에 소름을 돋게 할 만큼 서늘했다.

청명한 날씨와는 전혀 어울리지 않는 칙칙한 흑의를 입은 300명가량의 인원들이 복호사가 있는 금정봉을 빠르게 오르고 있었다. 300의 인원이 이동을 하면서도 소음 하나 없었다. 바람이 나뭇잎을 스치며 내는 '사라락' 소리가 고요를 깨뜨리는 유일한 것이었다.

침묵 속에서 이동하던 흑의인들 사이에서 조용하지만 힘있는 목소리가 흘러나왔다.

"향화객들은 완전히 차단했습니까?"

한유의 물음에 천산응왕 소진이 즉시 나서며 대답을 했다.

"예, 교주님. 이틀 전부터 아미파로 통하는 모든 길을 차단하였습니다. 그러나 향화객을 차단함으로 인해서 아미파도 우리의 움직임을 파악하고 있을 겁니다."

"그 정도는 이미 각오하고 있었습니다. 우리의 원한을 갚자고 죄없는 백성들에게 해를 끼칠 수야 없지 않습니까? 이번에는 살생을 최대한 억제해야 할 것입니다. 명심해 주십시오."

"예."

한유의 말에 소진은 입이 열 개라도 할 말이 없었다. 언가를 쳤던 소진은 한유의 당부에도 불구하고 언가의 120 문인들을 거의 도륙하다시피 했던 것이다. 구대문파나 오대세가 정도 되면 몇백의 문하제자들이 있다. 괜히 구대문파로 불리는 것이 아닌 것이다. 일류고수급도 100명 가까이 돼야 구대문파니 오대세가니 하는 이름을 받을 수 있는 것이다.

하지만 언가는 요즘 들어 성세가 약해져서 일류고수급은 채 60명도 안 되는 실정이었다. 200여 명의 신안전 고수들을 이끌고 갔던 소진에게 언가는 그야말로 힘없는 사냥감에 지나지 않았다. 그러나 상대가 너무 약해서 쉽게 목적을 달성할 수 있었음에도 소진은 언가 전체 인원의 7할이나 되는 인원을 도륙하고 돌아왔다.

소진뿐만이 아니었다. 이소와 적효도 적지 않은 살상을 하고 돌아왔고 조문룡은 공동이란 문파를 멸문지경에 이르도록 할 만큼 큰 살수를 펼치고 돌아왔다. 네 개의 문파를 치면서 기천의 인명을 살상했던 것이다.

명교의 피해도 커서 최정예 800명의 인원이 출정을 나가서 600명만이 살아 돌아왔고 한천검왕 이소는 중상을 입어 기식이 엄엄한 상태였다. 곤륜의 오성과 대결하면서 이미 심각한 내상을 입은 상태로 다시 곤륜의 장문인인 현기 도장과 결전을 벌인 대가였다.

한유는 자신의 당부를 우스갯소리 취급하고 큰 살생을 벌인 좌우 광명사자와 사대호교법왕을 보고 대노했다. 한유의 성격이 피를 싫어하고 말고의 문제가 아니었다. 큰 살생을 벌인다면 공분을 사서 명나라 무림에 나와 있는 모든 세력이 종내에는 몰살을 당할지도 모르기 때문이었다. 아무리 명분이 좋더라도 지나친 행동은 질타를 받게 되는 것이 세상의 이치다.

항주의 거점으로 온 800여 명교고수들은 명교의 주축을 이루는 고수들이었다. 죽음을 각오한 자원자들이지만 한유의 입장에서는 최대한 살려서 돌아가야 하는 것이다. 모조리 몰살해 버리면 신강에 있는 광명사가 위험해질지도 모른다.

위구르의 세력은 절대 만만한 것이 아니었다. 두 개 부족 정도만 합심하고 광명사를 친다면 주축이 되는 고수들이 모두 자릴 비운 광명사가 무너질 위험이 있는 것이다. 통쾌한 복수의 이면에는 명교의 뿌리가 끊어질지 모르는 큰 위험이 도사리고 있는 것이다. 좌우 광명사자나 사대호교법왕 정도 되는 사람들이 그런 이치를 모를 리 없다. 복수에 눈이 멀어 이성을 상실한 결과였던 것이다. 그래서 이미 때늦은 일이 되었지만, 이번의 2차 행동에는 한유가 직접 나서서 교도들을 지휘하고 있는 것이었다.

한 식경이 지나자 명교의 300여 인원은 복호사의 정문에 다다를 수 있었다. 복호사의 정문에는 소진의 예상대로 아미파의 300여 승려들이 무기를 들고 도열해 있었다. 장문인 지공 사태가 무림대회에 참석하러 자릴 비운 사이에 임시로 복호사를 책임지고 있던 지명(知命) 사태가 한 걸음 나서며 크게 소리쳤다.

"시주들은 뉘시기에 신성한 사찰에 칼을 들고 오는 것이오!"

"우리는 아미파에 진 빚을 받으러 온 사람들이오. 말로는 받을 수 없는 빛이라 칼을 들고 올 수밖에 없었소이다. 그런데 신성한 사찰이라고 하면서 수행을 하는 승려들이 각종의 병장기를 들고 나와 있으니 기가 막히는구려. 아미산에서는 승려들만 칼을 들 수 있다는 법이라도 있소이까?"

한유의 눈짓을 받고 나선 소진의 날카로운 반격에 지명 사태의 얼굴이 벌겋게 물들었다.

"그러면 귀하들이 칼을 들고 오는데 우리들이 승려라서 목을 내놓고 기다려야 한다는 말씀이오?"

"하하하, 우리들이 칼을 들고 왔다 하나 피바람을 불러일으키고 말고는 그대들의 소관이라 할 수 있소이다. 아미의 일대 제자들이 모두 스스로 목숨을 끊는다면 우리는 그냥 물러갈 것이오."

"당치도 않는 소리! 도대체 시주들은 뉘시기에 그런 잔인한 말씀을 하시는 게요! 아미에 진 빚이란 또 무엇을 말하는 것이오!"

"우리는 복수회요. 우리의 빛이 무엇인지는 죽어서 염라대왕 앞으로 가면 알 수 있을 것이오. 불경을 읽고 목탁을 두드려야 할 승려들이 칼을 들고 사람을 해친 대가라 생각하시오.”

소진의 말투가 싸늘해지자 지명 사태의 눈썹이 꿈틀했다.

“시주들이 빚을 받으려 한다면 그 빚이 무엇인지를 먼저 말하는 것이 당연한 도리가 아니오? 무작정 칼을 들고 와서 빚을 갚으라 하는 것은 어디 법도요.”

“무슨 빚인지 말을 하게 되면 여기 있는 모든 사람의 목숨을 빼앗아야 하기 때문에 말을 못하는 것이오. 없는 이야기를 지어내 공연한 트집을 잡는 것은 아니니 빨리 선택을 하시오. 더 이상 기다려 줄 수 없소이다. 피해를 줄이는 길은 일대 제자들이 자결하는 길뿐이오. 대항할 생각은 아예 포기하시오. 수십 년을 절치부심 고련한 우리를 막을 수는 없을 것이오.”

“닥쳐라! 자결이라니, 말이 되는 소리를 해야 받아주지! 아미파를 우습게 보지 말라!”

“우리의 손속이 매섭다 원망하지 마시오.”

이미 예정된 수순이었다. 서로가 피를 볼 생각으로 마주 서 있으니 말을 섞으면 섞을수록 감정만 더 상할 뿐이었다. 소진이 말과 함께 한 걸음 뒤로 물러서자 한유의 안색이 침중하게 변했다. 명교에서 가장 혀가 잘 돌아가는 소진이 나서서 오히려 상황만 악화시킨 것이다. 슬쩍 소진을 한 번 바라본 후 한유가 앞으로 나섰다.

“힘으로 맞선다면 큰 피를 볼 것이오. 다시 재고해 보시오.”

“시주는 또 누구시오? 보아하니 무리의 우두머리 같은데 우두머리가 왜 뒤에 물러나 있다가 이제야 나서는 것이오? 그리고 기왕에 나섰으면 상황을 해결할 생각을 해야지 왜 되지도 않는 말을 하는 것이오! 재고할 상황이라야 재고를 하지, 어찌 자결하란 말을 그토록 태연히 한

단 말이오? 입장을 바꿔서 생각해 보시오! 시주가 나라면 정체도 모르는 자들이 막무가내로 찾아와서 제자들의 자결을 원하는 것을 받아들일 수 있겠소?"

격노해서 승려의 신분을 잊고 마구 소리치는 지명 사태의 말에 한유의 얼굴이 어두워졌다.

"음, 사태의 말이 맞소이다. 나라면 절대로 받아들일 수 없소이다. 어쩔 수 없이 피를 보아야 할 상황이구려. 안타깝지만 무고한 많은 생명들이 다칠 것이오."

한유는 어쩔 수 없다고 생각하고 손을 들어 공격을 명했다.

"쳐라!"


같은 시간 섬서성(陝西省) 화음현(華陰縣) 화산(華山)의 서쪽에 있는 연화봉.

채챙! 챙! 콰쾅!

"크아악! 헉! 으억!"

도검이 부딪치고 강기가 폭발하는 소리가 화산의 고요를 깨뜨리는가 싶더니 찢어지는 단말마의 비명이 깊은 산 계곡에 메아리쳤다.

매화검존(梅花劍尊) 악불군(岳拂窘)은 바닥에 널브러진 몸을 일으키려고 했으나 아무리 버둥거려도 중심이 잡히지 않아 일어날 수 없었다. 이미 왼팔과 오른쪽 다리가 날아가고 전신에 크고 작은 상처로 도배를 하고 있는 상태였다. 심각한 출혈로 인해 눈앞이 뿌옇게 흐려져 있었다. 무림대회에 참석차 떠난 화산 장문인 선기(善氣) 도장을 생각하며 악불군은 비통한 울부짖음을 토했다.

"사형, 화산이 무너질 것 같습니다! 이 일을 어찌한단 말이오!"

당금의 화산은 소림과도 어깨를 나란히 하는 거대 문파였다. 본산에 상주하는 제자들만 해도 600명 가까이 되는 도문의 요람이었다. 무당이 아니라면 어떤 문파도 화산파 앞에 이름을 올릴 수 없을 것이다. 그런 화산파에 300여 명의 흑의인이 쳐들어와 혈겁을 일으키고 있었다.

복수회라는 인물들은 정말 강했다. 화산에도 고수라 불릴 만한 제자가 200이 넘었으나 상대방은 300명 모두가 고수였다. 쓰러지는 사람들은 거의가 화산의 제자들이었다.

대노한 악불군이 검을 들고 나섰으나 복수회 우두머리 두 명의 합공에 이 모양이 되었던 것이다.

명나라 무림의 구주 중 하나인 악불군이었다. 구주 중에서도 무당검선 자인 도장에게만 상석을 양보하는 절대고수 악불군이 단 두 명을 이기지 못하고 무너진 것이다. 두 명 중 한 명은 매화삼릉검(梅花三凌劍)을 시전해 양단해 버렸지만, 나머지 한 명은 피투성이가 된 상태에서도 꿋꿋이 버티고 서 있었다. 점점 흐려져 가는 의식을 붙잡으며 악불군이 소리쳤다.

"도대체 우리와 무슨 원한이 있기에 이런 혈사를 일으키는 것인가?!"

대력패왕이라 불리며 신강 일대를 호령하던 방극의 두 조각이 난 시체를 멍하니 보고 있던 귀수염왕 적효는 악불군을 돌아보며 한숨을 토했다.

"휴. 악불군, 정말 대단하구나. 판첸라마를 상대하기 위해 고련한 방 형제가 너의 검을 못 견디다니. 너에게도 처참한 죽음을 내려주마. 우리는 명교에서 왔다. 더 이상의 설명은 필요없겠지?"

"헉! 명교?!"

악불군은 놀라움이 너무 커 고통마저 잊어버릴 지경이었다. 명교라면 50년 전에 완전히 뿌리 뽑은 마교(魔敎)가 아닌가! 젊은 나이의 악불군도 마교를 없애 버리기 위해 무림맹의 일원으로 참가했었다. 완전히 사라졌다고 믿었던 마교가 화산을 피바다로 만들고 있는 것이다.

"이럴 수가?! 악의 씨앗이 남아 있었다니……!"

"닥쳐랏! 악의 씨앗이라니! 네가 우리의 악행을 하나라도 본 것이 있느냐! 주원장의 야욕에 희생당한 우리를 어찌해서 악의 씨앗이라 부르느냐?!"

평생을 자존심 하나로 살아온 악불군이었다. 지금 상대를 경동시키면 화산에 더 큰 피해가 올 것임을 짐작했지만 자존심을 굽힐 수는 없었다.

"너희들이 악의 씨앗이라는 것은 지금 하는 짓만 봐도 미루어 짐작할 수 있는 일이다! 다른 증거가 무슨 필요가 있느냐?!"

"울컥, 이, 이……."

악불군의 말에 적효는 격분해 피를 토했다. 기가 막혀 말도 나오지 않을 지경이었다. 주원장에게 속아 자신들이 명교에 한 짓은 생각지도 않고 명교가 자신들에게 복수하는 것만 원망하는 악불군이었다. 매화검존 악불군이라면 고고한 한 마리 학 같은 기상을 지닌 인물로 강호인들뿐만 아니라 일반 백성들도 우러러보는 사람이었다. 그런 악불군이 이따위 사고방식을 가지고 있을 줄은 생각도 못했다.

"남의 모함을 받아 부모 형제를 잃고 수십 년을 절치부심한 우리에게 그 따위 소리를 지껄이다니?! 우리가 이런 방법을 쓰지 않고 대화로 원수를 풀고자 했다면 너희들이 백배사죄하고 용서를 구했겠느냐?!"

"마교에게 무슨 용서를 구한다는 말이냐! 헛소리 지껄이지 말고 죽여라!"

"오냐! 나도 너 같은 놈과 더 이상 말을 섞고 싶지 않다. 죽여주마!"

대노한 적효의 손에서 명교의 무상절에 중 하나인 혈양장(血陽掌)의 기운이 일어나 악불군의 몸으로 날아들었다.

치이익! 치익!

"끄―아―아―악!"

적효는 혈양장을 2성 정도만 돋워 천천히 악불군의 몸을 태웠다. 지독한 고통에 악불군은 화산이 떠나가도록 큰 비명을 지르며 천천히 죽어갔다. 끝까지 자존심을 세워 비명을 참고 싶었지만 온몸이 천천히 타 들어가는 고통은 자존심으로 참을 수 있는 것이 아니었다.

상궁(上宮)에서 울려 나오는 끔찍한 비명 소리는 거의 500에 가까운 인원이 혈전을 벌이고 있는 자하각(紫霞閣) 앞마당에 잠시간의 정적을 불러왔다. 그러나 끔찍한 비명은 더 끔찍한 혈전의 전주곡이 되었다. 상대를 죽이지 못하면 자신이 그런 비명을 지르며 죽을지도 모른다는 절박함이 살아남은 500여 인원 모두에게 들기 시작했기 때문이었다.

채챙! 챙! 챙!

이내 병장기가 부딪치는 소리가 다시 일어나더니 참혹한 비명성이 꼬리를 물었다.

적효는 재가 되어 흩어지는 악불군을 내려다보며 씁쓸한 웃음을 흘렸다. 큰 혈겁은 피하라고 신신당부하던 교주의 모습이 떠올랐다.

"허허, 교주님께 뭐라고 용서를 빌어야 하나?"

그러나 언제까지 이곳에서 넋을 놓고 있을 수는 없다. 전신에 검상을 입어 운신이 불편하였지만 한 명의 교도라도 더 살려서 돌아가려면 화산의 제자들을 죽여야 한다. 광명쌍사가 교도들을 지휘하고 있지만 무공은 자신에 비해서 많이 떨어진다. 적효는 전신에 남은 기력을 모두 짜내어 신형을 날렸다.

휙!

적효가 떠난 자리에는 방극과 악불군의 몸에서 흘러나온 피가 하나로 섞여 흐르고 있었다.


이틀을 말을 달린 장무위는 자금성에서 반 마장 정도 떨어진 곳에 있는 거대한 저택으로 안내되었다. 진자홍은 즉시 말에서 내려 안에 통보를 넣고는 장무위에게 설명했다.

"이곳은 제독태감의 사저입니다."

고라 등 같은 거대한 저택을 본 장무위는 속으로 놀람을 금치 못했다. 조선에선 사람 대접도 못 받는 내시(중국에선 환관)가 명나라에서는 위세가 대단하다고 하더니, 집만 보아도 보통이 아니었던 것이다. 사병(私兵)이라고 보기에는 무공 수준이 너무 높아 보이는 고수들이 저택의 요소요소에 즐비하게 깔려 경비를 서고 있었다. 무슨 왕궁을 보는 듯했다.

진자홍을 따라 구불구불 방향을 바꾸며 미로 같은 길을 따라 걷자 한 채의 거대한 전각이 나타났다. 장무위는 이곳이 사상과 오행의 이치에 따라 지어진 곳임을 알고 또 한 번 놀라움을 금치 못했다.

'도대체 어떤 내시이기에 이런 위세를 지녔는가?'

대저택을 이렇게 지으려면 실로 엄청난 돈이 필요할 것이다.

"공공, 진자홍입니다. 손님을 모시고 왔습니다."

전각 안에서는 기다렸다는 듯이 곧장 가느다란 목소리가 들려왔다.

"정중히 모시게."

진자홍은 장무위에게 안으로 드십사 하는 자세를 취하고는 경비를 서듯이 전각의 문 앞에 등을 돌리고 섰다. 장무위는 혼원기를 몰래 돌 위 암습을 대비하고 전각 안으로 들어갔다.

자그마한 체구에 폭삭 늙어 나이가 얼마인지 알아보지도 못할 만큼 늙은 노인이 장무위를 맞았다.

"어서 오시오. 난 남상(南祥)이라고 합니다."

"장무위입니다."

장무위는 결례임을 알고서도 남상이라는 인물을 자세히 보지 않을 수 없었다. 생전 처음으로 내시니 환관이니 하는 사람을 가까이서 본 것이다. 몽골에서 영락제 주변에 인의 장벽을 만들던 사람들 중에 환관이 있었지만 자세히 보지는 못했다.

가까이서 본 남상이라는 인물의 몰골은 기괴했다. 남자임이 분명해 보였는데도 수염이 없었고 덕분에 땀구멍만 널찍하게 보였다. 얼굴은 창백한 잿빛이었고 체구는 왜소했다. 들은 풍문에 의하면 내시는 남성을 제거한다 했는데 아니나 다를까, 남상이란 인물은 남자도 아니고 여자도 아닌 이상한 사람이었다.

'아무리 먹고 살기가 힘이 들어도 저게 무슨 꼴인가? 남자는 남자로 여자는 여자로 살아야 하는 것은 순리이거늘 먹고 살기 위해 순리를 거스르니 저런 꼴이 되지. 불쌍한 사람이구나.'

장무위는 남상이란 환관에 대해서 연민지정이 솟아났다. 오죽하면 남성을 제거하고 저 모양으로 살아야 했을까? 하는 안타까운 마음을 금할 수 없었다.

당대의 동창제독으로서 나는 새도 떨어뜨리는 무소불위의 권력자 남상을 장무위는 독특한 시각으로 보았다. 명나라의 사람들이 장무위의 생각을 알게 되면 입에 거품을 물고 항의할 일이었다.

"먼 길 오느라 수고하셨습니다. 수하들이 결례를 저지르지 않았는지 모르겠습니다."

"수고랄 것은 없습니다. 진 당두가 안내를 잘해주었습니다. 그런데 무슨 일로 절 찾으신 겁니까?"

남상은 장무위가 자신을 보는 시각에 연민의 빛이 가득하자 일순 당황했다. 평생 처음 받아보는 연민 가득한 시선. 남상은 주춤거리지 않을 수 없었다.

'왜 저런 눈으로 날 보는 거지?'

장무위와 예전에 안면이 있을 턱도 없었다. 아무리 생각해도 원인을 알 수가 없었다. 그러나 언제까지 청해서 온 손님을 앞에 두고 궁리만 할 수는 없는지라 '평소에도 저런 표정을 짓는가 보다' 하며 편하게 생각하고는 이내 잡생각을 정리했다.

"장 대협, 우리를 도와주실 수 있겠습니까?"

뜽딴지 같은 남상의 말에 장무위는 일순 어리둥절해졌다. 이곳에 찾아오면서 자신에게 무슨 해가 닥칠 것이라 생각하고 단단히 마음의 준비를 하고 온 장무위였다. 그런데 자신과 안면이 있는 사이도 아니고 오히려 적대적인 사이라 할 수 있는 남상이 도움을 청하는 것이다. 불쌍(?)해 보인다고 해서 적대적이라 할 수 있는 사이에 막무가내로 도움을 줄 수는 없는 것이다.

"우리라면 동창을 말씀하시는 겁니까?"

"아닙니다. 명나라 황실을 말하는 겁니다."

"명 황실이 일개 무부인 나에게 무슨 도움을 원한다는 것입니까? 제게 무슨 능력이 있다고 그런 말씀을 하시는 것인지 이해가 안 가는군요."

“장 대협의 무공이라면 큰 도움이 될 것입니다. 지금부터 드리는 말씀은 장 대협만 알고 계셨으면 합니다.”

“말씀해 보십시오.”

“곧 한왕이 반란을 일으킬 것입니다. 얼마 전에 당금의 황상을 암살하려는 움직임이 있었고, 또 도처에서 반란의 조짐이 보이고 있습니다. 한왕을 그대로 두었다가는 큰 피바람이 불 것입니다. 그래서 황상께서 직접 친정을 하셔서 한왕을 제압하려 하시는데, 한왕의 세력도 만만한 것이 아닙니다. 황상께선 장 대협의 능력을 높이 생각하시고 전투가 벌어질 때 한왕을 직접 제압해 주셨으면 하고 바라고 계십니다.”

남상은 장무위가 몽골에서 행한 일을 믿지 않았다. 황제에겐 보고도 안 했던 이야기였다. 남상이 황제를 들먹이는 것은 평소에 황제를 들먹이면 만사가 쉽게 풀렸기 때문에 어느 순간부터 몸에 익은 버릇이었다.

그러나 남상이 지옥마도의 이야기를 믿고 말고는 중요한 문제가 아니었다. 장무위가 지옥마도란 소문이 도는 것만으로도 쉽게 이용할 수 있는 방법이 생기는 것이다. 천하제일고수라 불리는 장무위를 부릴 수 있다면 한왕을 제압하는 데 큰 도움이 될 것이라 생각하고 불러온 것이었다. 만나보고 장무위가 만만하다면 계속해서 부려먹을 욕심도 가지고 있었다.

“저 같은 사람에게 무슨 능력이 있어서 수많은 군사를 거느리고 있는 한왕을 제압하겠습니까? 그리고 전 조선의 사람으로 명나라의 일에 관여하고 싶은 마음이 없습니다.”

장무위는 명나라에 적지 않은 시간 동안 있었다. 그동안 여기저기서 들었던 이야기들을 합쳐 보면 명나라의 황실은 그야말로 엉망진창이었다.

우선 영락제는 정난의 변을 일으켜 조카인 건문제를 죽이고 황제의 자리에 오른 인물이었다. 어린 조카를 죽이고 황제가 된 인물이니 그 인격이야 말해서 무엇 하겠는가. 그런 영락제는 세 명의 아들을 두고 있었다. 그런데 이 아들들이 또 하나같이 인간 말종들이었다. 첫째인 인종은 그런대로 인품이 뛰어난 인물이었으나 그 아래 두 동생들은 천고에 드문 악당들이었던 것이다.

셋째인 조왕(趙王) 주고수(朱高燧)는 영락제의 제위 시절 영락제가 병석에 누운 틈을 이용해 영락제를 독살하고 그 혐의를 형들에게 옮기려 하는 음모를 꾸미다가 사전에 발각되었던 전력이 있는 지독한 놈이었다. 장자인 인종(홍희제)이 형제의 우애로 영락제에게 애걸복걸하여 사건을 무마시키지 않았다면 조왕은 이미 오래전에 시체가 되었을 사람이다.

얼마 전 영락제가 유목천에서 급사하자 동생들의 반란을 우려한 인종은 영락제가 객사한 사실을 숨기고 급거 귀경하여 제위를 계승하였다. 그 이후에 인종은 평소 제위에 욕심이 많았던 동생들을 숙청하는 대신에 분에 넘칠 정도로 우대해 주었다. 아마 인종이 영락제의 잔인한 성품을 반이라도 이어받았다면 두 동생들은 지금쯤 한 줌 흙이 되어 있었을 것이다.

둘째인 한왕 주고후는 친형인 홍희제의 사랑을 외면하고 홍희제가 죽자마자 음모를 꾸미며 큰형의 아들인 황태자 주첨기를 암살하려 하고 있었다. 영락제가 힘으로 제위를 빼앗은 과정을 바로 옆에서 지켜보았던 한왕 주고후였다. 그런 한왕에게 정통성을 들이대며 주첨기에게 충성을 하라고 하는 것은 씨도 먹히지 않는 얘기였다.

콩 심은 데 콩 나고 팥 심은 데 팥 난다. 영락제가 악의 씨앗을 뿌려 놓아서 그 화가 3대를 거치면서 계속되고 있는 것이었다. 권력 때문에 조카를 살해한 놈이나, 부친을 독살하고 혐의를 형제들에게 돌리려는 놈, 조카를 살해하려는 음모를 꾸미는 놈, 그런 숙부를 제거하려는 조카. 다 똑같은 놈들이었다. 세상에 이렇게 더러운 놈들은 없을 것이다.

스승의 보살핌을 받았으나 일찍이 부모를 여읜 탓에 가족의 따뜻한 정을 그리워했던 장무위였다. 권력을 위해 골육상잔(骨肉相殘)을 계속하는 명나라 황실의 일에 손을 거들고 싶은 생각은 추호도 없었다.

"장 대협이 이번에 우리를 도와주기만 한다면 몽골에서의 일은 불문에 붙이겠다는 황상의 언약이 있었습니다."

장무위의 말에서 수긍의 기미가 전혀 없자 남상은 최후에 쓰려고 했던 패를 내보였다. 그 말을 들은 장무위는 속으로 뜨끔하지 않을 수 없었다. 이제까지 명나라 관부에서 어떤 제재도 없어서 모를지도 모른다고 생각했었는데, 남상의 말을 들어보니 뻔히 알면서도 손을 쓰지 않았다는 뜻으로 들렸기 때문이다. 진자홍이 찾아왔을 때 어느 정도 짐작은 했으나 설마 했었다.

그러나 장무위도 따지고 보면 피해자였다. 사랑하는 사람을 처참하게 잃은 안타까움이 가슴에 큰 아픔으로 남아 있는 상태였다. 당혹감은 곧 사라지고 분노가 치밀어 올랐다. 이미 심검을 완성한 장무위. 분노는 곧 무형지기로 표출이 되었다.

"지금 나를 협박하는 것이오?!"

살을 찌르는 예기가 장무위의 전신에서 쏟아져 나오자 남상의 얼굴이 새파랗게 질렸다.

'헉! 이 정도라니?! 정말 무서운 고수구나!'

　단지 분노한 기색을 드러냈을 뿐인데도 산악 같은 위엄이 솟아나고 피부가 따끔거릴 정도로 강력한 무형지기가 남상을 압박했다. 흡사 송곳으로 콕콕 찌르는 것 같았다. 한껏 겁에 질린 남상의 혀가 저 혼자서 춤을 추기 시작했다.

　"장 대협, 진정하시오. 협박이라니 가당치도 않습니다. 도움을 바라는 입장에서 어떻게 협박을 하겠습니까? 다른 뜻은 정말로 없었습니다. 곡해하신 듯합니다. 진정하십시오."

　신즈이십사인의 구주에 비해서도 뒤질 것이 없다고 스스로 자부하던 남상이었으나 상대는 천하제일로 칭송받는 절대고수 도제 창천신룡이다. 심신이 강하게 위축이 되어 내력을 돋워 저항할 생각은 아예 하지도 못했다. 혼자서는 절대로 상대할 수 없는 고수가 장무위임을 직감했던 것이다.

　"도와주면 불문에 부치겠다는 말은 도와주지 않으면 문제 삼겠다는 말이 아니오. 그것이 나를 협박하자는 것이 아니면 무엇이란 말이오!"

　"장 대협, 그것이 아닙니다. 황상의 뜻을 전하는 과정에서 내가 말실수를 한 것 같습니다. 오해는 푸셨으면 합니다."

　불쌍하게 생긴 남상이 계속해서 숙이고 들어오자 장무위도 더 이상은 화를 낼 수가 없었다. 그러나 더 이상 이 문제가 재기되지 않도록 여기서 결말을 지어야 했다. 불쌍하다고 후환을 남겨둘 수는 없는 것이다.

　"제독태감께 한말씀 드려야겠습니다. 나중에 문제를 삼고 싶거든 나에게 직접 찾아오십시오. 내 의제가 털끝만치라도 다치게 된다면 가만히 있지 않겠습니다. 몇만 명이 지킨다 하더라도 내 칼을 막을 수는 없을 겁니다. 지옥마도의 이야기를 들으셨다면 판단을 잘하실 걸로 믿습니다.”

　장무위를 협박해서 이용하려다 오히려 협박을 받게 된 남상은 어이가 없었지만 이미 기가 꺾인 탓에 뭐라고 반박하지는 못했다. 그러나 남상도 산전수전을 다 겪으며 음모가 횡행하는 자금성에서 최고의 위치에까지 오른 인물이다. 악독한 영락제의 밑에서도 승승장구했던 남상이 이 정도의 위협에 어찌 빈손으로 물러나겠는가?

　“장 대협의 뜻을 어찌 거스르겠습니까. 그렇지만 좋은 게 좋은 것 아니겠습니까? 장 대협도 우리에게 도움을 주시지요.”

　“음…….”

　“장 대협이 명 황실과 좋은 인연을 쌓아두시면 앞으로 장 대협의 동생 되시는 분에게 황상께서 큰 선물을 내리실 겁니다.”

　남상은 직접적으로 조일봉을 걸고넘어지며 장무위가 거절할 수 없도록 했다. 이것도 일종의 협박인 것이다. 좋은 인연을 못 쌓아두면 조일봉에게 화가 미칠 수도 있다는 것을 은연중에 말하는 것이었지만 꼬투리를 잡을 수는 없었다. 확실히 남상의 혀는 기름칠이 잘되어 있었다.

　금세라도 쓰러질 것 같은 불쌍한 표정을 지으면서도 처음의 목적을 달성하려는 남상을 보자 장무위는 속으로 혀를 내둘렀다. 지독한 놈에게 걸린 것이다. 연민지정을 느끼게 만들었던 겉모습과 달리 뱃속에는 능구렁이가 열 마리는 들어 있는 듯했다.

　“좋습니다. 한 번의 도움은 드리지요.”

　“장 대협께서 승낙하셨으니 이제 한왕은 제압한 것이나 마찬가지입니다. 감사합니다. 황상께서도 기뻐하실 겁니다.”

　“…….”

뱀같이 혀를 놀리는 남상과의 대화는 고수와의 비무보다 더 큰 피로를 주었다. 칼보다 무서운 혀를 가진 남상이었다. 그러나 한편으론 차라리 잘됐다는 생각이 들었다. 한 번의 도움을 줌으로써 조일봉에게 미칠 후환을 없애 버릴 수 있다면 나쁠 것도 없는 것이다. 명나라 관부가 무엇 때문에 이제까지 문제 삼지 않았는가 하는 것이 궁금했지만 조가장이 화를 입지 않은 것은 어쩌면 천운인지도 몰랐다. 사실 더러운 골육상잔에 끼어든다 해도 자신이 특별히 피를 볼 일도 없을 것이다.

진자홍의 안내를 받아 호화찬란한 별채로 안내받은 장무위는 머리를 절레절레 흔들었다. 가산에는 기암괴석들이 놓여 있었고 온갖 화초들이 제철이 아닌데 흐드러지게 피어 있었다. 별채 안은 더했다. 진귀해 보이는 서화와 자기들로 도배가 되어 있었다. 도대체 환관의 봉록이 얼마나 되는지 돈을 덕지덕지 처바른 흔적이 역력했다. 조가장에 마련된 자신의 처소도 호화롭다 생각하고 꺼리는 장무위였는데, 남상의 저택은 조가장에 비할 바가 아니었다.

"좀 편안하게 지낼 수 있는 곳이 없겠습니까? 장식품을 손상시킬까 봐 맘 편히 쉴 수도 없을 것 같소."

장무위의 말에 자신의 치부를 보이는 것 같아 괜스레 얼굴이 붉어진 진자홍은 주위를 살펴보고 아무도 없음을 확인한 후에 작게 말했다.

"이런 말씀드려도 될지 모르겠습니다만, 장 대협께서 이곳을 몽땅 불태운다 하셔도 공공은 눈 하나 깜짝 안 하실 겁니다. 공공의 재산은 일반 사람들은 생각도 못할 만큼 많습니다. 편하게 지내십시오."

"음. 도대체 제독태감의 봉록이 얼마나 되기에?"

"제가 모시는 분을 욕하는 것이 될까 봐 더 이상 말씀드리진 못하겠습니다만, 한 가지 확실한 것은 봉록만으로는 절대 이런 생활이 불가능하다는 겁니다. 고위 관직에 있더라도 많은 봉록을 받지는 못합니다."

남들이 나쁜 짓을 경험으로 터득할 때 수련에만 전념했던 장무위였다. 진자홍의 말을 듣고서야 남상의 부가 봉록으로 이루어진 것이 아니고 정당하지 못한 방법으로 이루어진 것임을 짐작할 수 있었다.

스승 마자샤드니가 장무위에게 옳지 못한 것을 가르칠 리도 없고 세상에 나온 이후에 읽은 적지 않은 책에서도 나쁜 짓을 가르치는 내용은 없었다. 또 나쁜 짓을 따로 가르쳐 주는 곳도 없었다. 살다 보면 자연적으로 터득하는 게 나쁜 짓들이었다. 거기에는 항상 나와 남이라는 관점의 분류가 전제 조건으로 따르고 있었다. 남을 생각하지 않고 자신의 욕구에만 충실한 이기심의 발로가 쉽게 말하는 나쁜 짓인 것이다. 좋은 것은 아무리 가르쳐도 실천하기가 어렵지만 나쁜 짓은 하지 말라고 귀에 못이 박히도록 가르쳐도 남몰래 하는 것이 사람들이다.

살아온 거의 모든 시간을 수련에만 전념하느라 세상에 대한 이해의 폭이 좁은 장무위였다. 나쁜 짓을 대한 경험이 적을 수밖에 없었다. 그러나 장무위도 세상에 나온 시간이 적지는 않았다. 뇌물이란 것 자체를 모르는 것도 아니다. 조일봉의 기분을 풀어주기 위해 산삼을 팔아 번 돈을 찔러주던 것도 뇌물의 일종인 것이다.

'흠, 뇌물이라? 뇌물로 이런 부를 이룩할 수 있는가?

무당파에서 만난 어린 도사가 생각났다. 무슨 다른 볼일이라도 있는 것처럼 말을 돌리다가 팽무상이 은근히 은 한 냥을 찔러주자 즉시 배첩을 전해주며 쉴 곳까지 챙겨주던 어린 도사였다. 무당의 어린 도사는 단지 배첩을 전달하는 일에 뇌물을 받아먹었지만 무소불위의 권력을 휘두르고 있는 남상이라면 뇌물의 대가로 해줄 수 있는 게 다를 것이다. 남이 못하는 일을 해주는 대가로 받는 뇌물이라면 크기도 간단치가 않을 것이다. 이 대저택의 규모만 보더라도 엄청난 뇌물을 받아 먹었으리라 생각되었다.

"그렇군요. 잘 알겠습니다."

장무위는 자신의 상관을 은근히 욕하는 진자홍이 새삼스러워 자세히 살펴보았다. 동창의 당두라 생각하고 별 신경을 쓰지 않았는데, 자세히 보자 제법 괜찮은 사람인 것 같았다. 눈에는 정기가 어려 있고 각진 얼굴에 기상이 곧아 보였다.

"진 당두는 동창에서 일할 사람으로는 보이지 않습니다."

"그런 말씀을 하시니 부끄럽습니다. 그러나 사람마다 각자의 사정이 있는 법이지요."

관에 투신하는 것은 입신양명하는 것이라고 생각하는 당대의 상황으로 볼 때 관부에 적을 두고 있다는 것은 크게 자랑해야 할 일이지 부끄러워해야 할 일은 아니다. 그러나 동창(東廠)이라면 사정이 다르다. 동창은 소위 말하는 드러내 놓고 못하는 일들을 하는 곳이었다. 지금 같은 혼란기에는 정도가 더 심했다.

진자홍은 가세가 기운 산동의 진가(陳家) 출신이었다. 진가는 가세가 워낙 기울어서 먹고 살기도 어려운 집안이었다. 따라서 아홉 명의 형제 중에 막내인 진자홍에게 돌아올 것은 아무것도 없었다. 배운 것이라고는 무공밖에 없는 진자홍은 먹고 살기가 힘들어 어쩔 수 없이 관에 투신한 경우였다.

생활고에 떠밀려 관에 투신했지만 진자홍은 미래를 생각해서 정말 열심히 일했다. 남들이 잘 때는 무공을 수련하고 남들이 일할 때는 남들보다 두 배나 더 많이 뛰어다니며 일을 했다. 배경이 없는 진자홍이 동창에서도 열 명뿐인 당두가 된 것은 어떻게 생각하면 입지전적인 일이었다. 남상의 총애가 없었다면 불가능한 일이었을지도 모른다.

진자홍은 절대로 그렇게 생각하지 않지만 남상은 진자홍을 믿을 만한 부하로 생각하고 나름대로 대우를 잘해주었다. 근묵자흑(近墨者黑)이고 근주자적(近朱者赤)이라고 주변 환경이 워낙 더러워서 이제는 성격도 많이 모질어졌고 남상을 보고 배워 혀도 잘 돌아갔다.

그러나 진자홍은 의(義)를 아는 사람이었다. 먹고 살기 힘들 때는 생각도 못했지만 형편이 조금 좋아지자 탐관오리의 표상 같은 남상이 곱게 보이지 않았다. 특히 진자홍이 치를 떠는 것은 남상이 유난히 남색(男色)을 밝힌다는 것 때문이었다. 단순히 남색만 밝힌다면 남성을 잃은 환관들의 욕구 해소라 생각할 수도 있겠으나 남상은 상식을 벗어난 변태였다. 어린 남자 아이들에게 차마 입에 담지 못할 더러운 짓거리를 하고는 뒤처리를 모두 진자홍에게 떠넘겼다. 남상이 자신을 믿고 잘 대해주는 것도 뒤처리를 잘해주었기 때문이다.

진자홍이 자신의 생활에 회의가 들어 남몰래 번민하던 중 남상의 명령으로 만난 장무위는 진자홍이 알고 있는 사람들과는 격이 달랐다. 진자홍은 출신이 무가라서 그런지 평소에 천하제일의 무공을 지니고 있다는 장무위에게 큰 존경심을 가지고 있었다. 인품과 언행에 대한 존경이 아니고 단지 익히고 있는 무공만으로도 존경을 받을 가치가 있는 사람이 장무위였다.

그런데 막상 만나고 보니 장무위는 소문보다 더 뛰어난 사람이었다. 며칠 같이 있어보니 차분하고 조용한 언행에 화내지 않아도 위엄이 넘쳐흘렀고 자신보다 불과 서너 살이 많을 뿐인데도 수행을 하는 사람마냥 속된 욕심도 없었다. 그래서 '내 평생에 어디서 이런 분을 다시 만

나서 친분을 쌓을 수 있겠는가?’ 하는 생각을 하고는 북경으로 오는 동안에 진자홍은 장무위를 꼭 상전 모시듯 하였다.

“이번 일이 끝날 때까지 제가 장 대협을 모시게 되었습니다. 장 대협의 위명을 들은 이후로 존경하고 있었습니다. 잘 부탁드리겠습니다.”

“내가 드릴 말씀입니다. 동행하는 동안 많이 도와주시오.”

“별말씀을 다 하십니다. 당연히 제가 해야 할 일입니다. 최선을 다해 모시겠습니다.”

“감사합니다. 그런데 앞으로 일정은 어떻게 되는 것이오?”

“지금 대군이 이미 한왕이 있는 운남성의 경계로 집결하고 있습니다. 우리는 접전이 시작되기 이전까지 가면 됩니다.”

“그럼, 내일이라도 움직여야 하겠군요?”

“예, 며칠의 여유가 있긴 하지만 먼 길이니 서둘러야 할 것 같습니다.”

장무위는 명나라 백성들의 고혈로 이루어졌을 대저택에 오래 있고 싶은 생각이 없었다.

“진 당두, 그럼 내일 당장 떠나도록 합시다.”

“예, 알겠습니다. 그럼 저는 물러가서 준비를 해놓겠습니다. 낙안까지는 가까운 거리가 아니니 장 대협도 좀 쉬십시오.”

남상을 보고 나빠진 기분이 세심하게 신경을 써주는 진자홍 때문에 풀렸다. 진자홍의 말투에는 진정이 담겨 있었다.

“하하, 알겠소이다. 내 걱정은 하지 마시오.”


하남성의 정주(鄭洲)에 있는 낙영(樂盈)객잔의 계산대 앞에서 실랑이가 벌어지고 있었다.

"매제, 이거 너무하는 거 아닌가! 나라고 뭐 돈이 하늘에서 떨어지는 것도 아닌데 해도 해도 너무하는군."

팽무상의 어조에는 원망이 가득 담겨 있었다.

"허. 처남, 싫다는 사람 억지로 데려올 때는 언제고 이제 와서 그런 소리를 하십니까. 집에서 분명히 말씀드리지 않았습니까? 사정이 있어서 무림대회에 참석하지 못한다고요. 그런데 처남이 반강제로 저를 끌고 오셨으면 여비는 당연히 처남이 책임을 져야지요. 그리고 처남도 처음에 경비를 부담하겠다고 하셨잖습니까? 왜 이제 와서 딴소리를 하고 그러시는 겁니까. 저는 이번에 빈손으로 나왔습니다. 그래서 지금 가진 것이 없습니다."

조일봉은 가진 것이 없다는 말을 증명이라도 하듯이 소매를 걷어 보였다. 가슴도 열어 젖혀 품속을 보여주려고 하다가 멈칫하고는 딴청을 피웠다. 조일봉의 뻔뻔한 말과 행동에 팽무상의 얼굴이 확 붉어졌다.

"내가 경비를 부담하겠다고 한 것도 맞고 매제를 데리고 온 것은 맞지만 강제로 데려오다니, 그게 무슨 말인가! 자네가 장 대협과 같이 바람이라도 쐐야겠다고 하면서 오히려 나서지 않았나!"

"어허. 처남, 그게 아니지요. 처남이 상유천당(上有天堂) 하유소항(下有蘇杭)이니 뭐니 하면서 절 꼬여서 그렇게 된 것이잖습니까? 반강제라는 말을 아십니까? 처남의 행동이 바로 반강제였습니다. 땅에 있는 천당이라고 유혹을 하셨는데 그것이 반강제가 아니고 무엇이겠습니까. 세상에 그런 유혹을 받고 견딜 수 있는 사람은 없습니다. 팔을 잡아끄는 것만이 강제는 아니지요. 강한 유혹도 강제라고 할 수 있습니다. 험험."

나름대로 머리를 싸매고 공부를 하더니 조일봉의 혀 놀림이 예사롭지 않았다. 일순간 말이 막힌 팽무상은 속에서 불이 났다. 이렇게는 안 되겠다고 생각한 팽무상은 전술을 바꿨다.

"알겠네, 내 잘못했네. 그렇지만 자네도 내 사정을 뻔히 알고 있잖은가. 집에서 이번의 여행 경비로 가져온 돈이 무려 은 20냥이야. 그런데 자네의 씀씀이가 하도 커서 이제 얼마 남지 않았어. 나중에 집에 돌아갈 때 경비가 모자라 거지꼴로 가야 할 걸세. 사정을 좀 봐주게."

순간 조일봉의 헛기침 소리가 객잔을 진동했다.

"어헉! 처남, 아껴서 쓰면 충분할 터인데 무슨 그런 말씀을 하십니까. 처남도 여행하면서 고생을 좀 해봐야 합니다. 그래야 배우는 것이 있지요. 풍족하게 여행하면 무슨 배움을 얻겠습니까."

"자네, 정말 이럴 건가! 풍족하게 쓰기는 누가 썼다고 그래? 자네가 풍족하게 썼지 난 아껴서 썼단 말일세! 그런데도 돌아갈 여비를 걱정해야 할 지경에 몰렸는데 자네는 한 푼도 못 쓰겠다니 이럴 수가 있는가! 그리고 자네 장 대협께 뭐라고 했나? 날 잘 모시겠다고 하는 말을 분명히 들었는데 지금 사정은 내가 자네를 모시고 다니는 꼴이 아닌가!"

바꾼 전술도 씨가 먹히지 않자 억울함을 참지 못한 팽무상의 목소리가 커졌다.

"헐, 처남. 쪼잔하게 고자질이라도 하겠다는 말씀이오?"

"쪼, 쪼잔?! 고자질?! 자네 무슨 말을 그렇게……!"

팽무상이 다시 뭐라고 한마디 하려는 순간 조용한 목소리가 팽무상의 턱밑에서 들려왔다.

"손님, 싸우는 것은 나가서 하시고 계산이나 해주시지요. 두 분 때문에 다른 손님들이 들어오지도 못하고 계십니다."

팽무상은 자신들이 나온 후에 객잔 안에서 들려오는 비웃음 소리와 소금을 뿌리는 점소이를 보면서 평생 처음 겪어보는 치욕에 이를 갈았다. 조일봉과 어울려 다니다 자신이 이상하게 변한 듯했다. 부유한 팽가의 차남으로 태어나 평생 돈 걱정을 해보기는 처음이었을 뿐더러 또 계산대 앞에서 돈을 못 낸다고 다툰 것도 처음이었다.

정주까지 오면서 조일봉이 연신 값비싼 음식을 시켜서 먹고 가장 비싼 객방을 빌려서 잘 때만 해도 그렇게 걱정을 하진 않았다. 조일봉이 써봐야 얼마나 쓰겠나 생각하며 설마 하니 여비가 모자라 고생할 것이라고는 생각지도 못했다. 팽가의 차남답게 거금 은 20냥을 여비로 가지고 왔으니 걱정될 리가 만무했다.

그러나 하루 이틀도 아니고 조일봉이 계속해서 최고급 음식으로 먹고 최고급 객잔에서만 자니 자신이 아껴서 써도 여비로 가져온 거금 은 20냥이 간당간당한 것이다. 조일봉에게 은근히 경비를 부담하라고 종용했으나 씨도 먹히지 않았고, 결국 오늘은 체면도 잊고 중인환시(衆人環視)에 다툼을 벌였던 것이다. 이제 은 네 냥도 남지 않았다. 조일봉의 말대로 혼자서 아껴 쓰면 충분히 본가로 되돌아갈 수 있는 금액이었다.

'허리띠를 졸라매자. 남궁세가로 가면 여비를 얻을 수 있을 거야.'

옆을 돌아보니 조일봉은 태연히 싱글벙글거리고 있었다.

"이제부터 자네 몫은 자네가 계산하게."

"내참, 천하의 상권을 움켜쥐고 있는 처가의 사정을 내 모르는 것도 아닌데 그렇게 치사하게 나오실 겁니까? 저는 빈손으로 나왔다니까요."

사실 조일봉은 집을 나설 때 팽여주에게 은 10냥을 받아서 왔다. 지금도 품속에는 은 10냥이 그대로 있었다.

'예전에 나한테 술값으로 뜯어간 돈만 해도 은 10냥은 될 것이다. 그것을 다 토해낼 때까지는 어림도 없지. 암.'

조일봉은 팽무상이 경비로 쓴 돈이 이미 은 16냥이 넘었지만 근 20일 동안 같이 움직이며 썼기 때문에 정확히 얼마를 썼는지 모르는 상태였다.

"자네가 먼저 치사하게 나왔으니 나보고 뭐라 하지 말게. 은 네 냥으로 자네 입까지 책임지면서 여행을 할 수는 없어."

"엥? 은 네냥밖에 없습니까?"

은 네 냥이라면 적은 돈이 아니지만 안휘의 남궁세가에서 하북의 팽가까지의 먼 거리를 여행하는 경비로는 상당히 빠듯할 것이다. 조일봉은 설마 하니 팽가의 차남인 팽무상이 가진 돈이 그것뿐이라고는 믿지 않았다.

팽무상의 얼굴이 확 일그러졌다.

"자네, 정말 너무하는군. 자네가 하루 동안 먹고 자는 데 쓴 돈이 얼마 줄 알기는 아는 겐가?"

"그걸 제가 어떻게 알겠습니까? 계산은 전부다 처남이 했는데."

"음… 내 더 이상 말하기도 싫네. 하여간 오늘부터 각자 계산이야. 알겠나?"

"각자 계산! 알겠습니다. 나중에 딴말하기 없기입니다."

"내 한 입으로 두말하는 사람은 아닐세."

팽무상은 말을 끝내자마자 꼴도 보기 싫다는 듯이 말을 출발시켰다. 그러나 조일봉은 연신 히죽거리면서 팽무상의 등에다 대고 큰 소리로 말을 걸었다.

"아미파와 화산파가 본산의 참화 소식을 듣고 되돌아갔으니 김빠진 무림대회가 되겠군요?"

강호는 지금 난리도 아니었다. 평지풍파가 일어난 것이나 마찬가지였다. 종남, 공동과 같이 구대문파로 불리지만 두 문파와는 격이 다른 화산파, 곤륜에 비해서도 낫다는 소릴 듣던 아미파. 그런 거대 문파 두 곳이 한꺼번에 복수회가 일으키는 피의 마수에 당했다는 것이다.

복수회의 300여 흑의인들이 불문 도량인 아미파를 대낮에 쳐들어갔다. 꼬박 하룻밤 동안의 혈전 끝에 아미파는 일대 제자들이 모조리 살해당하고 중상을 입어 오늘 내일 하는 제자들이 100여 명에 달할 만큼 큰 피해를 입었다. 화산파에도 역시 복수회의 300여 인원이 쳐들어갔지만 양상은 아미파와는 많이 달랐다. 무려 200명 가까운 제자가 살해당하고 구주 중에서도 명성이 드높았던 악불군이 불에 타 죽는 참상이 일어났다. 화산의 연화봉은 죽은 시체들로 발 디딜 틈이 없었고 흐르는 피는 내가 되어 흘렀다.

팽무상은 이곳까지 오는 동안 들은 이야기를 생각하곤 등골이 써늘해졌다. 화산파라면 무력이 팽가에 비해서도 강하면 강했지 못할 것이 없는 강대 문파였다. 팽가가 화산파의 앞 자리에 위치할 수 있었던 것은 무력이 아니라 금력에 힘입은 바가 컸기 때문이었다.

"처남, 벙어리가 되셨소?"

조일봉의 말에 상념에서 벗어난 팽무상은 심드렁하게 말했다.

"배고프니 말 시키지 말게. 제대로 먹지를 못했더니 말할 기운도 없어. 남궁세가에 갈 때까지는 말을 하지 말아야겠어."

"남궁세가까지는 아직도 삼사 일을 더 가야 하는데 그동안 말 한마디 안 하고 어떻게 건디겠습니까? 팽가의 차남이 돈 좀 썼다고 '삐쳐서 말을 안 했다'란 이야기를 남들이 들으면 모두 속이 좁다고 욕을 할 것입니다."

"배고파서… 음… 남들에게 이 이야길 하겠다는 건가?"

말하고도 남을 조일봉이라 생각하자 팽무상은 주춤했다. 남들에게 알려지면 망신인 것이다.

"엥? 말이 그렇다는 거죠. 언제 내가 말하겠다고 했습니까? 술을 마셔서 정신이 흐트러지지 않은 이상 왜 말을 하겠습니까? 아! 그러고 보니 마침 술이 고프군요. 형님은 배가 고프고 저는 술이 고프고. 이런 기막힌 우!연!이 있나? 푸하하하!"

팽무상은 조일봉에게 글공부를 시킨 팽여주를 원망했다. 야비한 것만 잔뜩 가르친 것 같았다. 아니꼽고 치사했지만 약세를 드러내지 않을 수 없다.

"자네는 입이 무거운 사람이란 걸 내가 잘 알고 있네. 객쩍은 소린 하지 말게나."

팽무상이 수그리고 들어갔는데도 조일봉은 한 치의 양보도 없었다.

"저의 입이 무거운지 안 무거운지는 처남의 판단에 맡기겠습니다."

"난 매제를 믿고 있는 사람이야. 믿음을 배신하는 것보다 나쁜 일은 없지. 참, 좀 전에 자네가 한 말에 대해서 이야기해 보세."

팽무상은 조일봉이 뭐라 말할 시간도 주지 않고 계속 말을 이었다.

"매제의 말대로 아미파와 화산파가 빠졌으니 김이 빠져도 많이 빠진 대회가 되겠지. 그러나 남궁세가에서 보낸 무림첩에는 무림맹의 결성을 논의하자는 말이 있더군. 무림맹이 결성된다면 김빠진 대회가 아니라 열기를 띤 대회가 될 가능성이 높아. 복수회가 자행하고 있는 혈겁은 무림맹을 결성해야 하는 당위성을 높이고 있어.”

팽무상의 의도대로 조일봉은 금세 복수회에 대한 생각에 빠져 더 이상 팽무상을 놀릴 생각을 못했다. 조일봉은 복수회, 아니, 광명교가 설마 이렇게 심한 혈사를 일으킬 줄은 몰랐다. 벌써 죽은 사람만 해도 천 명 가까이 되는 대참사가 광명교에 의해서 행해지고 있었다. 처가는 건드리지 않겠다고 약조를 했으니 자신과 직접적인 연관은 없었지만, 광명교의 행사는 너무 지나쳤다.

남의 일에 별로 간섭하고 싶은 생각이 없는 조일봉조차 광명교가 일으키는 혈사에 대해서 들을 때마다 협의심이 가슴속에서 꿈틀거렸다. 당장이라도 칼을 빼어 들고 광명교를 타도하기 위해 나서고 싶은 마음이 울컥울컥 치솟았던 것이다. 그러나 받아먹은 것이 있으니 조일봉은 광명교의 행사에 나설 수가 없었다. 이번에도 구경 삼아 무림대회에 참석하는 것이었다. 더불어 팽가가 참여하려고 하면 말려야 하는 막중한 임무도 가지고 있었다.

“무림맹이 결성되면 당연히 맹주도 뽑아야 할 것이고… 무림맹주의 자리는 가벼운 자리가 아니지.”

“무림맹주가 되면 뭐가 좋다고 그런 말씀을 하시는 겁니까?”

“음, 그게 아닐세. 남들의 앞에서 궂은일을 하는 대신에 얻는 것이 있어. 명성과 맹주로 있는 동안의 실제적인 권한이지. 우리 무인들이 가장 중요시하는 게 바로 명성 아니겠나? 무림의 맹주가 된다면 천하제일인에 버금가는 명성을 얻을 수 있지. 거기다가 맹주로 있는 동안은 천하의 문파들을 통제할 수 있는 실권(實權)을 가지지.”

“처남, 복수회를 소탕하고 나면 무림맹은 자연 해산될 것 아닙니까?
명성이야 오래가겠지만 적이 없어진 상태에서 강호의 방파들이 맹주에
게 권한을 계속해서 주겠습니까? 실권이란 무의미한 것 같습니다.”

확실히 조일봉이 헛공부를 한 것은 아니었다. 말에도 조리가 있고
나름대로 생각도 하는 것 같았다. 기뻐해야 할 일인지 슬퍼해야 할 일
인지 잠시 헷갈려하던 팽무상은 좋게 생각하기로 하고 크게 웃었다.

“하하하, 매제가 공부를 하더니 여러모로 날 놀라게 하는구먼. 자네
말대로 복수회를 간단히 소탕한다면 실권이 오래가지 못하는 것은 맞
겠지. 그러나 자네가 놓치고 있는 것이 있어.”

“놓치다니요? 아직 잡은 것도 없는데 놓칠 것이 어디 있습니까?”

한두 번 띄워주니까 자꾸 말장난을 하는 조일봉을 보고 팽무상은 좋
게 생각하기로 한 결정을 바로 뒤집어엎었다. 말로 한번 눌러줘야 할
때였다.

“음, 모르면 가만히 있게나. 배움을 얻는 자세가 그래서는 안 되지.”

“아고, 알았습니다. 이제 얌전히 있을 테니 말씀해 보십시오.”

“명성이 있으면 어떤 일이 벌어지는지 자네는 모르지? 명성이 높다
는 것은 그만큼 영향력이 커진다는 말과 같은 걸세. 속된 말로 명성이
높은 사람의 앞에서는 사람들이 알아서 긴다는 것이지.”

“헐! 명성이 뭐 밥 먹여주는 것도 아닌데 그렇게까지 과장할 필요 있
습니까? 사람들이 알아서 긴다고 배가 불러지는 것도 아닌데.”

“으잉? 그럼, 자네가 화북평원에 넓은 토지를 소유하고 대장원에서
호강을 누리며 사는 이유가 뭐라고 생각하나?”

“하하하, 그야 제가 잘났기 때문이죠.”

“아이쿠, 머리야! 자네 몇 년 전에 거지꼴을 해가지고 돌아다녔다고

들었네. 자네의 의제인 유 소협에게 들은 말이야. 잘난 사람이 그 꼴을 해가지고 돌아다니나? 각설하고, 자네가 불과 몇 년 지나지도 않아서 형편이 뒤바뀐 이유가 뭔가?"

"험험, 소백이가 쓸데없는 말을 하고 다녔군요. 당시에 사정이 있어서 꾸미지 않고 살았을 뿐입니다. 남자라면 당연히 자연스러운 멋이 있어야 할 것 아닙니까?"

"나 이거 참. 그래, 자네 말대로 자연스러운 멋이 넘치는 자네가 어떻게 부자가 됐는지 한번 말해 보게. 자네가 잘나서 그렇다고 했는데, 좋은 머리로 돈을 벌기라도 했나?"

"그건 아니지만……."

조일봉이 말끝을 흐리면서도 전혀 기죽은 표정이 아니자 궁금하게 여긴 팽무상이 재차 물었다.

"말해 보게. 자네 나름대로 생각하는 이유가 있는 것 같군."

"제 무공이 높아지니 사람들이 친해져야겠다고 생각했는지 돈을 싸들고 찾아오더군요. 어떤 돈을 받아야 할지 고민이 될 정도였습니다. 열심히 무공을 수련한 보상이 아니겠습니까? 하하하."

팽무상은 일시 할 말을 잃어버렸다. 조일봉이 뻔뻔한 것은 알고 있었지만 유독 자신 앞에서는 더한 것 같았다.

"휴, 자네 정말 대단하군. 자네의 무공이 얼굴 가죽만큼 두터웠다면 장 대협과 같이 천하제일을 논해도 될 것이네."

장무위가 거론되자 우스갯소리에도 민감하게 반응하는 조일봉이다. 당장 얼굴이 굳어지며 팽무상을 질타했다.

"무슨 그런 말씀을! 천하제일은 우리 형님뿐이십니다! 제가 어찌 감히 형님과 같이 천하제일을 다툴 수 있겠습니까! 앞으로 행여나 그런 말씀은 하지 마십시오."

"자네의 얼굴 가죽이 그만큼 두텁다는 이야기야. 자네 무공이 아무리 높아도 어찌 장 대협과 비교하겠나."

"헤헤, 알고 있습니다. 그러나 형님과 누구를 비교하는 말씀은 하지 마십시오. 이 세상에 우리 형님과 같은 분은 아무도 없습니다."

"알았네, 알았어. 자네가 무서워서라도 어찌 말을 함부로 하겠나. 그보다 좀 전에 하던 말로 되돌아가서, 매제의 무공이 높아져서 잘 보이려 한다는 말에 이미 답이 나왔지 않는가? 자네의 무공이 높아지니 명성이 올라가고, 그러니까 사람들이 친분을 쌓으려고 자네에게 선물도 하고 그러는 것일세. 실제로는 매제보다 장 대협의 눈치를 본 사람들이 더 많을 거야."

"음, 그렇군요."

"명성이란 바로 무형의 재산인 거야. 당장 눈에 드러나는 것은 없지만 눈에 드러나는 재산보다 더 가치가 클 수도 있는 게 명성인 거지. 뭐, 단순히 재산이란 측면에서 그렇다는 말이고 다르게 생각하면 가치는 더 커질 거야. 나무는 그늘이고 사람은 이름이란 말이 괜히 나온 말이 아니네. 무림맹주라는 명성은 자네도 알다시피 간단한 것이 아닐세."

"무슨 말씀인지 알겠습니다."

조일봉이 마침내 배움의 자세를 갖추자 팽무상의 얼굴에 흐뭇한 미소가 번졌다.

"그리고 비록 한시적이긴 하지만 실권을 우습게 보면 안 되네. 예전에 명교라는 마교를 상대하기 위해 무림맹이 결성되었을 때 무려 2천 명의 고수들이 당시의 맹주인 불허 선사의 명에 의해 움직였다고 하네."

"2천 명씩이나요? 제가 듣기로는 500명 정도 되었다고 들었습니다만?"

"차출된 사람이 500명이지 실제로 움직인 것은 2천 명이 넘어. 전 무림의 고수들이 움직였다고 보면 될 거야."

"대, 대단합니다. 전 무림의 고수라니……. 휴… 그런데 처남은 저보다 네 살 많을 뿐인데 모르는 것이 없군요."

"남들 놀 때 열심히 공부를 했을 뿐이네. 하하!"

팽무상은 대소를 터뜨리며 기뻐하다 멈칫했다. 조일봉과 어울린 이후로 자신이 많이 달라진 것 같았다. 지금도 좋게 생각하면 순수한 것이고 나쁘게 생각하면 나잇값을 못하는 유치한 행동을 하고 있는 것이다.

'정신 바짝 차려야겠구나. 이 나이에 이런 행동을 하고 다니면 남들이 뭐라고 하겠는가?'

팽무상은 머리를 세차게 흔들어 심신을 가다듬었다. 그리고 멀뚱히 자신을 보는 조일봉에게 진지하게 말했다.

"매제, 이번에 정말로 빈손으로 나왔나?"


운남(雲南)의 곤명(昆明)에 있는 오독문(五毒門)에서는 열띤 논쟁이 계속되고 있었다.

"조용하시오! 그렇게 중구난방으로 떠들어서야 어떻게 결론을 도출할 수 있겠소! 대화를 하여 좋은 결과를 도출해 내야지 싸우면 어쩌자는 것이오!"

당대의 오독문주 사천독왕 단훤의 고성이 태소전(太素殿)에 울려 퍼지자 얼굴을 붉힌 채 자릴 박차고 일어나 논쟁을 하던 대다수의 인물들이 헛기침을 터뜨리며 다시 자리에 앉았다.

"어험. 험, 험."

"이 상태로는 서로 의만 상하겠소이다. 이제 한 사람씩 의견을 개진하시고 반론은 그 사람의 이야기가 끝이 난 이후에 하시오."

"……."

"……."

"쯧쯧."

장내가 조용해지자 단휘은 갑자기 꿀 먹은 벙어리가 된 중인들을 둘러보며 혀를 찼다. 자신이 한마디 했다고 할 말이 있으면서도 말을 못하고 있는 것이다.

'운남을 지배하고 있는 오독문의 수뇌부들이 이렇게 소심해서야…….'

머리를 내젓던 단휘은 이제까지 한마디도 하지 않고 있는 사람이 있음을 발견하고는 역시나 하는 생각에 고개를 끄덕거렸다. 바로 수석 호법을 맡고 있는 난등공(蘭燈公) 교적(卿逌)이었다. 교적은 쉽게 말하는 법이 없으나 한번 말을 하면 모든 사람들이 수긍할 수밖에 없게 만들었다.

오독문에선 먹물을 제대로 먹은 사람이 없었다. 당장 문주인 단휘도 뛰어난 머리를 무공에만 투자해 먹물 맛을 잘 모르니 밑에 있는 사람들이야 어떻겠는가. 그러나 교적만큼은 달랐다. 교적은 머리 속에 태산만한 지식을 쌓았다는 소문이 있는 대학자였다.

평소 은은한 먹 냄새를 동경하던 단휘은 교적의 소문을 듣자마자 삼고초려를 마다하지 않고 찾아가 수석 호법 직을 거의 반강제로 떠맡겨 버렸다. 단휘의 결정이 탁월했는지 수석 호법이 된 교적은 오늘날 오독문을 세외삼강의 하나로 성장시키는 데 지대한 공헌을 했다.

"난등공께서 의견을 말씀해 주십시오."

단휘의 정중한 어투에 교적이 자리에서 일어나 포권을 했다.

"문주님의 명을 받들겠습니다."

"명이라니 가당치 않습니다. 이 상황에서 우리가 어떻게 하는 것이 가장 이로운지 난등공의 의견을 듣고 싶습니다."

지금 오독문은 한 가지 문제를 가지고 계속해서 실랑이가 벌어지고 있는 중이었다. 오독문은 원래 광명교와 손을 잡고 명나라 무림을 치자는 협약을 맺은 상태였지만 지금까지 꼼짝도 하지 않으면서 광명교와 명나라 무림의 세력이 서로 상잔하기를 기다리고 있었다. 소위 말하는 어부지리(漁父之利)를 노리고 있었던 것이다.

그러나 광명교가 지나치게 큰 혈겁을 일으키면서 상황이 급변했다. 큰 혈겁을 일으키니 반발도 그만큼 큰 것은 당연한 이치. 공분을 산 광명교가 위태위태해졌던 것이다. 잘못하다간 때를 기다리고 있는 오독문이 나설 시기를 놓칠 수도 있는 것이었다. 결국 오독문 내에서도 지금 나서야 하는가, 아니면 좀 더 기다려야 하는가 의견이 분분해졌다.

교적은 다시 단휘에게 포권한 후 말을 시작했다.

"제 소견을 말씀드리겠습니다. 본 문이 가만히 구경하고 있는 동안에 광명교는 구대문파의 다섯 곳을 쑥대밭으로 만들어놓고 언가를 멸문지경에 이르도록 만들었습니다. 그러나 그 와중에 광명교도 큰 피해를 입었습니다. 더욱이 무림맹이 결성된다는 소문도 있으니 광명교는 오래 버티지 못할 것 같다는 생각이 듭니다. 제 생각에는 광명교가 화살 받이가 되어주는 지금이 우리가 세력을 넓힐 수 있는 적기인 것 같습니다. 운남을 완전히 우리 손에 넣어야 사천, 광동, 광서를 바라볼

수 있습니다. 지금 점창파를 치는 것이 좋을 것 같습니다. 무림맹이 결
성된 후에 점창파를 치려 하다가는 화살이 광명교가 아니라 우리에게
쏠릴 수도 있습니다. 그러니 무림맹이 결성되기 이전에 취할 것은 취
해야 합니다."

교적의 말에 오독문의 다섯 개 당 중 비당(秘堂)을 맡고 있는 활독
수(活毒手) 경휘(慶暉)가 벌떡 일어났다.

"교주님! 저에게 다른 의견이 있습니다."

단훤은 가만히 고개를 끄덕였다. 한 사람 정도는 교적과 말을 주고
받아야 제대로 된 이야기가 나올 것이다. 경휘라면 교적과 말을 섞을
수 있는 사람이었다. 오독문은 힘의 분산이 잘되어 있는 안정적인 조
직이었다. 경휘를 중심으로 실무를 담당하는 오당(五堂)과 교적을 중심
으로 하는 호법전(護法殿), 그리고 두 세력을 조율하면서 오독문을 이
끄는 문주의 태소전. 이 세 세력이 흔히 말하는 정족지세(鼎足之勢)를
갖추고 있었다.

"난등공, 우리의 목적은 명나라의 수탈을 막자는 것이지 광명교처럼
혈풍을 일으키는 것은 아니잖습니까? 점창파를 친다면 큰 피를 봐야
할 터인데. 더군다나 점창파는 한왕과 손을 잡고 있는 상태니 잘못하
면 우리가 몰살당할 수도 있습니다."

"경 당주, 선덕제가 대군을 이끌고 친정을 하러 오고 있습니다. 한왕
은 오래 버티지 못할 것입니다."

"그야 누가 모르겠습니까. 그러나 아직은 한왕의 세력이 그대로 있
지 않습니까? 조금만 더 기다리면 될 터인데 왜 그렇게 서두르는 것입
니까?"

"경 당주가 모르는 것이 하나 있습니다. 군자(君子)는 의(義)에 밝고

소인(小人)은 이(利)에 밝다고 했습니다. 한왕과 점창파가 손을 잡고 있다고는 하지만 의에 의한 결합이 아니라 이에 의한 일시적인 협력입니다. 제 발등에 불이 떨어진 한왕이 점창파가 공격을 받는다고 군사를 동원할 것 같습니까? 장담하건대 절대로 그런 일은 없을 겁니다. 한왕은 군자가 아닙니다. 우리가 광명교와 협력한 이후 즉시 손을 쓰지 않고 명나라 무림과 광명교가 상잔하기를 기다리는 이유가 무엇입니까? 바로 이(利)에 의한 협력을 약속했기 때문이 아닙니까?”

교적은 오독문의 치부라 할 수 있는 이야기를 하면서도 부끄러운 표정 하나 짓지 않았다. 오히려 듣고 있는 단훤과 경휘의 얼굴이 붉어졌다. 교적이 은근히 돌려서 단훤과 경휘도 소인이라 나무라는 것 같았기 때문이다. 오독문이 광명교와의 협력을 어기고 어부지리를 취하고 있는 것은 경휘의 의견이 많이 반영된 결과였다.

교적은 후손을 위해서 신의를 어기는 선행을 남기면 안 된다고 적극 반대했으나 문주인 단훤은 경휘의 손을 들어주었다. 오독문의 이익을 위한 결정이었다. 그러나 아무리 이에 의한 협력이라도 약속은 약속이다. 신의를 배반한 일은 결코 자랑거리가 아닌 것이다. 소문이 퍼지면 오독문이 설자리는 없을 것이다.

“험험. 교 수석 호법님, 그 이야기는 그만 하고 넘어갑시다.”

경휘는 불편해진 심기를 드러내듯이 헛기침을 하면서 교적에 대한 호칭을 은근슬쩍 바꿨다. ‘너도 오독문의 수석 호법 직을 맡고 있으니 그런 말 할 처지가 아니질 않느냐?’ 하는 뜻이었다. 다행히 교적은 경휘의 말을 못 알아들을 정도로 우매한 자가 아니었다.

“알겠습니다. 나도 하늘을 보고 침을 뱉는 일이란 것을 알고 있습니다. 좀 전에 하던 이야기를 계속하겠습니다. 몇 년 전에 우리는 필승의 자신감으로 사천으로 진출했습니다. 당시 본 문의 의도대로 아미파, 청성파, 당가를 하나씩 각개격파했다면 지금 사천의 상권은 우리 운남인들의 수중에 있어야 합니다. 그러나 결과는 어땠습니까? 흩어져 있다면 분명히 본 문의 상대가 아닌 세 개의 세력이 힘을 합치자 결국 물러날 수밖에 없지 않았습니까. 사천의 상권은 고사하고 중도적인 입장을 취하던 점창파마저 우리와 등을 돌리게 됐습니다."

교적은 경휘를 비롯한 좌중의 사람들을 깊은 눈으로 돌아보았다.

"사천의 세 개 세력이 합한 힘은 본 문을 능가했습니다. 그런데 천하무림의 힘이 결집되면 어떻겠습니까? 무림맹이 결성되기 이전에 성과를 얻지 못하면 우리는 다시 수십 년을 기다려야 할 겁니다."

교적의 이야기가 설득력있게 좌중을 파고들었다. 좌중의 인물들이 저마다 고개를 끄덕거리며 교적의 말에 힘을 실어주었다.

경휘도 자신이 밀렸음을 알고 눈치 빠르게 입을 다물었다.

단훤은 이제 자신이 나서야 할 때라는 것을 깨달았다. 의견 대립이 있을 떠 문주의 역할은 직접 나서서 말싸움하는 것이 아니다. 때가 되었다 싶으면 결정을 지어주는 것이 문주가 할 일인 것이다. 단훤의 힘 있는 목소리가 장내에 울려 퍼졌다.

"점창파는 이미 우리 운남과는 연을 끊었다고 봐야 합니다. 한족의 물이 들어 우리 타이족의 자주성을 잃어버린 지 오래입니다. 명나라 황제가 한왕을 치는 시기에 맞춰 우리도 점창파를 치기로 합시다. 반대 의견이 있으면 말씀하시오!"

"……."

"좋습니다. 이견이 없는 걸로 알겠습니다. 세부 사항을 논의해 봅시다."

단훤의 말이 끝나자마자 오당 중 패당(覇堂)의 당주(堂主) 경천살(驚天煞) 곽섭(郭攝)이 일어섰다. 경휘가 오당의 체면을 구겼으니 자신이 나서서 오독문의 주력인 오당의 기를 돋워야 하는 것이다. 곽섭은 내공을 돋워 크게 소리쳤다.

"기왕에 치기로 했으면 전력을 동원해 단번에 쳐야 합니다! 본 문의 오당을 모두 동원한 기습이라면 충분히 이길 수 있을 겁니다!"

"강공으로 맞붙자는 말씀이오?"

"그렇습니다. 오당의 전력이라면 충분히 가능합니다."

곽섭은 자신감 넘치는 표정으로 장담했으나 의외로 오독문의 문주인 단훤의 표정은 떫은 감을 씹은 표정이었다.

"전력을 다한다면 본 문의 힘으로 점창파를 꺾을 수는 있을 것이오. 그러나 본 문의 피해도 그만큼 클 것이란 점을 염두에 둬야 하오. 그리고 하는 짓이야 마음에 안 들지만 점창파도 엄연히 우리 운남의 문파요. 많은 피를 보면 안 됩니다."

교적이 단훤의 말에 동조를 하고 나섰다.

"문주님의 말씀이 지당하십니다. 같은 운남의 동족들끼리 큰 피를 봐선 안 됩니다. 피를 많이 보면 나중에 그만큼의 후환이 돌아옵니다. 우리의 장점으로 상대의 약점을 찔러 짧은 시간 안에 제압을 해야 피해를 줄일 수 있습니다. 점창산은 본 문이 꼭 넘어서야 할 산이지만, 낮은 산이 아닙니다. 강공으로 맞선다면 서로의 피해만 가중될 뿐이지요."

피의 빚은 피로만 갚을 수 있다. 그것이 강호의 철칙이다. 큰 피를 본다면 큰 피로 갚아야 할 날이 올지도 모른다. 단훤이 하고 싶어도 체면 때문에 못하는 말을 교적이 속 시원히 말해 주었다. 역시 교적이었다.

"난등공께서 잘 지적하셨습니다. 우리의 장!점!을 최대한 살려야 합니다."

점창파는 고수라고 불릴 수 있는 사람만 200명이 넘는 거대 문파였다. 명나라의 남쪽에 위치하면서 한족들이 중원이라 부르는 본토로 잘 나가지 않아서 그렇지 화산파에도 뒤지지 않는 운남 도교(道敎)의 본산이었다.

운남의 대리국(大理國)이 쿠빌라이칸에게 멸망한 이후에 대리국의 왕실은 점창산(點蒼山)으로 숨어들어 천룡사(天龍寺)를 중심으로 원나라에 대한 저항을 계속했다. 그러나 원나라의 싸이띠엔츠 샨쓰떵이 워낙 선정을 베풀었는지라 운남의 백성들은 대리의 왕족들을 돕지 않고 오히려 원에 동조하여 버렸다.

민심을 잃어버린 대리의 왕족들은 복수를 포기할 수밖에 없었다. 천룡사의 힘이 아무리 크다 해도 세계를 제패한 원나라에 비할 수는 없었고, 또 백성들의 지지를 잃어버린 몰락 왕조가 할 수 있는 일은 아무것도 없었다.

원래 대리 왕실의 사찰이었던 천룡사는 절[寺]이라기보다는 왕실의 피난처 역할을 하던 곳이다. 그래서 종교로서의 불교에 대한 고찰은 부족했다. 나라를 잃고 백성들에게 외면받은 대리의 왕족들이 위안을 받을 수 있을 만큼의 종교적 깊이가 없었다. 결국 대리 왕족들은 원나라라는 공동의 적을 가진 한족에게서 도교를 받아들였고, 곧 도가의 이념에 심취하게 되었다.

그렇게 세월이 흘러 운남의 점창산엔 불교 사찰 천룡사는 사라지고 도교의 문파 점창파(點蒼派)만 남게 되었다. 점창파는 대리국의 왕실 무공과 천룡사로 있으면서 발전시킨 불문 무공에 도가의 무공을 수용하여 천하일절이라 부를 수 있는 수많은 절학들을 완성해 당금에는 명실 공히 운남무림의 태두가 된 문파였다.

단훤이 오독문의 문주 직을 승계하면서 오독문이 크게 발전했지만 점창파를 우습게 볼 수 있을 정도는 아니었다. 곽섭의 장담대로 힘 대 힘으로 맞선다면 오독문이 이길 수는 있겠지만 남는 게 하나도 없을 것이다. 더군다나 단훤은 바로 대리 왕족의 피를 이은 인물로 점창파를 남처럼 취급할 수 있는 처지가 아니었다. 점창파가 당금에는 한족에게 동조해 오독문을 은근히 적대시하지만 불과 얼마 전까지만 해도 사천으로 진출하려는 오독문을 은근히 도와주기까지 하면서 공생 관계를 맺고 있던 사이였다.

경휘를 돕기 위해 나섰던 곽섭은 오당의 체면만 더 구기게 되었다. 곽섭은 아무도 듣지 못할 만큼 작은 소리로 중얼거렸다.

"오당의 체면 다 구겼다……."


운남의 유명한 명승지인 곤명호(昆明湖)를 바라보고 세워져 있는 취호주루는 일개 주루라고는 생각할 수 없을 만큼 큰 수입을 올리고 있었다. 모르는 사람이 봐도 거금을 투자해서 지었음을 바로 알 수 있을 만큼 화려함이 물씬 풍기는 시설도 시설이었지만, 곤명호의 절경을 가장 가까이서 볼 수 있는 탁월한 위치에 지어져 있는 것이 취호주루였다. 그래서 점수를 줄 수 없는 음식 맛에도 불구하고 돈 많은 사람들이 한때의 여유를 즐길 수 있는 명소로 이름이 나 있었다.

빼어난 경치에 취한 탓인지 취호주루에 든 사람들은 맛없는 음식과 술에 기꺼이 비싼 값을 지불하였다. 특히 1층에 비해 세 배나 더 비싼 취호주루의 2층은 세상에서 곤명호의 절경을 가장 잘 볼 수 있는 곳이

자 세상에서 가장 바가지가 심한 곳이기도 했다.

"은 200냥이 큰돈이긴 하지만 나 범영에겐 어림도 없소이다! 어험! 난 이만 가겠소이다."

그 비싸다는 취호주루의 2층에서 차 대신 술을 가져다 놓고 마시던 범영(凡零) 도장은 어림없다는 듯이 소리치며 의자를 박찼다. 볼품없이 생긴 외양과는 다르게 목소리에는 기운이 가득했다.

"진정하십시오. 제가 생각이 짧아서 실수를 한 것 같습니다."

범영이 자리를 박차고 일어나자 취호주루의 주인인 두중호(豆中護)도 덩달아 황급히 일어나며 범영의 소매를 잡아끌었다.

"빈도는 돈에 현혹되어 사문을 배신할 사람이 아니오. 사람 잘못 보신 것 같소."

"제가 사람 보는 눈이 모자라 진인의 그릇을 잘못 판단했습니다. 용서해 주십시오."

연신 허리를 굽실거리며 사과하는 두중호를 보며 범영은 잠시 동안 눈알을 굴리다가 마지못한 듯 다시 자리에 앉으면서 크게 헛기침을 했다.

"어험! 도문에 있는 사람이 어찌 속세 사람의 허물을 탓하리요. 내 이번만은 그냥 넘어가겠소이다."

범영의 말에 사과하느라 깊이 숙여진 두중호의 눈살이 찌푸려졌다. 속이 뻔히 보이는 범영의 행동이 같잖기 이를 데 없는 것이다. 마음 같아서는 머리라도 한 대 쥐어박고 싶었지만 자신은 상인의 신분으로 거래를 하고 있었다.

"감사합니다. 앞으로는 이런 실수를 안 하도록 하겠습니다."

두중호가 깊게 머리를 숙이며 연신 용서를 구하자 범영은 호탕하게 웃었다.

"하하! 됐소이다. 너무 그러시면 빈도가 불편합니다. 사람은 누구나 실수를 하기 마련이지요. 좀 전의 일은 이미 까맣게 잊어버렸소이다."

"역시 도를 닦으시는 분이라 속세의 사람들과는 다르시군요. 제가 사과하는 의미에서 귀한 술을 대접해 드리겠습니다."

"빈도는 원래 곡차를 꺼리고 차를 즐기지만 오늘은 두 시주의 정성이 갸륵하여 거절할 수가 없군요. 그래, 무슨 술이기에 귀한 술이라 하시는 거요?"

"어제 절강에서 들어온 화조주(花彫酒)입니다."

화조주란 말에 범영은 침을 꿀꺽 삼켰다.

"화조주라면 소흥주(紹興酒)를 10년 정도 숙성시켜 만든 술로 독특한 향기와 함께 술독에 꽃무늬가 배어난다고 하는 명주(名酒)가 아니오?"

"역시 진인은 해박한 지식을 가지고 계시군요. 바로 그 화조주입니다. 귀한 분께 대접하려고 어렵게 구해놓은 것입니다."

두종호의 연이은 아부에 범영의 입이 헤벌쭉 벌어졌다.

"하하하, 두 시주 덕분에 속세에 이름난 술을 견식할 수 있게 되었습니다."

"귀한 술은 귀한 분이 드셔야죠. 범영 진인께 맨 처음으로 화조주를 대접할 수 있게 되어 영광입니다."

두중호가 손뼉을 치자 점소이들이 기다렸다는 듯이 들어와 범영이 헤집어놓은 음식들을 치우고 새로 상을 차렸다.

"제가 한 잔 따라 올리겠습니다."

범영은 냉큼 잔을 들고 내밀었다.

“어험! 무량수불. 정말 향기로운 곡차입니다. 혹여 수행에 방해가 되지는 않을까 걱정이 되는군요.”

운남 오독문 재당(財堂) 부당주 두중호는 입 따로 손 따로 노는 범영을 보면서 혀를 찼다.

‘비당이 조사를 충실히 못한 것 같구나. 이렇게 뻔뻔한 놈일 줄이야!’

오독문의 비당에서는 이미 오래전부터 점창파의 모든 제자들에 대한 정보를 모으고 있었다. 가까운 이웃은 가장 큰 적이 될 소지가 있는 법. 만일을 대비해 비당에선 거의 모든 점창파 제자들의 일거수일투족을 속속들이 파악하고 있는 실정이었다. 평소에 거금을 들여서 모으는 정보들이 과연 무슨 가치가 있나 해서 많은 논란이 있었지만 막상 오독문이 점창파를 치기로 결정을 내리자 비당이 모아놓았던 정보들은 천금의 가치를 지닌 귀중한 것으로 변해 버렸다.

두중호는 문주의 명을 받아 비당의 자료들을 면밀히 분석한 이후에 작전의 대상으로 범영을 낙점했다. 지금 앞에서 희희낙락해서 연신 술을 받아 마시는 범영은 그렇게 생각하지 않겠지만, 점창파의 수백 제자들 중에 점창파를 배신할 가능성이 가장 높은 사람으로 범영이 꼽힌 것이다. 그러나 아무리 자세히 조사했다고 하더라도 사람의 인성까지 파악하기는 어려운가 보다. 막상 만나보니 비당의 자료가 모자람을 여실히 느낄 수 있었다. 자료에는 이렇게 뻔뻔스러운 놈이란 정보는 없었던 것이다.

“진인, 좀 전에는 제가 큰 실수를 했습니다.”

“허허, 괜찮습니다. 솔직히 말씀드려서 수행을 하는 사람들도 돈이 필요할 때가 있긴 합니다.”

“수행자도 사람인데 당연히 돈이 필요하겠지요.”

“속인들은 도를 닦는 사람들이 무슨 돈이 필요하겠느냐고 말하지만 입고 먹는 데 어찌 돈이 필요하지 않겠습니까?”

“아무렴요, 지당하신 말씀입니다.”

“두 시주는 역시 보통의 속인들과는 다른 면이 있습니다.”

“감사합니다.”

술이 한 순배 돌고 분위기가 화기애애해지자 범영도 좀 전에 자기가 너무 강하게 반발을 했나 하고 후회하면서 자신이 먼저 은근히 속내를 드러내기 시작했다. 기다리고 있어도 두중호가 다시 말을 꺼내지 않으니 자신이 꺼내야 하는 것이다.

사문에서는 꿈에도 모르고 있겠지만 범영은 여우 같은 마누라와 토끼 같은 자식들이 있는 몸이었다. 어릴 때 점창파에 들어가서 죽어라고 수행만을 할 때는 범영도 보통의 도사들과 차이가 없었으나 14년 전 강호 경험을 쌓으려고 하산한 이후에 범영은 도사의 신분을 포기해 버렸다.

산속에서는 상상도 못했던 것들이 넘쳐 나는 것이 세상이었다. 범영은 눈이 뒤집혀 점창산에서 썩고 있는 동안 누리지 못했던 기쁨들을 만끽하기 시작했다. 그러나 세상의 즐거움을 누리는 것에는 대가가 필요했다. 강호행을 위해 사문에서 받은 돈으로는 할 수 있는 것이 몇 가지 없었다. 다시 점창산으로 되돌아간 범영은 그때부터 사문의 돈을 몰래 빼내어 즐거움을 누리기 시작했고, 나중에는 비단길을 오가는 상인이라며 신분을 속이고 결혼까지 했다. 곤명에는 어엿하게 범영의 집도 있었다. 거기에 더해 요즘은 거금을 들여 새로 첩까지 들인 처지였다.

하지만 점창파가 비록 거대 문파로 돈에 궁하지 않다고는 해도 명색이 도관이었다. 도를 닦는 수행자들이 모여 있는 곳이니만큼 돈이 넘쳐 날 리는 없었다. 범영이 집을 사고 마누라를 두었을 때는 어떻게 머리를 잘 써서 메울 수 있었지만 첩을 들일 때는 빼돌린 금액이 너무 커 흔적이 남지 않을 수가 없었다. 결국 사문에서도 도대체 그 많은 돈이 어디로 사라졌는지를 조사하기 시작했고, 범영은 수일 내로 돈을 메우지 못하면 경을 칠 각오를 해야 할 상황에 몰려 있었다.

"좀 전에 말씀하신……."

"제가 진인을 몰라본 죄이니 너무 나무라지 마십시오."

"그게 아니라……."

범영이 좀 전과는 천양지차로 우물쭈물 제대로 말을 못하자 두중호는 속으로 '이겼다!' 하고 외쳤다. 본래 신분이야 어쨌든 간에 지금은 상인의 신분인데, 자존심이 상해서라도 손해를 보는 것은 용납할 수가 없었던 것이다. 큰소릴 치는 범영을 보고 겉으로는 연신 사과를 했지만 속으로는 '좋다 한번 해보자!' 하고 말을 꺼내지 않으니까 결국 범영이 먼저 굴복하는 것이다. 이미 비당의 자료를 보고 범영의 처지를 뻔히 알고 있는 두중호다. 그러한 사정은 모르고 돈을 더 받아보려고 튕기긴 했으나 두중호는 범영이 처음부터 이길 수 있는 상대가 아니었다.

점창파의 식수원이 되고 있는 천룡정(天龍井)은 깊이를 알 수 없을 만큼 깊은 천연의 샘을 조금 손질한 후에 두레박 하나를 달랑 매달아서 만든 우물이었다. 우물을 만드는 데 들인 정성은 거의 없었지만 천룡정의 가치가 꼭 정성에 비례하는 것은 아니었다. 천룡정은 다른 말로 '점창파의 보물' 이라 불리는 우물이었다. 투명하리만치 맑고 깨끗한 우물물은 한 모금만 마셔도 정신이 맑아져 도를 닦는 도인들에겐 무가지보와 같았다.

또 높은 산상에 있는 우물이 아무리 심한 가뭄이 들어도 수위가 줄어들지 않고 항상 일정하게 유지되니 신기하기도 하여 어리석은 사람들에게 점창파의 도력을 믿게 하는 수단이 되기도 하였다. 더욱이 차를 끓이는 데 천룡정의 물을 쓰면 차의 맛이 한층 더 깊이 우러난다 하여 돈 많은 자들은 일부러 큰돈을 들여 천룡정의 물을 사가기도 했다. 점창파가 일 년에 천룡정의 물을 팔아서 버는 돈도 만만한 것이 아니었다. 물맛도 좋고 퍼도 마르지 않는 우물물을 팔아서 돈도 버니 어찌 보물이라 부르지 않을 수 있겠는가.

점창파의 보물 천룡정에는 올해도 어김없이 갓 입문한 어린 제자들이 수련이라는 명목 하에 무거운 물통을 지고 물을 길어 나르는 중노동을 하고 있었다. 점창산의 기후는 여름에는 서늘하고 겨울에는 온화한 무릉도원의 기후를 자랑하고 있었지만 무거운 물통을 지고 나르는 어린 제자들의 몸은 땀으로 흠뻑 젖어 있었다.

"사형, 사질들이 수련을 제대로 안 한 것 같습니다."

남들이 열심히 수련할 때 졸다가 천룡정의 경비라는 하찮은 임무에 내몰린 명도(明渡)가 자기보다 보름이나 일찍 벌을 받고 있던 명상(明翔)을 보며 말했다. 물통 나르기가 힘이 들긴 하지만 평소에 수련을 제대로 했다면 저렇게 힘들어할 일이 아니었다. 이 사실은 어릴 때부터 유난히 물 길어 나르기를 많이 했던 명도가 가장 잘 알고 있었다.

"사제가 보기에도 그런가? 혼을 내줘야겠군. 내가 어릴 땐 한 번에 물통을 여섯 개씩 길어 나르면서도 여유롭게 천룡환허보(天龍幻虛步)

를 수련하곤 했는데 말이야."

명상의 등을 보고 있는 명도의 얼굴이 슬며시 일그러졌다.

'웃기는 소리 하고 자빠졌네. 네가 어릴 땐 피죽도 못 먹은 얼굴로 비실거리고 돌아다녔잖아! 그리고 천룡환허보는 사문비전으로 일대 제자가 아니면 구경도 못하는데 무슨 천룡환허보야?'

명도는 속으로 욕을 마구 내뱉으며 어린 사질들을 몰아붙이기 시작했다.

"이놈들아! 남들 수련할 때 뭐 했어! 그렇게 비실비실해서야… 쯧쯧. 걸음 봐라. 빨리 못 움직여! 그렇게 굼벵이처럼 움직이다간 두 번도 못 길어 나르겠다. 사숙들 저녁을 굶기고 싶어?!"

어린아이들이 무슨 힘이 있겠는가. 커다란 물통을 양쪽에 하나씩 지고 있으니 빨리 돌아다니고 싶어도 몸이 말을 듣지 않았다. 가만히 그냥 둬도 탈진할 지경인데 아이들에겐 육체적 고통 외에 정신적 고통도 함께 가해지고 있었다. 남은 죽어라 땀을 흘리고 있는데 사숙이란 사람들이 도와주지는 못할망정 옆에서 연신 고함 지르며 협박을 하고 있는 것이다.

"죄, 죄송합니다."

명도가 고함을 지르자 아이들은 연신 명상의 눈치를 살피며 안절부절못했다. 고함은 자신이 지르는데 눈치는 명상의 눈치를 보는 것이 아닌가? 의아하게 여긴 명도의 얼굴이 찡그려지자 명상이 씩 웃으며 나섰다.

"사제, 그렇게 해서는 안 돼. 내가 방법을 가르쳐 주지. 자네 여기서 보내야 할 시간이 20일쯤 되지? 내가 가르쳐 주는 방법을 쓰면 20일 동안 심심하지는 않을 거야. 심부름 같은 거 시킬 때도 편하게 시킬 수 있어.”

명상은 이제 5일만 있으면 경비의 임무에서 해방이 되지만 명도는 아직 20일이나 남았다. 사형으로서 20일 동안 썩어야 하는 사제의 앞날에 일말의 도움을 주고자 하는 자상함이었다. 명도는 좀 전에 속으로 욕한 것을 후회하며 진지한 표정으로 대답했다.

“사형, 가르쳐 주신다면 열심히 배우겠습니다.”

“하하, 내가 하는 것 잘 봐두게.”

호탕하게 웃던 명상은 자신의 눈치를 보고 있는 어린 사질들을 보며 조용히 말했다.

“이제부터 엄살을 부리면 이 사숙이 정문일침신공(頂門一鍼神功)을 한 대씩 갈겨주겠다.”

순간, 아이들의 얼굴이 하얗게 변해 버렸다. 보름 전부터 체험하고 있는 명상 사숙의 정문일침신공은 인간이 견딜 수 있는 것이 아니었다.

“열심히 하겠습니다!”

곧 죽을 것 것처럼 비실대던 아이들이 입을 맞추어 구령을 붙이더니 갑자기 펄펄 날기 시작했다. 무슨 특별한 비법이라도 가르쳐 주는가 기대하고 있던 명도는 자신도 잘 알고 있는 정문일침신공이라 하자 일순 허탈해졌지만 순식간에 생기있게 변한 아이들의 모습이 너무 우스워 폭소를 터뜨렸다.

“하하하! 저놈들, 이제까지 꾀를 부린 모양입니다. 그런데 사형은 여기에 보름 동안 계시면서 사질들 다루는 법을 완전히 터득하신 것 같습니다. 사형의 정문일침신공은 이미 대성지경에 이른 것처럼 보입니다.”

“허허허, 별거 아닐세. 학문이 깊어지면 세상만사가 내 손안에 있는 것처럼 느껴진다네. 정문일침신공은 몸으로 익히는 것이 아니고 마음으로 익히는 심공이 아닌가? 넓게 보면 정문일침신공도 학문의 한 갈래라 할 수 있지. 정문일침신공쯤이야 내가 보름 동안 터득한 학문에 비하면 아무것도 아니지."

"……."

명상은 기껏 정문일침신공으로 사질들을 협박해 놓고 무슨 대단한 학문이라도 터득한 것처럼 큰소리를 쳤다. 그러나 참새 뒤에는 버마제비가 있는 법. 명도가 뭐라 한소리 하려는데 뒤에서 조용한 목소리가 들려왔다.

"그래? 네놈이 보름 동안 무슨 학문을 터득했기에 내가 창안한 신공을 비웃을 수 있는지 사실대로 말해 봐."

명상은 속으로 '어떤 놈이야?' 하고 뒤돌아 보다 능글맞게 웃고 있는 얼굴을 발견하곤 깜짝 놀랐다. 점창파 이대 제자들 중에 가장 높은 성취를 이룩하여 장래의 점창파 제일고수가 될 것이 거의 확실한 무공광(武功狂) 범진 사숙이 바로 뒤에 서 있는 것이다. 물론 명상이 단순히 무공이 높은 사숙을 보았다고 놀란 것은 아니었다.

"헉! 사숙?!"

"이놈아, 헉 사숙이 아니고 범진(凡眞) 사숙이시다. 제대로 못 불러!"

"범진 사숙! 죄송합니다. 너무 놀라서 그만……."

"지은 죄가 있으니 놀랄 수밖에. 경비를 서라고 보냈더니 장난질이나 치면서 놀아! 죄송한 것을 알면 보름 동안 무슨 학문을 터득했는지 자세히 말해 봐."

"그, 그것이……."

명상이 말을 못하고 우물쭈물거리자 명상에게 정문일침신공의 비결을 전수해 준 범진이 버럭 소리를 질렀다.

"이놈이! 사숙이 물었는데 냉큼 답을 하지 않고 말을 끌어! 너는 어릴 때부터 내가 주는 꿀밤을 유난히 좋아하더니 간만에 또 받아먹고 싶어? 오랜만에 꿀밤 한번 줄까?"

"아, 아닙니다. 학문이 아니고 경전을 외우고 있었습니다."

"경전? 무슨 경전?"

명상은 옆에서 멀거니 구경하고 있는 명도와 어린 사질들을 흘깃 바라보곤 눈을 질끈 감았다.

"도덕경(道德經:5천 자 상하 양편으로 되어 있고 남북조시대(南北朝時代)에 상편 37장, 하편 44장, 합계 81장으로 정착)입니다."

도덕경이란 말이 떨어지자 귀를 기울이고 있던 어린 사질들 사이에서 웅성거리는 소리가 들렸다. 범진 또한 어리둥절했다. 도덕경이라면 도가의 기본 경전으로 도를 닦는 도인들이라면 평생을 옆에 두고 읽고 또 읽어 그 속에 숨은 진리를 찾고자 함이 당연하지만 외우는 것은 달랐다. 5천 자의 모든 글자를 외우는 일이 쉽지는 않았지만 대점창파의 도사가 되려면 도덕경의 전문을 반드시 암기해야 했다.

"도덕경? 이놈아, 도덕경은 입문할 때 이미 달달 외우잖아!"

"그, 그것이……."

"어라? 이놈이 또 말을 끄네. 너, 아무래도 이 사숙님의 꿀밤 맛이 그리운 것 같다?"

범진이 주먹을 슬머시 들어 올리자 명상의 얼굴이 하얗게 변했다. 명상의 정문일침신공은 사숙인 범진에 비하면 조족지혈이었다. 범진의 정문일침신공은 등봉조극의 경지. 명상과는 비교조차 할 수 없이

지고한 경지인 것이다. 이미 예전에 신공을 대성한 범진이었다. 명상의 화후도 낮지 않아서 망치 정도의 위력을 발휘하지만 범진의 화후는 이제 조화지경에 이르러 가히 악마의 쇠도리깨와 같은 수준이었다. 한 대 맞으면 최소한 이틀 동안은 제대로 된 사고가 불가능한 것이 범진의 정문일침신공, 즉 꿀밤이었다. 체면 때문에 목숨을 걸 수는 없는 노릇이다.

"시정하겠습니다! 실은 예전에 외운 내용을 다 까먹어 버렸습니다. 저도 모르고 있었는데 보름 전 사부님께 그만 들켜 버려서 경비를 서며 외우고 있었습니다."

"그게 깊은 학문이란 거야?"

"시정하겠습니다!"

"시정 같은 소리 하고 있네. 그보다 명상, 네가 멍청하단 것은 알고 있었지만 우리의 밥줄인 도덕경의 내용을 까먹을 만큼 멍청할 줄은 내 미처 몰랐다. 당분간 내가 너를 손수 지도해 주겠다. 각오하고 있어라."

"예……."

어린 사질들의 웅성거림을 애써 외면하며 진실을 말하는 명상의 등은 흠뻑 젖어 있었다. 무거운 물통을 나르는 어린 사질들의 옷보다 더 많이 젖은 것 같았다. 식은땀으로 흠뻑 젖은 명상의 뒷모습을 보며 명도는 도(道)를 한 가지 깨달았다.

'때로는 진실을 말하는 것이 중노동을 하는 것보다 더 힘들다.'

도는 멀리 있는 것이 아니었다. 자신의 주변에, 생활의 곳곳에 도가 있었던 것이다. 명도는 범진 사숙에게 심하게 구박받고 있는 명상을 실컷 비웃어주는 한편 깨달음에서 오는 희열을 만끽하고 있었다. 그러나 그 깨달음의 희열은 오래가지 않았다.

"어? 그러고 보니 너는 말썽꾸러기 명도가 아니냐."

"옛! 사숙! 명! 도! 입니다."

"이놈아, 귀청 떨어지겠다. 목소리 안 낮춰!"

"시, 시정하겠습니다."

"이것들이 오늘 날 잡았나? 시정은 무슨 얼어죽을 시정이야? 그런데 너는 또 무슨 말썽을 부려 여기까지 쫓겨온 거냐?"

이미 명상이 어떻게 되는지를 바로 옆에서 지켜봤던 명도다. 기왕에 당해야 할 일이라면 솔직하게 말하고 당하는 것이 보기에도 좋다. 명상의 꼴은 되지 말아야지 속으로 다짐한 명도는 힘찬 목소리로 진실을 털어놓았다.

"말썽이 아니옵고 수련 시간에 졸았다는 단순한 이유 때문에 여기에서 벌을 받고 있었습니다!"

"뭐야? 수련 시간에 졸아! 그것이 무슨 자랑이라고 부끄러운 표정 하나 없이 그렇게 크게 소리를 쳐! 이런 썩을 놈이 있나! 내 다른 것은 용서해도 수련 시간에 태만한 것만은 용서 못해!"

쾅!

"으윽!"

피하고 말고 할 것도 없었다. 명도는 귓속에 천둥 치는 소리를 들으며 의식을 놓아버렸다. 솔직담백하게 한 점 숨기지 않고 진실을 말하였으나 듣는 사람이 무공광 범진이고 내용이 수련과 관련되어 있다는 것을 간과했던 것이다. 결국 명도는 도를 깨달은 지 얼마 되지도 않아서 우화등선을 체험하고 말았다.

"명도, 너도 이제 내가 특별히 관리해 주겠다. 알았어?"

범진은 거품을 물고 쓰러져 있는 명도를 내려다보며 무시무시한 어조로 말했으나 이미 의식을 놓아버린 명도가 알아들을 리는 만무했다. 너무 오랜만에 써보는 정문일침신공이라 위력 조절에 실패했나 보다. 범진은 벌벌 떨고 있는 명상과 사손들을 보곤 조금 켕겨하다가 자신이 왜 여기에 왔는지를 떠올렸다.

“명상아.”

“사, 사숙, 살려주십시오.”

간만에 보는 정문일침신공의 위력은 명상의 기억 속에 남아 있던 것보다 더한 것 같았다. 폭음과 함께 거품을 물고 쓰러져 있는 명도를 보자 명상은 오줌을 지릴 지경이었다.

“이런 썩을 놈이! 내가 널 왜 죽여? 내가 무슨 살인자냐? 널 부른 것은 너에게 할 이야기가 있어서야.”

“시정하겠습니다!”

“에고, 골치야. 한 번만 더 시정하겠단 소릴 하면 너도 신공의 맛을 봐야 할 것이야.”

“시, 시정… 앞으로 조심하겠습니다!”

범진은 명상을 지그시 째려보았다.

“잘했어. 위험했지?”

“옛!”

“너는 즉시 명도를 방으로 데려가서 안정을 취하게 해줘. 아, 그리고 사손들도 데리고 가. 알았어?”

“예! 즉시 시행하겠습니다!”

범진은 명도를 업은 채 도망치듯 뛰어가는 명상을 보며 실실 웃었다.

“간만에 신공을 썼군. 아직 녹슬지 않았어. 하하하, 하여간 천룡정을 비웠으니 사형이 오시기 전에 그만 가볼까나.”

범진은 예전부터 어디서 가지고 오는지는 몰랐지만 맛있는 먹을거리를 많이 주고 때때로 술도 몰래 구해다 주는 사형 범영을 많이 따르고 있었다. 그런 범영이 지나가는 말로 ‘천룡정에서 잠시 볼일을 봤으면 좋겠는데 사손들이 있어서 곤란하군’ 하는 것을 듣고는 무슨 볼일인지 물어보지도 않고 대뜸 자신이 나서서 처리를 했던 것이다. 그러나 범진은 자신이 한 일이 점창파를 수렁으로 끌고 들어가는 일의 시초가 될 줄은 꿈에도 몰랐다.

점창파의 당대 장문인 운양(雲陽) 진인은 사제의 말을 들으며 지끈거리는 머리를 손으로 꾹 누르고 있었다. 태을단목공(太乙丹木功)의 화후가 대성지경을 바라보고 있는 지금, 자신은 마땅히 폐관수련을 하고 있어야 했으나 상황이 여의치 못했다. 지금 폐관수련을 하지 않으면 앞으로 두 번 다시 태을단목공을 대성할 기회가 없을 것이다. 하나의 벽을 뛰어넘을 기회는 그렇게 자주 오는 것이 아니다. 그러나 운양 진인이 골머리를 싸매고 있는 것은 태을단목공에 대한 미련 때문이 아니었다.

“휴, 어쩌다 내 대에서 이런 일들이 벌어지는 것인지…….”

복수회란 단체가 구대문파와 오대세가를 상대로 무자비한 혈풍을 일으키고 있어 중원과는 멀리 떨어져 있는 점창파라 할지라도 안전하다 할 수 없는 상황이었다. 거기에 더해 이제는 은밀히 지지하고 있던 한왕이 무리수를 두어 자칫 잘못하다간 점창파가 한왕에 휩쓸려 같이 멸문지화를 당할 우려가 있는 것이다.

"장문인, 빨리 결단을 내리셔야 합니다. 아무리 좋게 보려 해도 한왕은 가망성이 없어 보입니다. 선덕제는 아비인 홍희제와는 전혀 다른 사람입니다. 이렇게 빨리 손을 쓸 줄이야 누가 알았겠습니까? 한왕을 지지하고 있던 지방 군벌들도 선덕제의 기세에 눌려 속속 한왕에게 등을 돌리고 있다 합니다. 우리라고 계속해서 의리를 지킬 필요는 없습니다."

운양 진인의 바로 아래 사제인 운상(雲翔)은 침을 튀기며 사정을 이해시키려 노력하고 있었다. 점창파를 방문하는 손님들이 묵는 영추관(迎秋館)을 맡고 있는 운상은 점창파의 머리라 할 수 있는 현명한 인물로 평소 목소리를 높이는 법이 없었다. 그러나 지금 열변을 토하고 있는 운상에게서 평소의 조용하고 차분한 모습을 떠올리기는 어려웠다. 그만큼 사정이 다급하단 뜻이기도 하리라.

"음… 사제, 우리는 한왕의 직접적인 영향력 아래에 있지 않는가. 우리가 등을 돌린다면 한왕이 가만있지 않을 것이야."

"장문인, 그게 아닙니다. 한왕은 지금 우리에게 신경 쓸 여유가 없습니다. 선덕제가 조정의 만조백관들을 모두 이끌고 자신을 치러 오는데 어떻게 한눈팔 여유가 있겠습니까? 더군다나 자신을 지지하던 사람들이 하나둘 떨어져 나가는데 유독 우리를 지목해서 해코지를 할 리도 없고요."

"사제의 말이 일리가 있음을 알지만… 위험하지 않을까? 쉽게 판단해서는 안 될 문제네. 더욱이 우리가 한왕에게 제자 몇을 보내 도움을 주고 있다고는 하지만 무슨 정치적인 관계도 아니고……."

"선덕제가 어떻게 보느냐가 문제 아니겠습니까. 사형, 결단을 내려 주십시오!"

운양 진인은 이맛살을 잔뜩 찌푸렸다. 한왕에게 등을 돌리려니 난폭한 한왕이 두렵고 그냥 가만히 있자니 선덕제가 두려웠다. 이래저래 판단을 내리기가 쉽지 않은데 운상이 대답을 재촉하니 어처구니없는 말이 입에서 튀어나왔다.

"세상 사람들이 어떻게 생각할까? 배신자라고 욕하지 않을까?"

순간 운상의 얼굴이 벌겋게 변하더니 눈에서 형형한 빛이 뿜어져 나왔다.

"사형! 세상 사람들이 어떻게 생각하든 그건 지금 중요한 문제가 아닙니다! 멸문지화를 당할지도 모르는 상황에서 체면을 찾아 무엇 하겠습니까!"

장문인이 된 지 20년 만에 처음 들어보는 사형이란 소리였다. 꼬박꼬박 장문인이라고 높여 부르던 운상이 사형이라고 부른 것이다.

"휴……."

스스로 생각해도 말도 되지도 않는 헛소리를 한 꼴이다. 부끄러운 마음 반 답답한 마음 반, 장탄식을 토하는 운양 진인의 머리 속에는 복잡한 생각들이 끊이지 않고 떠올랐다.

솔직히 한왕에게 지켜야 할 의리 같은 것은 없었다. 한왕이 황제의 견제를 받아 이곳으로 온 이후에 잘 보이려고 몇몇 제자들을 호위 무사로 보낸 것이 다였다. 그 후에 한왕이 점창파의 일을 조금 도와주긴 했지만 그것을 가지고 무슨 의리를 따져야 할 정도는 아니었다. 사제의 말대로 등을 돌린다 하더라도 한왕이 굳이 점창파만 물귀신처럼 물고 들어가지는 않을 것이다.

"알았네. 사제 말대로 하세."

"장문인, 잘 선택하신 겁니다."

"내일 한왕에게 보낸 제자들을 호출하도록 하겠네."

그러나 운상의 얼굴은 아직도 펴지지 않았다.

"문제는 또 있습니다."

"또? 그건 무슨 말인가? 제자들을 호위 무사로 보낸 것이 그리도 큰 죄가 된다는 말인가? 제자들이 한왕을 보호하기 위해 목숨을 거는 것도 아니고 내일 호출한다면 본 파와 한왕과의 관계는 누가 뭐라 할 수 있는 정도는 아닐세."

"제가 말씀드리고 싶은 것은 그 문제가 아닙니다."

"그럼?"

"확실하지 않은 것이라 말씀드리기 뭐합니다만, 오독문의 움직임이 심상치 않다는 정보가 있습니다."

운양 진인의 눈이 휘둥그레졌다.

"오독문의 움직임이 심상치 않다니?"

"오독문이 밖으로 나가 있던 제자들을 모으고 있다는 정보가 입수되었습니다. 아무래도 일상적인 움직임이 아닙니다."

"그게 사실인가?!"

"예. 예감이 좋지 않습니다."

오독문이 사천으로 진출하려다 실패한 이후에 점창파는 오독문과 거리를 두고 있었다. 같은 운남의 문파인 오독문과의 의리도 중요하지만 현실을 무시할 수는 없는 것이다. 오독문의 팽창에 위기감을 느낀 사천의 촉상들이 점창파에 압력을 넣어서 운양 진인은 양자택일의 갈림길에 설 수밖에 없었다. 사천의 촉상들을 무시할 수도 없는 것이 촉상들은 점창파의 큰 돈줄이었다. 결국 운양 진인은 의리 대신에 실리를 택하였다. 200년 가까이 친구로 지내온 오독문이 설마? 하는 방심도 작용한 결정이었다.

"오독문이 본 파를 적대시하려 한다는 확신이 있는가? 최근 몇 년 동안 서로 왕래가 없었다 뿐이지 우리가 그들을 먼저 적대시한 것도 아닌데……."

"……"

운양 진인의 기대가 섞인 물음에 운상은 침묵으로 답을 하였다. 그러나 그것은 말로 하는 답보다 더 확실한 것이었다.

"허… 곤란하구나. 하필이면 이런 시기에……."

운양 진인의 머리 속으로 오독문에 대해서 알고 있는 지식들이 주마등처럼 떠올랐다.


독물들은 사람들에게 공포감을 불러일으킨다. 독성이 강한 독물의 독에 중독당하면 중독 즉시 생명을 잃을 수도 있으니 누군들 독물을 무서워하지 않겠는가마는 독성이 강하지 않은 독물일지라도 가까이 하고 싶어하는 사람은 없을 것이다. '걸리면 죽는다' 란 인식에서 오는 공포감 이외에도 보기만 해도 등골이 써늘해지는 본능적인 섬뜩함을 갖게 하는 것이 바로 이런 독물들인 것이다.

무덥고 습한 운남 지방에는 독을 품은 동, 식물들이 많이 있었다. 특히 깊은 밀림의 오지에는 알려지지 않은 무서운 독물(毒物)들이 종류를 헤아릴 수 없을 만큼 많이 번성하고 있었다. 독물이 곳곳에 널려 있으니 독물에 관해 본능적인 두려움을 가지고 있는 인간들의 역사가 운남에서는 없어야 하겠지만 현실은 달랐다.

인간의 생존력은 이런 독물들의 천국에서도 인간의 역사를 가능하게 해주었다. 바로 타이족, 혹은 묘족이라고 불리는 종족들과 그 외에 이름도 알려지지 않은 수많은 소수 민족들이 바로 조상 대대로 운남에서 삶의 터전을 가꾸며 살아가고 있는 것이다.

운남인들이라고 독물에 대한 두려움이 없는 것은 아니었다. 운남의 사람들은 생활의 주변 곳곳에서 독물들과 마주칠 수밖에 없으니 독에 대한 지식이 곧 생존의 지식이 되어서 최소한 독에 관한 한 해박한 지식을 가질 수 있게 되었지만, 알면 알수록 더 무서운 것이 독이었다. 운남인들은 독에 대하여 타지방 사람들보다 오히려 더한 두려움과 거리낌을 가지고 있었다.

그런데 옛날 운남의 대표적인 민족인 타이족에는 특이하게도 모든 사람들이 두려워하고 꺼리는 독에 유난히 관심이 많아 독의 활용에 대해서 평생을 연구하며 보낸 사람이 있었다. 타고난 재질도 범상치 않았고, 또 스스로 좋아서 하는 공부라 그의 성취는 하루가 다르게 높아질 수밖에 없었다. 일취월장하는 성취에 스스로 만족한 그는 평생 동안 옆을 돌아보지 않고 독의 활용에만 일로매진하였고, 종내에는 그 누구도 상상치 못했던 기발한 독의 활용법을 발견하게 된다.

당시에도 의술이나 암살을 위한 중요한 수단으로 용독술(用毒術)은 깊이 있는 연구가 되어 있었다. 그러나 이 타이족 사람이 발견한 것은 기존의 용독술과는 차원이 달랐다. 그는 사람에게 치명적인 독을 내가기공(內家氣功)에 접목시켜 하나의 독특한 무공으로 도출해 냈던 것이다. 그는 자신이 창안한 이 무공에 독공(毒功)이라는 이름을 붙였다.

독공의 위력은 그 독특함만큼이나 엄청났다. 독공을 시험해 볼 요량으로 시작한 그의 10년 강호행은 천하에 새로운 무류(武類)의 탄생을 알리는 신호탄이 되었다. 기라성 같은 강호의 고수들이 이 타이족 사람의 일초반식을 막지 못하고 피를 토하며 쓰러졌다. 무공의 주류와는 거리가 멀던 운남에서 절대고수가 등장하자 근원을 알 수 없는 고수라 하여 호사가들이 입방아를 찧었으나 한 가지 소문이 은밀히 퍼지면서부터는 아예 강호가 벌컥 뒤집어져 버렸다.

이 타이족 사람의 내공이 불과 30년도 안 된다는 것이었다. 이 소문이 사실이라면 고금제일인으로 추앙받는 발해의 무성 연의민 이후에 정립된 무도(武道)의 상식이 모조리 무너져 버리는 일대 사건이 벌어지는 것이었다.

그뿐만이 아니었다. 강호의 지도도 한꺼번에 바뀔 것이다. 겨우 30년의 내공만을 지니고서도 갑자 단위의 기라성 같은 고수들을 아우를 수 있는 절대고수가 될 수 있다면 누가 각고정진해야 하는 기존 문파들의 무공을 익히겠는가! 기존의 무공과는 차원을 달리하는 무의 진보가 일어난 것이 아닌가 하여 천하인들이 이 타이족 사람의 일거수일투족을 주시하였고, 다른 한편으론 무공의 비밀을 파헤치기 위한 연구에 몰입하였다.

타이족의 무인이 온 천하를 경동에 휩싸이게 한 강호행을 시작한 지 10년이 흐른 후에 마침내 사천의 당정보(唐淨寶)란 한 의생이 타이족 사람의 무공의 비밀을 밝혀내고야 말았다. 당정보는 타이족 사람과 비무를 하다 쓰러진 무인들에게서 중독의 흔적을 찾았고, 오랜 연구 끝에 그것이 독을 따로 살포하여 중독시킨 것이 아니라 진기 속에 독기(毒氣)를 포함한 일종의 무공에 의한 것임을 밝혀냈던 것이다. 무공의 자세한 비밀은 당정보 역시 알 수 없었지만 타이족 무인의 무공 비밀이 독이란 사실이 밝혀진 것만 해도 큰 수확이었다.

결국 이 타이족 사람의 무적행(無敵行)은 끝이 나버렸다. 일수에 피를 토하고 쓰러질 수밖에 없는 이유가 가공할 무공에 의한 타격이 아니고 독기에 의한 중독이란 것이 알려진 후에도 어찌 고수들이 가만히 앉아서 당하겠는가. 몰랐을 땐 속수무책으로 당했지만 독이란 것을 알게 되자 막지 못할 것도 아니었다.

원래 상승의 내가기공은 대기 중에서 순수한 기운은 받아들이고 탁한 기운은 체외로 방출하여 내공을 쌓는다. 상승의 기공을 익히지 못한 삼류무인들이야 어쩔 수 없다고 쳐도 상승의 내가기공을 익힌 일류무인들에겐 독기가 불가항력적인 것은 아니었다. 결국 이 타이족 사람은 비무에서 패하고 운남으로 돌아갈 수밖에 없었다.

그러나 그의 강호행은 무림에 지대한 영향을 끼쳤다. 천하에 이제까지 존재하지 않았던 새로운 무공, 즉 독공의 위력을 떨친 것은 두말할 나위도 없었고, 음지에서 행해지던 독에 대한 연구가 그때 이후로 활발히 진행되었던 것이다. 독이 무공에 사용되었다는 것은 이제 강호에서 살아남으려면 독에 대한 지식이 필요하게 되었다는 것과 일맥상통한 것이다.

독에 대한 지식이 없다면 적이 독공을 익혀 쓸 경우에 어떻게 막아낼 수 있겠는가. 시간이 흘러 독과 독을 이용한 무공에 대한 연구가 깊어질수록, 또 독이 의외로 유용한 점이 많다는 것이 알려지게 될수록 타이족 사람의 위상은 올라가게 되었다. 그리고 마침내 최초로 독을 내가기공에 도입한 타이족 사람은 신기원을 이룩한 독의 조종으로 인정을 받게 되었다. 그가 바로 후세에 천하 독문(毒門)의 조종(祖宗)으로 숭앙받는 독조(毒祖) 마등(磨騰)이었다.

비록 패해서 운남으로 돌아가는 마등이었지만 그의 뒤에는 독공을 전수받으려는 수많은 영재들이 따르고 있었다.

마등은 배움을 청하는 수많은 영재들을 이끌고 고향 운남에 오독문(五毒門)이란 새로운 문호를 열었다. 마등의 등장에 비하면 다소 격이 떨어지지만 마등의 강호행은 전혀 의외의 가문이 강호의 주류로 떠오르게 만드는 계기가 되기도 했다. 바로 독공의 비밀을 밝힌 의생 당정보가 강호의 거대 세가, 당가를 일으키게 된 것이다.

각설하고, 수많은 영재들을 제자로 받아들인 오독문은 금세라도 천하제일의 대문파가 될 것처럼 보였다. 그러나 30년의 내공으로도 절대고수의 위력을 발휘하게 만드는 독공, 짧은 시간에 절대고수가 되기 위한 첩경을 찾아서 마등의 제자로 들어간 수백의 영재들 중 독공을 익혀낸 사람은 불과 서너 명도 되지 않았다.

독공을 익한다는 것은 일반 무공을 익히는 것보다 수십 배는 더 어려운 과정을 거쳐야 했던 것이다. 독에 대한 지식이 조금이라도 모자란다면 자신을 먼저 해치게 되는 것이 독공이었다. 따라서 독공을 본격적으로 익히기 전에 독과 인체에 대한 의학적 지식을 쌓는 일이 선행되어야 했다. 그것도 보통의 지식으론 어림도 없었다. 그런 과정 없이 마등 정도의 수련을 한다는 것은 목숨을 여벌로 가지고 있지 않는 한은 불가능한 일이었다.

독과 인체에 대한 지식을 쌓는 것은 아무리 천재라 하더라도 일이 년에 해낼 수 있는 것이 아니다. 결국 독공을 익히기 위해선 기존의 무공을 익히기 위한 노력 그 이상의 노력이 필요했다. 더욱이 마등이 창안한 독공은 근간이 되는 내가기공이 육합기공(六合奇功)이란 삼류의 내공심법이었던 탓에 독이 통하지 않으면 그저 그런 삼류의 무공에 지나지 않았다.

익히기도 어렵고 최초에 기대했던 위력도 발휘하지 못하니 자연 독공을 성명절기로 삼는 오독문의 성세는 오래가지 못했다. 나중에는 독

공을 수련하려는 사람마저 없어졌다. 독공을 익힌 사람이 없는 오독문
은 삼류의 무공에 용독술을 주로 하는 문파로 변모하며 하루가 다르게
쇠락해 갔다.

　독물을 잡아 팔아 생계를 유지하던 오독문을 오늘날 세외삼강의 하
나로 키운 사람이 바로 당대의 오독문주 사천독왕 단휜이었다. 대리
왕실의 후손이라는 단휜이 문주가 되면서부터 오독문은 그야말로 우후
죽순(雨後竹筍)인 양 급격하게 성세가 커졌다.

　단휜은 독에 대한 지식도 전무후무할 정도로 높았고, 육합기공 대신
에 대리 왕실 비전의 천룡신공(天龍神功)을 독공에 접목시켜 절세의 독
공인 암향독공(暗香毒功)을 사십의 젊은 나이에 창안한 기재였다. 그리
고 오독문의 시조인 독의 조종 마등보다도 월등히 뛰어난 독공의 고수
였다. 뛰어난 통솔력은 이미 운남 일대에선 모르는 사람이 없을 정도
였다.


　"장문인!"

　상념에 빠져 있던 운양 진인은 운상의 말에 퍼뜩 정신을 차렸다.

　"오독문이 만약 본 파를 치기 위해서 제자들을 모으고 있다면 정말
큰일이야. 특히 단 문주의 암향독공은… 나도 승부를 장담할 수 없는
청성제일고수 진성 도우를 눈 깜짝할 사이에 사경에 빠뜨릴 만큼 무서
운 것일세."

　운양 진인은 소문으로 들은 오독문주의 암향독공을 생각하면서 몸
을 부르르 떨었다. 소문이 사실이라면 점창에서 일 대 일로 단휜을 상
대할 고수는 아무도 없었다.

　"장문인, 독공이 무섭다고는 하나 사천독왕 이외에 누가 독공을 익

했다는 소리는 못 들었습니다. 사천독왕만 막을 수 있으면 우리에게 불리할 것도 없다고 사료됩니다. 사천독왕을 제외한 오독문도들의 용독술은 방비만 잘하면 막을 수 있습니다.”

“어떤 비책(秘策)이라도 있나?”

물에 빠진 사람 지푸라기라도 잡는다고 다급히 질문하는 운양 진인이 눈에 강한 기대의 빛이 떠올랐다.

“장문인, 죄송합니다만 저도 특별한 비책이 있는 것은 아닙니다. 다만 사천독왕은 체면이 상하더라도 검진을 펼쳐 막아야 할 것 같습니다. 기봉검진(起峰劍陣)이라면 사천독왕을 제압하지는 못하더라도 충분히 발을 묶어둘 수는 있을 겁니다. 그리고 가지고 있는 약재들을 총동원해 독에 대한 방비를 하고 당문에 연락을 넣어 도움을 요청하는 것이 최선의 방법이라 생각됩니다.”

기봉검진은 소림의 십팔나한진, 무당의 오행검진에 뒤지지 않는다고 자부하는 점창의 진산절예였다. 원나라 시대에 크게 성했던 거대문파 전진파의 북두검진을 더욱 발전시켜 점창의 무공에 맞게 변형한 진법으로, 한 사람의 절세고수를 막기에 가장 적합한 검진이었다.

암향독공, 아니, 암향독공뿐만 아니라 오독문에 전승되고 있는 독공은 수련의 어려움으로 인해 당금의 오독문에서도 사천독왕을 제외하고는 제대로 익힌 사람이 없었다. 운상의 말대로 사천독왕만 검진으로 막는다면 나머지 오독문도들의 독술은 점창의 상승 내가심법으로 막을 수 있을 것이다. 문제는 정보력의 부재로 오독문의 움직임을 너무 늦게 알아차렸다는 것이었다. 점창뿐만 아니라 강호무림의 구대문파들은 대부분이 정보의 중요성을 간과하고 있었다.

“큰일이군. 오독문이 본 파를 치려 한다고는 생각되지 않네만 일말의 가능성이라도 있다면 대비는 해야겠지. 사천당문의 도움을 받는다면 오독문을 충분히 방비할 수 있어."

"지당하신 말씀입니다."

"서둘러야겠네. 내일 아침에 장로회의를 소집해야 겠… 아니, 이게 무슨 소린가?"

운양 진인의 안색이 갑자기 굳어지며 소리쳤다.

"예? 무슨 말씀이신지? …헛!"

운상도 어리둥절해하다가 금세 경호성을 토했다. 해시(亥時)가 다 된 시간에 병장기 부딪치는 소리가 들리는 것이다.

챙! 채챙!

"습격이다!"

"적이닷!"

연이어 밖에서 들려오는 소리에 운양 진인의 눈에서 시퍼런 안광이 쭉 솟아났다. 천룡사가 점창파로 거듭난 이후 수백 년 동안 청정도량을 유지하던 점창산이었다. 자신의 대에 점창의 역사상 처음으로 외적이 침입을 한 것이다. 어떤 적이 침입을 했는지 열심히 머리를 굴리고 있는 운상을 잠깐 바라보던 운양 진인은 방문을 여는 시간도 아까워 몸으로 문을 부숴 버리며 신형을 날렸다.

"따라오게!"

운양 진인은 점창의 비전 비천십이표(飛天十二飄)를 시전해 도약하는 짧은 시간 동안 곳곳에서 동시다발적으로 벌어지는 전투의 양상을 빠르게 훑어보다가 너무 놀라 진기의 흐름이 끊어져 버렸다.

비천십이표는 이름에서도 나타나듯이 하늘을 노닐 듯 움직이는 극상승의 신법이었다. 극상의 내가공부를 익히지 않으면 입문조차 할 수 없는 뛰어난 상승의 신법인만큼 진기의 흐름이 끊어지자마자 바로 비천이란 두 글자만큼의 효과가 드러났다. 공중으로 도약한 높이만큼 바닥으로 떨어지게 된 것이다.

털썩!

머리부터 땅바닥에 처박히기 직전, 수십 년 동안 무공 수련을 한 몸이 저절로 반응해 간신히 진기를 수습하고 부상은 면했지만 운양 진인은 엉덩이로 착지하는 꼴사나운 모습은 면할 수 없었다. 대점창파의 장문인이 엉덩이로 신법을 펼친 것이다. 남들이 이 꼴을 보게 되면 점창파는 다시는 강호에 이름을 걸어놓을 수 없을 만큼 큰 추태였다.

평소에도 유난히 타인의 시선을 의식하고 살던 운양 진인이었다. 그러나 운양 진인은 지금 자신이 얼마나 추태를 보이고 있는지 아예 인식도 못했다. 운양 진인의 눈앞에 도저히 믿을 수 없는 현상이 벌어지고 있는 것이다.

"이럴 수가! 어찌 이럴 수가?!"

운양자의 찢어질 듯이 치떠진 눈에 어슴푸레한 달빛 아래 상상치도 못했던 광경이 벌어지고 있었다. 자다가 뛰쳐나왔는지 의복을 제대로 갖추지도 못한 제자들이 적들을 맞이하여 제대로 된 저항 한 번 못해 보고 제압당하는 것이 보였다. 다행히 적들이 살수를 쓰지는 않아 목숨을 잃는 제자들은 보이지 않았지만, 그것이 운양 진인을 더 기가 막히게 만들고 있었다. 상대가 되지 않으니 굳이 살수를 써서 제압할 필요성을 못 느끼는 것처럼 보이는 상황이었다.

싸움이란 것이 원래 상대적이라서 무적의 신위를 뽐내던 무인이라 할지라도 자신보다 강한 사람을 만나면 지는 것이 당연하다. 그러나 지금 운양 진인의 눈앞에 보이는 광경은 상대적인 약함, 그런 것이 아니었다. 적들이 손을 쓰기만 하면 자랑스러운 점창의 제자들이 속절없이 쓰러지는 것이다. 당금 점창의 주축인 이대 제자들 역시 마찬가지였다. 어느 누구도 적들의 일수를 막지 못하고 예외없이 제압을 당했다. 마치 어른과 아이의 싸움처럼 아예 상대가 안 되는 싸움이었다.

그러나 그게 다가 아니었다. 단순히 그 정도였다면 제자들을 잘못 가르친 죄책감에 운양 진인이 피를 토하고 쓰러졌을지언정 엉덩이로 비천십이표를 전개하는 추태를 보이지는 않았을 것이다. 적들이 점창 제자들을 제압하는 방법은 상식이 있는 무인이라면 도저히 믿을 수 없는 그런 방법이었다.

오늘 밤 점창파를 내습한 적들은 어이없게도 제자들의 혈도를 일일이 짚어 제압하고 있었다. 자칫 방심하면 목숨을 잃어버릴 수 있는 생사결의 실전에서 혈도를 짚어 상대를 제압한다는 것은 현실적으론 불가능한 일이었다. 점혈은 강하지도 약하지도 않은 적절한 힘의 안배와 한 치의 어긋남도 없는 정확함이 요구된다. 따라서 살수를 써서 상대의 목숨을 빼앗는 것보다 점혈로 제압하는 것이 실전에서는 훨씬 더 어렵다는 것은 불문가지. 그래서 상대보다 월등한 실력이 있다고 해도 비무도 아닌 실전에서 점혈을 사용하는 경우는 극히 드물었다.

점창의 이대 제자 정도라면 세상 어디에 내놓아도 일류란 소리를 들을 수 있을 정도의 고수들이었다. 운양 진인이 전력을 다한다면 삼대 제자들 정도는 일수에 제압할 수도 있을 것이다. 그러나 이대 제자들 이상이라면 상황이 달라진다. 운양 진인이 아무리 점창의 모든 무공에 통달했다고 해도 수십 년간 수련에 매진한 이대 제자들을 일수에 제압한다는 것은 불가능한 일이었다.

당금 강호에서 점창의 일대 제자들을 단 일 수에 점혈로 제압할 정도의 고수라면 천하제일이라 칭해지는 해동의 천검과 도제 외에는 없을 것이다. 지금 점창의 제자들을 파리 잡듯이 잡고 있는 수백 명의 인물들 모두가 그 정도의 고수라고 한다면 누가 믿을 수 있겠는가!

"도저히 믿을 수 없다. 이건 현실이 아니야……."

멍하니 뇌까리는 운양자의 눈에 계속해서 단 일 수에 제압되고 있는 제자들이 보였다. 도저히 대적이 불가능해 보였다. 점창의 몰락이 눈에 보이는 듯했다. 그러나 언제까지 넋을 놓고 있을 수는 없었다. 적들이 아무리 뛰어난 고수라 해도 가만히 앉아서 명줄을 넘겨줄 수는 없는 것이다.

운양 진인이 잠시 넋을 놓고 있는 사이에도 제자들이 연신 제압을 당하고 있었다. 운양 진인은 분노의 힘을 더해 태을단목공을 전력으로 끌어올렸다. 그리곤 즉시 오 장 정도 떨어진 곳에서 제자들을 제압하고 있는 적들을 향해 신형을 날리며 오라경연장(五羅輕烟掌)을 시전했다. 도가의 무공답지 않게 너무 잔인하고 패도적이라서 운양 진인도 익히기만 하고 한 번도 써보지 못한 오라경연장이었다. 자신의 대에서 청정도량이 적의 발길에 짓밟히는 일에 이성을 잃어버릴 정도로 분노하지 않았다면 사용할 엄두를 내지도 못했을 것이다.

슉! 슈와악! 촤악!

점창의 수많은 절기 중 가장 패도적인 오라경연장이 펼쳐지자 아수라가 장내를 휩쓰는 듯 엄청난 두 갈래 장력이 적들을 향해 쇄도해 갔다.

퍽! 피춧!

"크─아─아─악!"

오라화염장의 장세가 미치는 곳에 있던 적 다섯 명이 비명을 토하며 나가떨어졌다. 몸에 주먹만한 구멍이 뻥뻥 뚫린 채 밤하늘로 피분수를 내뿜는 모양이 즉사한 것이 분명했다. 그러자 운양 진인이 오히려 얼떨떨해져 신형을 멈추었다.

"이것은……?"

상대가 너무 강해 보여 전력을 다한 기습 공격을 했지만 설마 하니 제자들을 파리 잡듯 하던 다섯 명 모두가 자신의 일장을 피하지 못할 줄이야! 공격을 가했던 운양 진인이 오히려 어리둥절할 지경이었다. 적의 몸에서 느껴지는 반탄력도 너무 미약했다. 내공이 높은 고수였다면 훨씬 더 큰 반탄력이 느껴졌을 것이다. 적들이 천검과 도제에 버금가는 고수들이 아닌데도 제자들이 저렇게 허무하게 나가떨어진다면 답은 독조 마등의 독공뿐이었다. 그러나 점창이 파악하고 있기론 오독문에서도 독공을 제대로 연성한 자는 사천독왕뿐이었다.

"장문인! 오독문입니다! 제자들이 모두 중독당한 듯합니다!"

어느새 쫓아왔는지 운상이 나타나며 소리쳤다.

"사제, 적들 모두가 독공을 익힌 듯하네."

"아닙니다. 제가 보기엔 독공을 익힌 고수는 없습니다."

"그렇다면……?"

"적이 기습하기 전에 어떤 수단을 강구하여 독을 살포한 것 같습니다."

"독? 도대체 무슨 독이기에 제자들이 저렇게 되는 것인가!"

"오독문이 근자에 개발했다는 산공독이 분명해 보입니다."

"산공독!"

점창의 정보력이 오독문에 비할 수는 없지만 점창도 나름의 정보망은 있었다. 그 정보망을 통해 수집된 정보 중엔 내가무인들의 간담을 서늘하게 만드는 것이 하나 있었다. 바로 무인들의 내공을 일정 기간

흩어버리는 독이 오독문에서 개발되었다는 것이다. 격전 중에 내가의 무인이 내력을 쓰지 못한다면 그것은 이미 명줄을 상대의 손에 맡기고 있는 것이나 마찬가지였다.

"해독할 방법은 있는가?"

"산공독은 반나절만 지나면 자연 해독이 된다고 합니다."

"허허, 반나절이라……."

당장 한 시진도 못 버티게 생겼는데 반나절이라면 희망이 없다는 소리였다. 적들이 모두 천검과 도제에 버금가는 고수가 아니란 것, 그리고 모두 독공을 익힌 고수가 아니란 것은 다행이지만 결과는 매한가지였다. 산공독에 당한 이상 오늘 점창에 짙게 낀 암운이 걷혀질 가능성은 전혀 없었다. 오독문의 기습은 너무나 시기적절했다. 무방비 상태에서 완전히 허를 찔린 것이다.

"장문인, 대부분의 제자들이 중독당해서 적을 막지 못하고 있습니다. 몸을 피하십시오. 여기는 제가 맡겠습니다!"

아니나 다를까, 점창산의 곳곳에서 동시다발적으로 발생하던 소음이 점차 가라앉고 있었다.

'내 대에서 이런 일이 발생하다니……. 혀를 물고 죽고 싶구나.'

"장문인, 적들이 사방을 포위하고 있습니다!"

"연무장에서 사숙들과 범진 사형이 일단의 적을 막고 있으나 다른 곳은 이미… 오래 버티지 못할 것 같습니다. 급히 몸을 피하셔야 합니다."

장문인실에서 호법을 서고 있던 제자들이 속속 나타나며 보고했다. 운상도 창백한 얼굴로 재차 피할 것을 권고했다.

"장문인, 중과부적입니다. 후일을 기약하심이 좋을 듯합니다."

"나보고 도망을 치라는 말인가?! 대점창파 장문인인 나에게 도망을 종용하는 것인가? 사제, 그런 소리 말게! 난 살아도 점창산에서 살고 죽어도 점창산에서 죽고 싶네!"

달빛에 짙은 음영이 진 운양 진인의 눈에서 섬뜩한 살기가 피어올랐다.

"제자들이 연무장에서 적을 막고 있다고 했는가? 내가 죽을 곳이 바로 거길세."


"헉헉, 이건 현실이 아니야."

짧은 시간이지만 전력을 다해서 공방을 벌인 터라 진기가 곧 끊어질 듯했다. 다음 대 점창의 제일고수가 될 것이라는 기대를 한 몸에 받고 있는 범진이었지만 상대는 자신보다 더 강했다. 명도에게 추궁과혈을 하느라고 진기를 소모하지만 않았다면 이렇게 일방적으로 밀리지는 않았겠지만 뒤늦은 후회일 뿐이다.

너무 오랜만에 시전해서인지 범진의 정문일침신공은 예상치 못했던 부작용을 낳고 말았다. 명도가 그만 인사불성이 되어버린 것이었다. 옛날 생각만 하고 세게 꿀밤을 먹인 게 잘못이었다. 진기를 주입하지도 않은 채 먹인 단순한 꿀밤을 맞아서 인사불성이 되었다면 수련을 밥 먹듯이 빼먹고 농땡이를 친 명도의 허약함을 나무라야겠으나 사정을 알고 보면 명도의 허약함만을 탓할 상황이 아니었다.

몇 년 사이에 범진의 무공은 비약적으로 발전해서 장기로 삼고 있는 태을무형권(太乙無形拳)이 거의 십성의 경지에 이른 상태였던 것이다. 비록 이대 제자였지만 권력의 강함은 점창에서도 둘째가라면 서러워할 범진이니 꿀밤도 가볍게 볼 수 있는 것이 아니었다. 장난 삼아 던진 돌에 개구리가 맞아 죽을 수 있듯, 장난으로 때린 꿀밤이 명도에겐 목숨을 잃게 만들 수도 있는 흉기가 되었던 것이다.

크게 당황한 범진은 사부에게서 하사받은 이후에 목숨처럼 아끼던 소양단(小陽丹)을 명도에게 먹이고 전력을 다해 추궁과혈을 했다. 앞뒤 가릴 상황이 아니었다. 소양단이 아무리 중요하다 해도 어찌 사질의 목숨에 비하랴! 범진의 노력이 통했는지, 아니면 조사들이 도왔는지 천만다행스럽게도 두 시진이 흐른 후 명도가 의식을 되찾고 멀쩡하게 일어났다.

사숙이 자신의 앞에서 땀을 뻘뻘 흘리고 있는 모습에 당황한 표정을 짓는 명도를 뒤로하고 도망치듯이 자신의 처소로 돌아온 범진은 남몰래 수십 번이나 가슴을 쓸어 내렸다. 명도가 멀쩡히 일어났으니 존장들이 알게 돼도 큰 처벌을 받지는 않을 것이다. 그러나 멀쩡한 사질을 하마터면 골로 보낼 뻔했던지라 미안한 마음마저 사라지는 것은 아니었다.

놀란 가슴이 쉬이 진정되지 않고 미안한 감정도 자꾸 솟아나고 이래저래 잠이 들지 않았다. 전전반측 잠을 설치던 범진은 밖에서 들려오는 병장기 부딪치는 소리에 누구보다 빨리 적의 침입을 알아차릴 수 있었다. 이 야밤에 병기를 들고 대련하는 점창문도는 없다.

항시 문파에 대한 자부심을 가지고 있는 범진이었다. 침입한 적들이 많기는 했지만 자신들의 상대는 아니라고 생각했다. 그러나 현실은 범진의 문파에 대한 자부심과 무공에 대한 자신감을 짓밟아 버리기에 충분했다. 사형제들과 삼대 제자들은 적의 일수도 제대로 막아내지도 못했고 평소 우러러보고 존경하던 사숙들도 수십 명의 적들에게 둘러싸인 채 협공을 받아 순식간에 제압당해 버렸다.

그리고 범진 자신도 적의 우두머리급으로 보이는 고수를 만나 거의 일방적으로 밀리고 있는 것이다. 추궁과혈을 할 때 진기를 너무 소모했는지 태을무형권의 위력이 살아나질 않았다.

펑! 펑! 펑!

상대의 강력한 장풍이 물밀듯이 밀려오자 범진은 정말 젖 먹던 힘까지 다 짜내어 삼 권을 시전해 간신히 막았다. 그러나 직접적인 장풍의 타격은 막을 수 있었지만 힘에 눌려 뒤로 몇 발짝 주춤주춤 물러나는 약세를 드러낼 수밖에 없었다.

경휘는 잠시 손을 늦추었다. 이미 승부는 결정난 것이나 마찬가지였다. 상대를 몰아치면 바로 제압할 수 있겠으나 굳이 그럴 필요성을 못 느꼈다. 지금 장내에서 저항다운 저항을 하고 있는 것은 몇몇 일대 제자들뿐이었다. 굳이 경휘가 손쓸 필요도 없는 상황이라 상대를 데리고 놀면서 장내가 정리되길 기다릴 생각인 것이다.

"넌 누구냐? 보아하니 나이도 어린 것 같은데 제법이군."

진기가 달리는지 곧 쓰러질 듯이 버둥거리면서도 자신의 공격을 한 번도 허용하지 않는 것을 보면 착실한 공부를 쌓았음을 짐작할 수 있었다. 적이라고 하지만 은근히 호감이 가기도 했다.

"혁혁, 자신이 누군지 먼저 밝히는 것이… 혁혁, 도리가 아닌가? 그리고 나도 나일 먹을 만큼은 먹었다."

"하하하, 제법 호기도 있고. 그래, 자신의 소개를 먼저 하는 것이 도리겠지. 난 경휘라고 한다."

범진의 눈이 놀라움으로 크게 떠졌다. 경휘라면 범진도 잘 알고 있는 사람이었다. 오독문의 비당 당주를 맡고 있는 사람으로 오독문의 실질적인 이인자가 바로 경휘인 것이다.

“헉헉, 오, 오독문이 도대체 왜?”

점창과 오독문의 사이는 나쁘지 않았다. 아니, 이전까지는 사이가 좋았다고 할 수 있었다. 오독문의 사천 진출 이후에 명나라 무파들의 압력을 받은 점창파가 오독문과 거리를 두고 대하기 전까지 두 문파는 악어와 악어새처럼 서로 상부상조하는 관계였다.

운남의 자존심이라고 불리는 두 문파였다. 한 지역에 두 개의 강력한 세력이 있으면 대립을 하게 마련이나 오독문과 점창은 공존을 택했다. 밥그릇을 두고 다투려고 해도 다툴 그릇이 있어야 싸움이 나는 법.

운남은 예로부터 외세의 침략이 잦은 편이었다. 외세가 아예 밥그릇을 깨뜨려 버리려고 하는데 어찌 공존의 길을 모색하지 않을 수 있겠는가. 호시탐탐 외세가 운남에 눈독 들이고 있으니 가는 길은 달랐지만 동행을 할 수밖에 없었던 것이다. 요즘은 사이가 예전만 못하다 하더라도 설마 하니 야밤에 기습을 할 줄이야 범진이 어찌 상상이나 했겠는가.

경휘가 싸늘한 미소를 지으며 대답했다.

“점창이 한족의 앞잡이 노릇을 하니 이렇게 찾아올 수밖에.”

“그게 무슨 말이오! 우리가 언제! 중상모략을 하지 마시오!”

“흠, 그래? 그러면 본 문의 제자들이 사천으로 나가려고 할 때 막은 이유가 무엇인가?”

솔직히 범진도 존장들의 그 결정에 심히 의문을 느끼고 있었다. 경휘의 말에 어떻게 답변을 할 수가 없었다. 먼 장래를 내다보고 내린 결정이겠지만 작금의 오독문은 만만한 상대가 아니었던 것이다.

“그, 그것은… 그렇지만 본 파는 오독문과는 오랜 세월 친구로 지내왔는데 어떻게 이럴 수가 있소!”

"허? 새로운 친구가 생기면 그 친구와 손을 잡고 그전부터 사귀던 친구완 등을 돌리는 것이 점창의 우정인가? 점창파가 오랜 친구를 대하는 방식은 원래 그런 것인가?"

"점창은… 점창은……."

뭐라고 항의하고 싶어서 입을 벙긋거려 보지만 입 밖으로 말이 나오지 않았다. 정곡을 찌르는 경휘의 말은 비수보다 날카로웠다. 무공은 뛰어날지 몰라도 언변은 그 무공의 10분지 1에도 못 미치는 범진이었다. 산전수전 다 겪은 경휘를 말로 상대할 방법이 없었다. 비릿한 조소를 짓고 있는 경휘의 등 뒤로 이제까지 간신히 버티고 있던 사숙들이 속절없이 쓰러지는 모습이 보였다.

# 제21장

# 이전투구(泥田鬪狗)

# 이전투구(泥田鬪狗)

장무위는 동창의 일급고수 100명과 함께 운남성으로 향하며 동창의 힘에 놀라지 않을 수 없었다. 사전에 얼마나 철두철미하게 준비를 해놓았는지 각 지방을 지날 때마다 갈아탈 말이 미리 준비되어 있었고 강을 건널 때에도 미리 준비되어 있는 배를 타고 건넜다.

북경에서 운남의 낙안까지는 명나라를 북에서 남으로 종단하는 먼 거리였다. 그 먼 거리를 마치 톱니바퀴 돌아가듯이 짜 맞추어 지체하지 않게 만들 수 있는 힘은 쉽게 볼 수 있는 힘이 아니었다. 실로 동창이 아니라면 그 어떤 단체도 할 수 없는 일일 것이다.

이렇듯 사전 준비도 철저하고 더욱이 동행하는 동창의 일급고수 100명 모두가 뛰어난 기마술을 지닌 탓에 일행의 이동 속도는 일반인들이 상상도 못할 정도로 빨랐다. 북경을 떠난 지 단 10여 일 만에 운남성의 경계에까지 이를 수 있었던 것이다.

그러나 동창의 힘이 아무리 강해도 운남성이 가까워지자 말 고삐를 당겨 속도를 늦출 수밖에 없었다. 운남을 벗어 나오는 피난민의 행렬이 관도를 가득 메우고 밀려오고 있었던 것이다. 선덕제의 대군이 이미 속속 운남으로 모여들고 있으니 쉬쉬한다고 해서 백성들이 곧 전쟁이 발발한다는 사실을 모를 수는 없었다. 남쪽으로 내려가는 장무위와는 반대로 북쪽으로 올라오는 피난민들의 행렬은 꼬리에 꼬리를 물고 늘어서 넓은 관도를 가득 메운 채 끝이 보이지 않았다.

터벅터벅.

초췌한 얼굴로 힘없이 발걸음을 옮기는 모습. 오로지 살아남기 위해 삶의 터전을 버리고 도망치는 사람들의 모습은 장무위의 기억 속에 남아 있는 부모님의 모습과 다르지 않았다.

'당금 황제의 골육상잔에 정작 피해를 입는 것은 힘없는 명나라 백성들이구나.'

미래에 대한 근심과 걱정으로 얼굴 가득 검은 그림자가 드리워져 있고 제대로 먹지도 못하고 씻지도 못한 행색은 피로에 찌들어 있었다. 장무위는 어릴 적 기억이 되살아나 말을 멈추고 피난민의 행렬을 멍하니 지켜보았다.

"저 사람들에게 무슨 잘못이 있는가?"

지친 행렬의 중간중간엔 집을 떠난 설렘 때문인지 부모의 속도 모르고 철없이 뛰어다니는 몇몇 아이들이 보였다. 저 아이들은 부모들의 근심과 걱정을 모르고 있을 것이다. 마치 부모님이 돌아가시기 전의 장무위가 그랬던 것처럼. 넋을 놓고 피난민의 행렬을 바라보는 장무위의 눈시울이 뜨뜻해졌다.

"힘없는 백성들의 삶이 다 저러한 것 같습니다. 평생을 뼈 빠지게

일해도 배불리 한 번 먹어보기도 어렵고, 항상 힘있는 자들의 눈치를
보며 살아야 합니다. 그러다 난리라도 나면 저렇게 짐 보따리 몇 개만
챙겨 들고 삶의 터전을 버리고 떠나야 하지요."

진자홍의 목소리가 들렸다. 진자홍도 생각나는 것이 있는 듯 걸음을
멈추고 피난민의 행렬을 멍하니 바라보고 있었다.

"힘없는 백성들의 삶이라… 나의 부모님께서도 저런 삶을 사셨지.
왜, 항상 힘없는 백성들이 희생되어야 하는 거지?"

"위정자(爲政者:정치를 하는 사람)들이… 백성들의 삶을 돌보지 않고
자신들의 욕심만 추구하니 이렇게 되는 것이겠지요."

"진 당두, 동창에 있으면서 본 위정자들에 대해 이야기를 해주게."

그동안 동행을 하면서 장무위는 네 살이나 어린 진자홍과 많이 친해
졌다. 진심으로 자신을 대하는 것이 눈에 보였고 성품도 괜찮아 보였
다. 그래서 10여 일이 지난 이제는 자연스럽게 말을 놓고 있었다.

진자홍은 조심스레 주위를 살펴보더니 작은 목소리로 속삭였다.

"위정자들은 '민심(民心)이 곧 천심(天心)' 이란 말을 가슴에 새겨놓
고 있다는 말을 하곤 합니다. 하지만 제가 이제까지 겪은 바에 의하
면… 휴, 그런 말은 백성을 기만하기 위해 하는 말이란 생각이 들더군
요. 진정으로 백성들을 두려워하는 위정자들은 없었습니다."

"음."

"입으로는 '백성들을 위해서' 라고 떠벌리지만 실제로는 백성들을
하찮은 벌레 취급하죠. 또 겉으로는 진실한 척하지만 그 속을 한 꺼풀
만 벗겨보면 욕심으로 가득 차 있는 사람들이 위정자들입니다."

"욕심이 없다면 남보다 높은 자리에 오를 수도 없을 게야. 지나치지
만 않다면 그것을 가지고 뭐라고 할 수는 없지 않은가."

남보다 더 나은 삶을 살고자 하는 욕심이 경쟁을 유발시키고 그런 경쟁을 통해서 인간 사회가 발전한다. 예를 들어, 무인들이 천하제일 이란 내 글자를 위해 평생을 바치는 것도 다 그런 까닭일 것이다. 진자 홍은 장무위가 말하고자 하는 바를 바로 알 수 있었다.

"장 대협의 말씀이 맞습니다. 남다른 욕심이 없는 사람이라면 남의 위에 설 수도 없었겠지요. 그리고 남의 위에 서기 위해 많은 노력도 했 겠지요. 일단 높은 자리에 오른다 해도 그 자리를 지키기 위해 또 많은 노력이 필요하기도 합니다. 실제로 음모와 배신이 판치는 황실에서 자 리를 보전하는 것도 쉽지 않은 일입니다. 자신의 노력에 대한 대가로 호의호식하고자 하는 욕심 정도라면 저도 뭐라 말하고 싶은 생각이 없 습니다. 하지만 욕심도 욕심 나름이지요. 문제는 위정자들이 자꾸 추 악한 사욕을 채우려 한다는 것에 있겠지요. 높은 자리에 올라서면 이 미 호의호식하는 것은 따로 노력하지 않아도 쉽게 주어집니다. 그런데 거기에 만족하는 사람은 드물더군요. 자꾸 더 많은 것을 바라고 남의 것을 빼앗기 위해 별의별 수단을 다 씁니다. 위정자들이 막강한 권력 의 힘으로 자신들의 추악한 사욕을 채우면 한두 사람만이 피해를 보는 것이 아닙니다. 그 가진 권력의 힘에 비례하여 피해를 보는 사람들의 범위가 커지죠. 거대한 권력을 가지고 있는 위정자가 욕심을 부리면 그 피해도 만백성들에게 미칩니다."

"추악한 사욕?"

"그들의 하수인 역할을 하면서 제가 본 것은 입에 담기도 더러운 것 들이었습니다."

연신 주위를 살피며 속삭이듯이 말하는 진자홍이었다. 보고 느낀 것 을 그대로 말하는 것도 상황에 따라서 달라진다. 지금 장무위에게 말하는 내용이 남의 귀에 들어가기라도 한다면 진자홍은 목숨을 보전하기 어려울 것이다. 그런 말을 한다는 것은 그만큼 장무위를 믿는다는 뜻이기도 했다.

"사욕없이 백성들을 위해 성심껏 일하는 사람은 진정 한 사람도 없었나?"

"어찌 그런 사람들이 없겠습니까? 제가 직접 본 사람도 적지 않습니다."

"진 당두의 말에 모순이 있는 듯하네. 그런 사람들이 많이 있다면 위정자들을 한꺼번에 싸잡아서 욕할 수는 없잖은가?"

"장 대협, 썩은 물이 넘치고 넘쳐 강이 되어 흐르는 곳에 맑은 물 한 사발을 부어봤자 썩은 강이 정화되어 맑은 강이 되지는 않습니다. 오히려 맑은 물이 오염되어 썩은 물이 되어버리고 말죠. 맑은 물의 속성을 유지하려고 하면 썩은 물과 섞이질 못하고 배척을 받게 됩니다. 그런 까닭에 맑은 물은 점점 사라지고 말죠."

남상의 신임을 받아가며 뒤치다꺼리를 하는 와중에 진자홍이 보고 들은 것은 악독한 권모술수였고 느는 것은 말재주뿐이었다. 진자홍의 비유는 쉽고 간단해서 이해하기가 어렵지 않았다.

"과연 그렇겠어. 그런데 배척을 받는다는 말이 의미하는 바가 간단치 않게 들리네."

"예, 주변의 모든 사람들에게 배척을 받으면 견뎌낼 수 있는 사람은 극히 드뭅니다. 그런 상황이 되면 대부분 스스로 물러나곤 하더군요. 간혹 의지가 강한 사람들도 있긴 하지만 그런 사람들은… 쥐도 새도 모르게… 휴우."

진자홍은 말을 잇지 못하고 한숨을 토했다. 그 한숨엔 회한이 섞여

있었다. 바로 자신이 남상의 명을 받아 그들의 목숨을 거두었던 것이
다. 자신의 기반을 잡기 위해 앞뒤 돌아보지 않을 때는 몰랐지만 자신
이 하고 있는 일은 사람으로서 할 짓이 아니었다. 이제는 심한 회의가
들어서 사직을 하고 싶었지만 발을 빼기도 어려웠다. 진자홍은 남상의
비밀을 너무 많이 알고 있었다. 그런 탓에 남상이 진자홍을 고이 놓아
줄 턱이 없었다.

　"나는 조선의 백두산에서 어릴 때부터 수련만 해왔는지라 세상에 대
한 지식이 모자란다네. 그런데 세상의 삶이란 알게 되면 알게 될수록
회의가 드네. 모자란 지식을 채우기 위해 적지 않은 서책을 읽었지만,
현실은 책에서 배운 것과는 너무도 큰 차이가 나. 진 당두의 말을 들으
니 마치 다른 세상 이야기를 듣는 듯해."

　장무위는 시선을 돌려 여전히 질서정연하게 이동하고 있는 동창의
고수들을 바라보았다. 빽빽하게 꼬리를 물고 이어진 피난민의 행렬을
가르며 나아가는 동창의 고수들에게선 삼엄한 예기가 흘러나오고 있었
다. 피난민들은 파도가 갈라지듯이 죽 나뉘어 서며 길을 비켜주고 있
었다. 지은 죄도 없는데 전전긍긍하는 기색이 역력했다. 비록 남의 나
라 백성들이라지만 안쓰럽기는 매한가지였다.

　"한쪽은 살기 위해 운남을 떠나고, 또 다른 한쪽은 죽이기 위해 칼을
들고 운남으로 가는군. 도망치는 쪽에 내가 있지 않을 것을 다행이라
고 해야 하나……."

　"장 대협, 칼도 잘 쓰면 백성들에게 도움이 될 수 있다고 생각합니
다. 아무쪼록 좋은 쪽으로 생각해 주십시오."

　진자홍은 말을 하고는 바로 고개를 푹 숙였다. 막상 말해 놓고 보니
제 앞가림도 못해서 도적의 칼이 되었던 자신이 할 말이 아니었던 것

이다. 진자홍은 부끄러워서 현기를 띤 장무위의 눈을 마주 볼 수가 없었다.

"기왕에 일어난 전쟁이라면 최대한 빨리 마무리 짓는 것이 백성들에게 이롭겠지. 우리도 출발하세."

"예."


걸음을 재촉한 일행은 이튿날 운남의 낙안성 인근에 도착할 수 있었다. 이미 선덕제의 대군이 낙안성을 빽빽이 에워싸 물샐틈없는 포위망을 구축한 이후였다. 진자홍은, 그러나 선덕제의 대군에 합류하지 않고 낙안성에서 말로 반 시진 거리에 있는 객잔으로 장무위를 안내했다. 의아하게 생각한 장무위가 진자홍에게 물었다.

"진 당두, 왜 이곳으로 온 건가?"

진자홍은 주저주저하다 입을 열었다.

"공공께서 '장 대협을 일반 사병들과 같이 막사에서 묵게 할 수는 없다' 하시면서 이리로 뫼시라 하셨습니다."

장무위는 시선을 돌려 객잔을 살펴보았다. 운남의 요충지 낙안성으로 가는 길목에 있는 객잔이라 시설은 제법 괜찮았다. 장무위 일행을 제외하곤 손님이 한 사람도 없었고 다만 한쪽 구석에서 불안한 얼굴로 장무위와 진자홍을 몰래 훔쳐보는 객잔 주인이 있을 뿐이었다.

전쟁이 일어난다는 소문에 다들 피난을 갔는데도 아직 남아 있는 것을 보면 보통 배짱을 지닌 사람은 아닌 것 같았다. 그렇지만 막상 관리들이, 그것도 악명이 이곳 운남까지 자자한 동창의 관리들이 눈앞에 나타나자 겁을 먹은 티가 역력했다.

"주인장, 아무 일 없을 것이니 두려워하지 마시구려."

“두, 두, 두려워하는 것이 아, 아닙니다.”

두려워하는 모양이 안쓰러워서 안심을 시켜주려 했는데 괜히 말을 걸었나 보다. 객잔 주인은 아예 사시나무 떨듯이 부들부들 떨었다. 또 말을 걸었다간 아예 심장 마비로 넘어갈 것 같아서 장무위는 미소를 지어 보이며 주인을 안심시키곤 진자홍에게 고개를 돌렸다.

“제독태감이 날 믿지 못하나 보군.”

진자홍이 비록 말을 돌려서 했지만 장무위는 이미 어떤 상황인지 눈치를 채고 있었던 것이다. 아니나 다를까, 장무위의 말이 떨어지자마자 진자홍은 크게 당혹해하며 어쩔 줄을 몰라 했다.

“죄, 죄송합니다.”

장무위를 이용할 생각을 한 것은 남상이지만 장무위를 직접 모시고 온 것은 남상이 아니라 남상의 명을 받은 진자홍이었다. 진자홍은 제 잘못도 아니면서 장무위에게 사과를 했다.

“아닐세. 진 당두가 사과할 까닭이 없어. 내 자세한 사정은 모르겠으나 대충 짐작 가는 바는 있네.”

“죄송합니다, 장 대협. 양해해 주십시오.”

뭐라 나무라는 말을 했다면 차라리 덜 미안했을지 모른다. 장무위가 진자홍의 사정을 이해한다는 듯 말하자 진자홍은 더 미안해져 연신 고개를 숙였다.

“그만 하시게. 진 당두를 나무라고 싶은 생각은 전혀 없으니까.”

장무위라고 기분이 나쁘지 않을 턱이 없었다. 자신이 오고 싶어서 온 것도 아니고, 이렇게 경계를 할 바에야 처음부터 이용할 생각을 하지 말았어야 했다. 그러나 화를 내야 할 상대는 진자홍이 아닌 남상이었다. 명을 따른 진자홍에게 무슨 말을 할 수 있겠는가.

"그럴 의도는 전혀 없었습니다만 제가 장 대협을 기만한 꼴이 되었습니다."

"내가 세상에 대한 경험은 모자라지만 눈치없는 사람은 아닐세. 진 당두가 날 많이 위해주고 있단 것을 나도 잘 알고 있어. 그 이야긴 이제 그만 하고 술이나 드세."

"예."

객잔 주인은 아직도 긴장을 풀지 못했는지 어색한 움직임으로 술과 차를 날라다 주었다. 점소이들도 다 피난을 가버렸는지 혼자서 일을 하고 있었다. 객잔이 있는 곳은 전쟁이 벌어지면 피해를 입기 딱 좋은 장소였다. 그런데도 꿋꿋이 남아 돈벌이를 하는 것을 보니 감탄마저 나왔다.


낙안성을 몇 겹으로 포위하고 있는 대군은 밤이 되어도 경계를 늦추지 않고 있었다. 거기에다 수없이 많은 횃불이 밤을 밝히고 있어서 한왕의 군사들이 기습을 하려 해도 방법이 없을 지경이었다. 동창 제독 태감 남상의 막사 주위에도 남상의 막강한 권력을 상징하듯 횃불을 든 수십 명의 병사들이 삼엄함 경비를 서고 있어서 마치 대낮처럼 밝았다.

"무슨 말을 하던가?"

"특별히 다른 말씀은 없었습니다만, 공공께서 경계를 하고 있다는 것을 눈치 채셨습니다."

"어쩔 수 없지. 놈이 칼끝을 돌린다면 큰일이거든."

사실 남상으로서도 이런 판단을 내릴 수밖에 없었다. 장무위를 이용해 먹기 위해서 먼 운남까지 불렀지만 장무위는 자신의 지휘를 받는 인물도 아니고 또 믿을 수 있는 인물도 아니었다. 사실이든 아니든 명

나라 대군을 맞상대했다는 소문도 있고. 만약에 천하제일고수라 불리
는 장무위가 황제에게 칼을 빼어 들기라도 한다면 방비하기가 여의치
않은 것이다.

더욱이 장무위가 무적의 도법을 익혀 도제로 불리고 있지만 신법의
뛰어남은 도법에 못지않다고 하지 않는가. 장무위가 독한 마음을 먹고
암살이라도 할라 치면 솔직히 막을 자신이 없었다. 동행하고 있는 동
창의 고수들은 장무위가 한왕을 제압할 때 일조를 하라고 붙여준 것이
었지만 유사시 장무위를 일차적으로 묶어두기 위한 방비책이기도 했
다.

"그건 그렇고, 놈을 내 밑으로 끌어들일 방법은 찾았는가?"

남상의 기대 어린 목소리에 진자홍은 속이 뒤집어졌다. 진자홍이 보
기에 남상은 장무위에게 완전히 겁을 집어먹고 있었다. 지금도 장무위
의 무형지기에 놀라 직접 만날 생각도 못하고 진자홍을 통해 이야기를
주고받고 있는 상황이었다. 또 장무위를 믿지도 않고 있었다. 그런 상
태에서도 이용할 욕심을 버리지 못하는 것을 보니 속이 뒤집히지 않을
수 없는 것이다. 거기다 장무위에 대한 호칭도 마음에 들지 않았다. 남
상 같은 인간과 존경하는 장무위에 대해서 이야기하는 것이 싫었지만
진자홍도 목적하는 바가 있었다.

"공공, 장 대협은 포기하시는 것이 좋을 듯합니다. 장 대협은 남의
밑에 있을 성격도 아닐 뿐더러 회유할 방법도 없습니다."

"그게 무슨 소리야?"

"제가 그동안 같이 지내면서 살펴본 바에 의하면 장 대협은 돈을 좋
아하는 것도 아니고 여색을 밝히지도 않습니다. 명성에도 무심하고 권
력은 하찮게 여기니 무엇을 가지고 회유를 하겠습니까?"

남상은 어이가 없었다. 세상에 돈을 좋아하지 않고 권력을 하찮게 여기는 인물이 있다는 것이 도저히 이해가 가지 않는 것이다. 거기다 무인이면서 명성에도 무심하다 하니 진자홍의 이야길 들어보면 무슨 성인군자 이야길 하는 것 같았다. 세상에 성인군자는 없다고 확신하고 있는 남상이었다.

"지금 농담하는 것인가? 그놈이 무슨 성인군자라고 사람이라면 가질 수밖에 없는 욕심에 초연해!"

"욕심이 없다고 할 수는 없습니다. 한 보름간 동행하면서 매일 명상을 하고 연공하는 장 대협을 볼 수 있었습니다. 무의 도를 성취하고자 하는 강력한 욕구를 지니고 있음이 분명합니다. 그러나 무공에 대한 욕심 이외의 다른 욕심은 찾아볼 수가 없었습니다."

진자홍은 나머지 말은 마음속으로만 중얼거렸다.

'그런 사람이니 같은 무인으로서 어찌 존경하지 않겠습니까?'

남상도 진자홍의 안목은 인정하고 있는 형편이었다. 남상의 수많은 부하들 중에서 진자홍이 가장 인정을 받고 있는 것엔 다 이유가 있었다. 인정하긴 싫었지만 진자홍의 말을 믿지 않을 수 없었다.

"별 이상한 놈도 다 있군. 무공에 대한 욕심뿐이라? 그렇다면 황실 무고에 있는 무공비급으로 회유할 수 있겠는가?"

원나라는 전 세계를 지배하던 초강대국이었다. 세상의 어떤 나라도 원나라의 강병들을 막을 수는 없었다. 한마디로 무적의 강병을 지닌 원나라였다. 그러나 이런 원나라 강병들도 집단전이 아닌 일 대 일 대결에선 강호인의 밥에 지나지 않았다. 무인들의 숫자가 많지 않아서 큰 위협이 되진 않았지만 무적강병이라고 해도 죽어라고 무공만 익힌 강호인을 일 대 일로 상대로 해선 승산이 있을 턱이 없었다.

　강호무림인의 무력을 경계한 원 황실은 각대문파의 진산절예들을
모조리 필사해 황실무고에 보관해 놓고 있었다. 당시 전 세계를 지배
하고 있던 원나라에 어떤 강호의 문파가 저항을 할 수 있었겠는가. 최
고의 절기 몇 가지를 제외한 대부분의 절기들이 원나라 황실무고로 넘
어갔다. 그 원나라의 황실무고는 고스란히 명나라로 이어졌다. 남상이
남들 모르게 극고한 무공을 익힐 수 있었던 것도 황실무고가 있었기
때문이다.

　"공공, 장 대협은 이미 심도를 완성해 천하제일이라 불리고 있습니
다. 황실무고의 어떤 무공비급이 그의 마음을 사로잡을 수 있겠습니
까?"

　남상도 뭐라 할 말이 없었다. 무공도 세월이 흐르면 발전한다. 무성
의 무공처럼 아예 차원이 다른 무공이라면 몰라도 한때 천하제일이라
불렸던 무공이 언제까지나 천하제일일 수는 없었다. 심도를 완성한 고
수라면 황실무고에 있는 모든 무공의 수준은 뛰어넘었을 것이다.

　"음, 회유가 안 된다면 다른 방법을 쓰면 어떨까?"

　진자홍의 안색이 퍼뜩 경직되었다. 남상이 말하는 다른 방법이 무엇
인지 진자홍보다 잘 아는 사람도 없을 것이다.

　"너무 위험합니다. 그를 협박해서 이용한다는 것은 섶을 지고 불 속
으로 뛰어드는 것이나 마찬가지입니다. 공공께선 당금 천하에서 가장
강한 힘을 가진 분이십니다. 이미 무소불위의 권력을 가지고 계신데
굳이 긁어 부스럼을 만드실 필요는 없다고 사료되옵니다. 잘못해서 공
공께 악감정이라도 가지게 된다면 귀찮게 될 소지가 다분합니다."

　진자홍의 말을 듣는 남상의 얼굴엔 아깝다는 기색이 역력했다. 장무
위의 다른 가능성은 모두 접어둔 채 단지 살수로 쓰기만 해도 얼마나

유용할 것인가? 그러나 남상이 생각하기에도 장무위는 협박이 통할 상대는 아닌 것 같았다. 회유만이 유일한 방법인데 회유할 방법이 없는 것이다.

"친인척을 이용하는 것은 어떨까?"

"장 대협은 천애고아입니다. 패도 조일봉과 의형제를 맺고 있다지만, 공공께서도 아시다시피 친혈육도 아니고 의형제이니 수틀리면 언제든지 모른 척할 수 있을 겁니다."

"그건 그렇지. 아깝군, 아까워."

탄식을 토하듯이 말하는 남상을 보면서 진자홍은 그제야 안도의 한숨을 몰래 내쉴 수 있었다. 세상에는 친형제보다 더 사이가 좋은 의형제가 있을 수도 있지만 남상의 관점은 그게 아니었다. 혈육이 아니라면 모두 이해관계에 따라 맺어진다는 믿음을 가지고 있는 남상이었다. 진자홍의 말대로 의제를 들먹이는 것은 한 번이면 족했다.

"어쩔 수 없지. 참, 곧 그놈이 필요할 때가 올 거야. 잘 잡아둬."

"옛"


날카롭게 날을 세운 창검에서 반사된 빛이 천지사방에 가득하였고 높이 솟아 있는 낙안성 위론 전운이 짙게 감돌고 있었다. 성벽 위에서 활을 들고 아래를 내려다보는 한왕의 병사들이나 성벽을 바라보고 있는 수십만 선덕제의 병사들에게서 뿜어지는 팽팽한 긴장감은 일촉즉발의 위험을 내포하고 있었다.

태풍 전야의 고요함이 이런 것일까? 낙안성은 미구에 닥칠 혈겁을 예상이라도 하고 있는 듯 암울한 기운으로 온몸을 감싸고 있었다. 때때로 불어오는 바람도 습기를 가득 머금고 있어 시원하기보단 불쾌한 느낌을 가중시켰다.

　진자홍을 따라온 장무위는 기치창검하고 도열해 있는 선덕제의 병사들을 보자 순간적으로 치솟는 살기를 억누르기가 어려웠었다. 그럴 장소도 상황도 아니란 것을 뻔히 알고는 있었지만 아직도 폐허가 된 카라코롬의 전경이 눈에 선한 장무위였다. 머리로는 현 상황을 이해하려 해도 가슴에서 솟구치는 살기를 억누르기가 힘이 든 것이다.

　현천도의 도병을 움켜잡은 손등에 굵은 힘줄이 불끈 솟아올랐다. 장무위는 이미 심도를 완성한 절대고수다. 그런 장무위가 살기를 크게 일으키자 송곳 같은 무형지기가 일어나 사방팔방으로 퍼져 나가기 시작했다.

　“장 대협, 고, 고정하십시오. 부하들이 동요하고 있습니다.”

　진자홍의 다급한 목소리가 들려왔다. 진자홍과 함께 있는 100명의 고수들은 한왕을 제압하기 위해, 또 유사시 장무위를 일차적으로 견제하기 위해 차출된 동창의 최정예 고수들이었다. 명문대파의 이대 제자들에 비해서도 크게 뒤떨어지지 않을 정도의 고수인 것이다. 그러나 지금 그 100명의 고수들은 얼굴이 새파랗게 질려 주춤주춤 뒷걸음질을 치고 있었다. 박효양의 무형지기엔 비할 바가 아니지만 장무위의 무형지기도 무공의 성취와 함께 일일신 우일신해서 어지간한 사람이라면 견뎌내기가 벅찰 정도였다.

　장무위는 진자홍의 전음을 듣고서야 무상대능력을 운용해 살기를 억눌렀다. 그제야 폭풍처럼 장내를 휩쓸던 무형지기가 사라졌다. 마음의 상처는 쉽게 아물지 않는 법인가 보다. 장무위는 허탈한 미소를 지으며 진자홍을 돌아보았다.

　“미안하네.”

“아, 아닙니다.”

동창의 제기들보단 확실히 높은 수준의 무공을 익히고 있는 진자홍
도 무형지기에 놀라 몸을 미미하게 떨고 있었다.

“얼마 전의 일이 떠올라 내가 잠시 흥분했었네.”

“괜찮습니다. 신경 쓰지 마십시오.”

장무위가 간신히 살기를 억눌렀을 때 팽팽한 긴장감이 감돌던 전장
에 변화가 일기 시작했다.

둥! 두웅! 둥!

척! 척! 척!

곧 전투가 시작되려는지 전고(戰鼓)가 울리고 병사들이 갖가지 공성
병기를 앞세운 채 열을 맞추며 공격 진형을 갖추기 시작했다.

낙안성에서도 잔뜩 긴장한 병사들이 부리나케 움직이고 있는 것이
보였다.

한왕은 설마 하니 선덕제가 이렇게 빨리 움직일 줄은 미처 예상하지
못했던 것 같았다. 그래서 한왕은 미처 손쓸 틈도 없이 낙안성에 갇힌
꼴이 되어 꼼짝도 못하는 상태였다. 선덕제의 살벌한 기세에 믿었던
지방 군벌들도 모조리 등을 돌려 버렸고, 제일 중요한 명분을 잃어버린
상태였다. 그로 인해 한왕은 완전히 사면초가의 입장에 처해 있었다.

장무위는 대군의 후미에서 거대한 연위에 앉아 있는 젊은 황제를 안
력을 집중해 살펴보았다. 눈에는 총기가 어려 있고 영준한 외모를 지
니고 있어서 영걸의 풍모를 지니고 있는 듯했다. 그러나 겉모습이야
어떻든 간에 황제가 되자마자 처음으로 하는 일이 숙부를 제거하는 일
이니 저간의 사정을 감안해도 독한 인물임에는 틀림없었다.

“진 당두, 언제까지 이곳에서 기다려야 하나?”

"잠시만 기다리시면 성문이 열릴 것입니다. 성문이 열리면 장 대협께선 반불만 제압해 주십시오. 그사이에 저희들이 한왕을 잡겠습니다."

동창의 제독태감으로 소위 말하는 무소불위(無所不爲)의 막강한 권력을 휘두르는 남상이 싫다는 장무위를 억지로 운남까지 데려온 이유가 바로 소림의 파문제자(破門弟子) 반승(半僧) 요공(了空) 때문이었다.

'무당에 검선이 있다면 소림엔 반불이 있다'는 말이 강호를 떠들썩하게 할 때가 있었다. 사부인 불허 선사를 두고도 소림제일인이란 명예를 차지했던 청출어람의 무골. 소림 역사상 가장 젊은 40세의 나이에 금강일지선(金剛一指禪)을 탄지신통(彈指神通)의 경지까지 익혀 전설이 되어버린 절대무인. 한때는 태양처럼 찬란했으나 이제는 어둠 속에 잊혀져 버린 이름이 바로 요공이었다. 바로 그 요공이 한왕을 보호하고 있는 것이다.

"알겠네. 그런데 동창의 힘이라면 요공을 두려워할 이유가 없을 터인데?"

한 주먹이 열 주먹을 당할 수는 없는 법이다. 요공의 무공이 아무리 뛰어나도 동창의 고수들이 떼로 몰려가면 어찌 다 막을 수가 있겠는가. 장무위 자신이라 할지라도 동창의 고수들이 떼로 몰려온다면 막을 수 없을 것이다. 물론 많은 동창의 고수들이 자신의 손에 쓰러지겠지만.

"죄, 죄송합니다. 동창의 피해를 줄이려고 공공께서……."

장무위의 얼굴에 또다시 씁쓸한 미소가 떠올랐다. 자신이 남에게, 그것도 환관에게 이용이나 당하려고 무공을 익혔나 하는 자조적인 생각이 든 것이다.

"무슨 말인지 알겠네. 참, 자네들이 한왕을 잡으면 난 바로 떠날 것이네."

장무위가 그냥 떠나 버리면 남상이 펄쩍 뛸 것이다. 진자홍에게 불똥이 튈지도 모른다. 그러나 진자홍은 장무위를 더 잡아놓을 어떤 이유도 찾지 못했다.

"여… 에."


두웅! 둥! 둥! 둥!

북소리가 점점 고조되었다. 며칠 동안 설전만 오가던 낙안성에 이제 피바람이 불려고 하는 것이다.

원래 몽골과의 전쟁에서 명나라도 큰 피해를 입은 상태였다. 전쟁 수행에 사용된 비용도 비용이려니와 많은 전사자를 냈던 까닭에 선덕제의 입장에서도 내전은 최대한 피해야 하는 상황이었다. 그래서 낙안성을 포위하고 한왕에게 항복을 권유했지만 한왕이 이를 받아들이지 않았다.

유난히 영락제의 총애를 받았던 선덕제 주첨기의 성격을 한왕도 어느 정도 알고 있었던 것이다. 이처럼 과감하게 쳐들어올지는 미처 예상하지 못했지만 지금 항복한다 해도 한왕에게 돌아올 것은 치욕스런 죽음밖에 없을 것이다. 결국 퇴로가 꽉 막힌 상태나 마찬가지니 한왕도 이판사판으로 나오지 않을 수 없었다.

"성문을 열려면 많은 희생이 있어야겠어."

전쟁터에서 잔뼈가 굵은 한왕이었다. 인격이야 어떠하든 간에 만만한 상대는 아닐 것이다. 비록 병법에 대해선 무지한 장무위였지만 선덕제가 월등한 병력으로도 쉽게 공격하지 못하는 것을 보면 한왕의 방비 태세가 굳건함을 짐작할 수 있었다.

“내통자가 성문을 열어주기로 했습니다.”

이제까지 진자홍이 전황에 대해서 시시콜콜 알려주긴 했지만 내통자의 이야기는 처음 듣는 장무위였다.

“허? 그사이에 간자를 심어놓다니 동창의 힘은 과연 무섭군.”

“장 대협, 저희 동창에서 심어놓은 간자가 아닙니다. 처음부터 한왕의 진영에 있던 사람입니다.”

진자홍의 말이 의미하는 바는 한 가지였다.

“그렇다면 한왕의 부하 중에 배신자가 있다는 말인가?”

“예, 부하라고 하긴 좀 그렇고… 한왕과 아주 가까운 사람이라고 알고 있습니다.”

“아주 가까운 사람?”

“저, 그게…….”

장무위의 질문에 진자홍은 말을 하지 못하고 한참을 머뭇거렸다. 동창에서도 제독태감 남상을 제외하면 두 사람의 당두만 알고 있는 극비 사항이었다. 나중에야 천하의 모든 사람들이 알게 되겠지만 지금은 절대로 유출되면 안 되는 정보인 것이다. 그러나 진자홍이 머뭇거리는 이유는 장무위에게 비밀을 유출하면 안 된다는 그런 이유 때문이 아니었다. 조선인인 장무위에게 이미 명나라의 험한 꼴을 많이 보여줬었는데 내통자에 대해서 알게 되면 명나라 사람들을 어떻게 생각할까 하는 두려움 때문에 멈칫거리는 것이었다. 흡사 자신의 치부를 말하는 것 같은 느낌이 들어 차마 입이 떨어지지 않았다.

“말하기 곤란하면 말하지 말게.”

장무위는 진자홍이 머뭇거리자 부담을 주기 싫어서 궁금증을 억눌렀다. 말하기 곤란한 것이라면 묻지 않는 것이 예의였다. 진자홍이 미안해할까 봐 더 이상 추궁하지 않고 미소 지으며 고개를 돌렸던 장무위는, 그러나 이어지는 진자홍의 전음을 듣고 얼굴이 석고상처럼 굳어져 버렸다.

"성문을 열어줄 사람은… 한왕의 맏아들입니다."

장무위는 명나라 황실에 대해서는 이해하기를 포기했다. 같은 시대, 같은 세상을 살고 있는 사람들이라지만 자신의 가치관으론 이해할 수 없는 일들이 명나라 황실엔 비일비재한 것이다. 아니 명나라 황실만의 문제는 아닐 것이다. 조선에서도 골육상잔의 비극이 일어났단 이야기를 들은 적이 있었다.

'참으로 사람의 권력욕이란 무서운 것이구나. 인륜을 저버리는 일이 이렇게 자주 일어나다니… 이번 일이 끝나면 내 다시는 권력욕에 물든 자들과는 상종도 하지 않을 것이다.'

장무위는 마음속으로 새삼 다짐을 했다. 이런 사람들과 같이 있으면 자신도 이렇게 변하지나 않을까 두려울 지경이었다.

"역적 한왕이 저기 있다! 공격하라!"

"역적의 목을 베자! 와아—아! 와! 와아!"

장무위가 잠시 생각에 잠겨 있는 사이에 천지를 뒤흔드는 함성과 함께 공격이 시작되었다. 수를 셀 수 없을 만큼 많은 병사들이 방패를 들어 올린 채 흡사 성벽을 무너뜨릴 듯한 기세로 돌진하였다. 곧 이어 성에서도 화살비가 쏟아지기 시작했고, 방패로 미처 막지 못한 화살들이 병사들의 살을 꿰뚫으면서 비명 소리가 울려 퍼지기 시작했다.

슉! 슈—욱! 픽!

"크악! 으악!"

눈에 화살을 박고 쓰러지는 자, 팔다리에 화살을 꽂은 채 고통에 절

규하다 아군의 발에 밟혀 목숨을 잃는 자… 눈 깜짝할 사이에 수십 수백 명의 목숨이 스러졌다. 그러나 워낙 머릿수가 많아서인지 몇백의 죽음은 드넓은 백사장에서 모래 한 줌을 덜어낸 정도밖에 되지 않았다.

"물러서지 말고 돌격하라! 돌격하라!"

"와아! 와!"

선덕제의 병사들은 눈에 불을 켜고 몰려갔다. 흡사 불을 보고 뛰어드는 부나방처럼 보이는 선덕제의 병사들이었다. 성안의 병력들보다 월등히 많은 병사들이 해일처럼 밀려가자 드디어 성벽을 방패 삼아 활을 날리던 한왕의 병사들 사이에서 동요가 일어나는 모습이 보였고, 마침내 성벽에 사다리가 놓이기 시작하면서 전투는 새로운 양상으로 변해갔다.

죽어 나가는 병사들은 더욱 많아졌지만 그 속에는 한왕의 병사들도 드문드문 섞이기 시작했다. 끊임없이 쏟아지던 화살의 비도 차츰 적어지기 시작했고 비명 소리는 더욱 크게 울려 퍼지기 시작했다.

"으아악! 크악! 으악!"

제삼자의 입장에서 지켜보는 전쟁은 온몸에 전율을 일으키게 했다. 처절한 비명 소리가 끊임없이 터져 나오고 생명을 잃은 몸뚱이들이 사방에 널브러졌다. 충천하는 살기를 머금어 더욱 끈적거리는 대기엔 비린 피 냄새가 가득 배어 있었다. 지옥이 흡사 현세에 재현된 듯했다. 팔대지옥 중에서도 가장 끔찍한 아비규환(阿鼻叫喚:아비(阿鼻)는 범어 Avici의 음역으로 '아'는 무(無), '비'는 구(救)로서 '전혀 구제받을 수 없다' 는 뜻이다. 아비지옥은 불교에서 말하는 팔대지옥 중 가장 아래에 있는 지옥으로 '잠시도 고통이 쉴 날이 없다' 하여 무간지옥(無間地獄)이라고도 한다. '규환(叫喚)' 은 범어 raurava에서 유래한 말로 팔대지옥 중 네 번째 지옥이다. '누갈' 이라- 음역하며 고통에 울부짖는다 하여 '규환' 으로 의역한다)의 참상이었다.

무인의 길을 걸으며 적지 않은 피를 본 장무위마저도 속이 다 울렁거릴 지경이었다.

눈이 시뻘겋게 충혈된 채 제 목숨 중한지 모르고 달려가는 자, 겁에 질려 부들부들 떨면서도 등을 떠밀려 어쩔 수 없이 달려가는 자. 선덕제가 황제가 되든 한왕이 황제가 되든 지금 전장에서 죽어 나가는 사람들에게 무슨 의미가 있을까? 전쟁이란 참으로 참혹했다. 추악한 골육상잔의 권력 투쟁이 발단이 된 전쟁이라 더 참혹했다.

마침내 굳건히 닫혀 있던 낙안성 문이 열리는 것이 보였다.

"성문이 열렸다!"

진자홍이 목청을 돋워 연신 크게 소리쳤다.

"한왕은 우리 몫이다! 절대로 놓쳐선 안 된다. 장 대협께서 도와주시니 어렵지 않게 해결할 수 있을 것이다! 가자!"

"옛"

성문이 열렸으니 낙안성을 함락하는 것은 시간문제였다. 그러나 한왕이 도망쳐 버린다면 그간의 노고가 모두 공염불이 되는 것이다. 진자홍을 따르는 동창의 100명의 제기들은 전의를 불태우며 말을 달렸다.

장무위는 진자홍과 같이 맨 앞에서 말을 달리며 눈앞의 전경에 속이 울렁거림을 느꼈다. 후미에서 보던 것과는 또 달랐다. 인마의 발길에 채여서 짓이겨진 시체들. 코를 찌르는 피비린내. 불과 얼마 전까지만 해도 혈기왕성하게 살아 숨 쉬던 사람들이 흙과 범벅이 되어 있는 것이다. 그 위를 다시 말발굽으로 짓밟고 싶지 않았던 장무위는 말에서 뛰어내려 신법을 전개했다.

"장 대협?"

"진 당두, 내 신법은 말이 달리는 것보다 못하지 않네."

아니나 다를까, 전력으로 말을 달리는 진자홍보다 시체들이 있는 곳을 이리저리 피해서 몸을 날리는 장무위가 더 빨라 보였다. 신형을 움직이는 것이 너무도 유연해서 흡사 검은 구름이 흘러가는 것처럼 보일 지경이었다. 간혹 신법의 고수 중에 달리는 말보다 빠른 속도를 자랑하는 고수들이 있다고 들었지만 눈으로 보긴 처음이라 진자홍은 속으로 혀를 내둘렀다.

'장 대협께서 도제란 별호를 얻으시기 전에 창천신룡이라 불리셨다더니, 내 눈으로도 뻔히 보고도 믿을 수가 없구나.'

그러나 신법의 뛰어남이 극에 이르렀다 해도 시체들의 숫자가 늘어나고 움직임을 방해하는 병사들이 많아지자 속도가 떨어질 수밖에 없었다. 성벽이 가까워 올수록 시체들은 기하급수적으로 늘어났고 눈앞에 피로 물든 거대한 성벽이 보였다. 이미 성문은 활짝 열려 있었다. 그리고 열린 성문을 통해 선덕제의 병사들이 꾸역꾸역 밀려들어 가고 있었다.

한왕의 병사들은 성문이 선덕제의 병사들에 의해 점거되자 사기가 저하되어 지리멸렬하고 있었다. 곳곳에서 병장기를 버리고 투항하는 한왕의 병사들이 보였다.

"장 대협! 늦어지겠습니다!"

장무위가 처지기 시작하자 진자홍이 다급하게 외쳤으나 추악한 남의 전쟁에 끼어들어 원치 않는 상황에 내몰린 장무위다. 좀 전까지 팔팔하던 사람들의 주검 위를 말발굽으로 짓밟고 싶지는 않았다.

"먼저 가게, 늦지 않을 테니 걱정하지 말고."

장무위는 말을 마침과 동시에 신형을 날려 성안의 건물들 위를 질주하기 시작했다. 진자홍 일행과 길이 어긋날 수도 있었지만 신법을 전개하기는 훨씬 더 편했다.


두두두두!

동창의 고수들이 거침없이 말을 달려가자 진로에 있던 선덕제의 병사들이 즉시 길을 열어주며 물러섰다. 그러나 일부 끈질긴 한왕의 병사들은 이미 승부가 난 전쟁인데도 창칼을 들이밀며 진로를 막아섰다.

"될 수 있으면 접전을 피하고 곧장 나를 따라와라!"

동창의 목표는 한왕이었다. 일반 병사들과의 싸움에서 발길이 묶인다면 일을 그르칠 우려가 있었다. 진자홍은 일반 병사들과의 싸움을 최대한 피하면서 곧장 성의 중심부로 질주했다. 그러나 성의 중심부는 텅텅 비어 있었다. 진자홍은 예상했다는 듯이 성의 중심부를 수색하지 않고 그대로 남문으로 말을 달렸다.

'한왕이 도망치지 않고 결사항전을 할 거라고 생각했는데 도망을 쳤구나. 도망을 치려 한다면 남쪽밖에 없다. 그러나 남쪽도 만만치는 않을 것이다.'

아니나 다를까, 남문으로 말을 달려가자 이내 격전이 벌어지고 있는 장소에 도착할 수 있었다. 남문은 이미 활짝 열려 있었고 남문을 포위하고 있던 선덕제의 병사들과 활로를 뚫으려는 한왕의 병사들이 성문 밖에서 한데 어우러져 피터지게 싸우고 있었다. 필사적으로 싸우고 있는 무리들을 뒤로하고 또 일단의 무리들이 말을 타고 도망치고 있었다. 진자홍은 계속해서 말을 달리면서 소리쳤다.

"저자가 한왕이다! 절대로 놓쳐서는 안 된다!"

진자홍의 손끝은 도망치는 무리의 중심에 있는 화려한 갑주를 걸친 장수를 지적하고 있었다.

"발도(拔刀)!"

진자홍의 명령에 따라 동창의 제기들이 일제히 지금까지 화살을 막아주었던 방패를 버리고 칼을 뽑아 들었다. 말을 달리면서도 칼을 빼어 드는 동작엔 흐트러짐이 없었다.

두두두두!

"공격!"

100명 각 개인이 모두 고수 소리를 들을 수 있는 고수였고 오늘을 대비해 사선을 넘나들 만큼 혹독한 집단 전술을 소화해 낸 동창의 제기들이었다. 말을 달리는 기세를 그대로 실어 쳐내는 칼날에 한왕의 후위를 보호하기 위해 결사항전을 하던 병사들이 썩은 짚단처럼 베어 졌다.

"으—아—아—악!"

마치 합창이라도 하듯 비명 소리가 길게 이어지고 눈 깜짝할 사이에 벽이 뚫려 버렸다. 실로 파죽지세(破竹之勢)란 말이 실감나는 순간이었다. 진자홍이 지금 이끌고 있는 조직은 동창의 총 천 명 제기들 중에서 최고의 실력자들을 차출해서 만든 조직이었다. 일반 병사들이 막을 수 있는 수준이 아니었다.


북쪽 성문이 열리면서 성이 함락될 위기에 놓이자 급히 남문을 열고 도주를 하던 한왕 일행은 아직도 남쪽 포위망을 뚫지 못하고 있었다.

한왕의 친위 병력들은 수십 년간 전장을 누빈 최정예 병들이었지만 수적 열세를 극복하지는 못하는 것이다. 그러나 사력을 다해 활로를 열고자 하는 기세가 워낙 사나웠다.

금세라도 포위망의 한쪽에 구멍이 뚫릴 듯하였다. 희미하게 엿보이는 삶의 희망에 목에 핏대를 세운 채 직접 검을 들고 나서서 독전을 하던 한왕은 유난히 길게 들리는 비명에 뒤를 돌아보다 얼굴이 핼쑥하게 변해 버렸다. 너무도 허무하게 무너지는 후위와 그 사이를 광풍처럼 질주해 들어오는 동창의 고수들을 본 것이다. 동창의 고수들 뒤로는 선덕제의 병사들이 새까맣게 몰려오고 있었다.

"저, 저것들이?!"

동창 고수들의 기세는 실로 간담이 서늘해질 만한 것이었다. 하나같이 장도를 빼어 들고 휘두르는데 일합을 제대로 막아내는 자들이 없었다. 저들에게 뒷덜미를 잡힌다면 독 안에 든 생쥐 꼴이 되어 꼼짝 못하고 사로잡힐 처지다. 이제는 끝인가 하는 생각에 한왕은 이를 부드득 갈았다.

'놈들이 배신만 하지 않았더라면 이렇게 비참하게 당하지는 않았을 텐데. 더러운 놈들, 내 여기서 벗어나기만 한다면 네놈들의 머리를 베개로 삼고 네놈들의 심장을 씹어 삼키리라!'

한왕은 자신을 떠받들어 새로운 황제로 모시겠다고 약속하던 자들이 그렇게 등을 돌려 버릴 줄은 상상도 못했다. 특히 지방 군벌들의 배신은 너무도 뼈아팠다. 지방 군벌이 계속해서 자신의 손을 들어주었다면 선덕제가 어떻게 자신에게 칼을 들이댈 수 있었겠는가.

"전하, 길이 열렸습니다! 어서 피하십시오!"

한왕이 가장 신임하는 곡환(曲驩)이 피칠갑을 한 채 소리쳤다. 절체

절명의 순간에 보이는 한줄기 활로였다. 한왕은 이를 갈다 말고 서둘러 말을 달리며 냉정하게 소리쳤다.
"곡환, 후위를 막아라!"

# 제22장

# 반승(半僧) 요공(了空)

반승(半僧) 요공(了空)

'이런, 잘못하면 놓치겠다.'

진자홍은 바로 코앞에서 달아나는 한왕을 보곤 마음이 조급해졌다. 살고자 하는 적을 끝까지 추적하여 잡으려 하는 것은 인간적으로 못할 짓이지만 만일 한왕을 잡지 못하면 진자홍이 목숨을 내놓아야 한다. 전장에서 도의를 찾아서 무엇 할 것이며 남의 목숨을 자기 목숨보다 더 챙길 까닭도 없었다.

"놓치면 안 된다! 여기서 발이 묶이지 않도록 한번에 뚫어야 한다!"

곡환이 인솔하는 일진의 병력이 한왕의 퇴로를 또 막고 있는 모습에 진자홍이 긴장하여 소리쳤지만 쓸데없는 기우에 지나지 않았다. 진자홍 일행이 미처 다다르기도 전에 한왕이 제일 신임한다던 곡환의 병사들이 병기를 버리고 투항을 해버리는 것이었다. 곡환 혼자서 아무리 발버둥을 쳐도 이미 앞뒤로 포위된 채 적진의 한가운데에서 한왕의 버림을 받은 병사들을 제어할 수는 없었다. 덕분에 진자홍 일행의 말발굽은 더욱 탄력을 붙여 한왕을 추적할 수 있었다.

두두두!

계속해서 꼬리를 떼어놓고 달아나는 한왕을 거의 다 따라잡았을 즈음 한왕의 무리에서 한 인영이 뚝 떨어져 나왔다.

'겨우 한 명으로 뭘 어쩌겠다는 거지?'

진자홍이 의문을 느끼고 있는 사이에 가공할 기세의 장력이 불현듯 일어나 진자홍을 노리고 쏘아져 왔다.

콰—콰—콰!

대경실색한 진자홍은 급히 고삐를 당겨 말의 방향을 틀려고 했다. 그러나 달리는 말의 관성 때문에 방향 전환이 여의치가 않았다. 일견하기에도 지금 쏟아지는 장력의 위세는 진자홍이 지닌 한 자루 칼로 막을 수 있는 것이 아니었다. 장력이 지나치는 곳의 땅거죽이 거북이 등껍질처럼 주욱 갈라지는 모습을 보고 진자홍의 입에선 암담한 탄성이 터져 나왔다.

"대력금강장(大力金剛掌)?!"

소림사는 자타가 공인하는 권각무예의 최고봉이었다. 하나만 제대로 익혀도 강호에서 크게 행세할 수 있는 절기들을 무려 칠십이종이나 보유하고 있으니 권각무예에 관한 한 그 누가 소림의 아성을 넘볼 수 있겠는가.

대력금강장은 바로 권각무예의 최고봉 소림사의 칠십이종절예 중에서도 가장 강맹한 위력을 지녔다고 알려진 일대절학이었다. 진자홍의 무공으로 감히 맞받아 칠 수 있는 것이 아니었다. 더욱이 무당검선 자인 도장과 이름을 같이하던 반승 요공이 시전한 장력임에야… 반승이 아니라면 누가 저렇게 무시무시한 대력금강장을 시전할 수 있겠는가.

죽음을 예감한 진자홍은 일 장 앞으로 쇄도하는 장력을 보며 눈을 질끈 감았다.

콰앙!

귀청을 찢을 듯한 폭음이 터져 나오고 강력한 바람이 진자홍을 덮쳤다.

'이것이 죽음인가? 별다른 고통이 없어서 다행이구나. 그런데 이상하게 뒤로 물러나는 말의 움직임이 느껴지는군. 이제 곧 저승사자가 나타……'

"당두님! 괜찮으십니까?"

진자홍은 느닷없이 들려오는 부하의 목소리에 깜짝 놀랐다. 죽었는데도 부하의 소리가 들리는 것이다.

"이게 어찌 된 노릇이지?"

질끈 감고 있던 눈을 뜨고 자신의 몸을 살펴본 진자홍은 어안이 벙벙해서 중얼거렸다. 꼼짝없이 죽은 줄 알았는데 두피가 좀 쓰리고 옷이 흐트러져 있는 것 외엔 멀쩡한 것이다. 급히 주위를 둘러보던 진자홍은 눈앞에 등을 돌리고 서 있는 사람을 보고 나서야 어찌 된 상황인지 알 수 있었다.

"아… 장 대협!"

강력한 힘의 충돌에서 발생했음이 분명한 일진돌풍에 검은 머리카락을 휘날리며 기다란 검은색 장도를 들고 서 있는 사람. 마치 산악과도 같은 기세가 그의 등에서 뿜어지고 있었다. 진자홍은 뒷모습만 보고도 그 사람이 누군지 알 수가 있었다. 바로 장무위가 그 가공할 장력을 막아서서 죽음 직전에 놓인 진자홍을 살려준 것이다.

“진 당두, 내가 좀 늦었네.”

순간 진자홍의 눈시울이 뜨뜻해졌다. 장무위가 한 호흡만 늦었어도 자신은 이미 죽은 목숨이었을 것이다. 동창 당두의 지위에 오르기까지 수많은 사람의 생명을 다루었던 진자홍이었으나 남의 목숨과 자신의 목숨은 의미가 달랐다.

“아닙니다, 아닙니다, 늦지 않으셨습니다. 그리고 목숨을 살려주셔서 감사합니다.”

“아닐세. 그보다 여기 일은 나에게 맡기고 자넨 자네의 임무를 수행하게.”

“알겠습니다. 다시……..”

진자홍은 뭐라 더 말하려다가 장무위의 기색이 심상치 않음을 보곤 입을 다물었다. 장무위는 말을 하면서도 한 점 자세를 흐트리지 않았고 앞쪽을 계속해서 주시하고 있었다. 진자홍이 너무도 급작스럽게 생사의 경계선을 넘나드느라 잠시 잊고 있었지만 지금 장무위는 반승을 상대하고 있는 것이다. 장무위가 질 거란 생각은 전혀 들지 않았다. 천검과 도제는 천하제일을 상징하는 이름들이었다. 해동의 천검이 아닌 이상 그 누가 도제의 적수가 될 수 있겠는가. 하지만 말을 걸어 장무위의 주의가 흐트러지게 할 수는 없는 노릇.

“휴우.”

진자홍은 안타까움에 남몰래 한숨을 터뜨렸다. 지금 장무위와 헤어진다면 언제 다시 볼 수 있을지 모른다. 마음 같아서는 동창이고 뭐고 다 때려치우고 장무위를 따르고 싶었지만 빠져나갈 수 없는 그물에 얽매인 몸이다.

‘장 대협, 다시 뵙기를 간절히 빌겠습니다. 부디 보중하십시오.’

　　진자홍은 장무위의 등에 대고 깊이 허리를 숙여 예를 취한 후, 곧 신색을 추슬러 말에 박차를 가했다.

　　"가자!"

　　장무위는 진자홍이 인사를 하고 떠나는 것을 알았지만 시선을 돌릴 수가 없었다. 방금 전에 상대방이 펼친 장력은 이제까지 장무위가 상대했던 그 어떤 장력보다도 강해서 가히 배산도해라 할 만한 위세가 있었다. 장무위의 무공이 하루가 다르게 높아져 이제는 적수를 찾아보기도 어려울 정도가 되었다고는 하지만 그러한 장력을 발출하는 상대와 대적하면서 어찌 방심할 수 있겠는가.

　　진자홍 일행의 말발굽 소리가 잦아들자 바늘 떨어지는 소리도 크게 들릴 정도의 정적이 주위를 감싸기 시작했다. 장무위와 맞은편의 상대 두 사람 모두 단 한 번의 격돌로 서로의 무공 경지를 짐작하고 섣불리 손을 쓸 엄두를 내지 못하고 있었다.

　　장무위는 맞은편의 상대를 자세히 살펴보았다. 어떻게 보면 중년 같기도 하고 어떻게 보면 노인 같기도 하여 나이를 짐작할 수 없는 각진 얼굴에 6척가량 되어 보이는 키. 이마에 깊게 패인 주름은 살아온 삶이 순탄하지 않았음을 말해 주는 듯했고 올이 성긴 수수한 마의에 가려져 있지만 옷깃 사이로 보이는 팔뚝과 목은 새끼줄을 엮어놓은 듯한 근육이 꿈틀거리고 있었다.

　　'저 사람이 반승이라면 이미 60세는 넘었을 텐데… 외모를 보아선 도저히 나이를 짐작할 수가 없구나.'

　　장무위는 35세의 나이로 아직 20대 중반의 모습을 유지하고 있는 자신의 처지는 망각하고 상대방의 연령을 잊은 듯한 모습에 감탄을 터뜨렸다. 원래 상승내공을 수련한 자는 노화를 상당히 늦출 수 있다. 그러나 아무리 상승내공을 익힌다고 해도 한계는 있는 법이다. 탈태환골을 하지 않는 이상은 아무리 상승내공을 등봉조극(登峰造極:내공 수련의 최고 경지)의 경지에 이르도록 연마해도 오십이 넘어가면서부터 노화가 시작되기 마련이다. 그런데 지금 장무위와 대치하고 있는 상대는 이마의 깊은 주름을 제외하곤 건장한 중년의 모습을 하고 있었다. 육십의 나이에 저런 신체를 유지할 수 있다는 것은 뛰어난 내공 외에도 높은 경지의 외공을 계속해서 수련해야만 가능할 것이다.

장무위는 불현듯 호기가 치솟는 것을 느꼈다. 상대방은 빼어난 무인, 아니, 세상에 보기 드문 고수임이 분명했다. 한 사람은 한왕을 보호하기 위해, 한 사람은 일행이 한왕을 잡을 수 있게 하기 위해 맞서고 있는 지금의 상황이 어색하기 그지없었지만, 이런 상대와 손속을 겨루어볼 수 있는 기회는 자주 오는 것이 아니었다. 무의 도를 추구하는 무인으로서 이런 상대와 손을 섞을 수 있다는 것 자체가 복인 것이다.

장무위는 맛있는 음식을 아껴 먹는 심정으로 빨리 승부를 겨루지 않고 대치 상태의 긴장감을 즐기기 시작했다.

운남의 후텁지근한 대기가 서서히 식어갈 무렵이 되자 끈적거려서 오히려 짜증을 유발시키던 한낮의 바람도 길어지는 산 그림자를 따라 선선하게 바뀌었다. 강렬한 태양 빛에 목말라 하던 넓은 활엽수 잎들을 시원하게 쓸어준 바람이 장무위의 길게 빗어 넘긴 머리카락을 스치고 지나는 순간,

팟!

미동도 없이 서 있던 상대가 움직이기 시작했다. 아니, 움직이는 것처럼 보였다고 해야 할 것이다. 상대방이 흡사 공간을 격하고 움직이

는 듯 일순간 허깨비처럼 사라졌다가 장무위의 일 장 앞에서 불쑥 나타난 것이다. 그런 상대의 오른손은 슬쩍 주먹을 말아 쥔 상태로 쭉 뻗어 있었고 왼손 바닥은 오른 손목을 받쳐 든 모양이었다. 정확히 장무위의 가슴을 향하여 뻗어진 오른 주먹은 얼핏 보기엔 아무런 위력이 없어 보였다.

금강대력장과 같이 장력이 지나는 길의 땅거죽을 뒤집어엎는 가공할 위세도 없었고 눈에 뚜렷이 보이는 힘의 줄기도 없어 모르는 사람이 보았다면 장난을 치는 것이라 생각할 수도 있는 그런 움직임이었다. 그러나 힘없이 뻗어 있는 오른 주먹엔 심혼을 자극하는 기이한 울림이 일어나고 있었다. 거대한 범종의 소리처럼 온몸이 지르르 떨릴 정도의 진동을 간직한 채 공간으로 넓게 퍼져 나가는 울림.

우웅!

기이한 진동음이 길게 울려 퍼지고 이내 장무위의 가슴 앞 공간이 일렁거리기 시작했다. 빛도 없고 형체도 없었지만 주먹과 장무위의 가슴 사이에는 상상도 할 수 없이 강력한 기의 폭풍이 몰아치고 있었던 것이다. 만약 안목이 있는 사람이 장내에 있었다면 입에 거품을 물고 '신권이 재현됐다!' 라고 소리쳤을 것이다. 낙안성의 남문 밖에서 소림의 전설이 재현되고 있는 것이다.

200여 년 전, 당시의 천하제일인이자 소림의 속가제자였던 신권(神拳) 혁세기(赫歲奇)가 모든 소림권법을 통달한 이후에 백보신권을 더욱 더 발전시켜 창안한 무적의 권법, 바로 신권 혁세기와 소림의 이름 앞에 천하제일이란 수식어가 붙게 만든 아라한신권(阿羅漢神拳)이 초연물외신법(超燃物外身法)을 발판으로 삼아 펼쳐지고 있는 것이다.

혁세기 이후에 아무도 익힌 사람이 없어 이제는 장경각에 비급으로

만 보관되어지고 있다는 소림권법의 정화가 200년 만에 처음으로 펼쳐지자 그 위력은 형용불가였다. 이미 심도의 경지를 넘어서 무상도를 깨닫기 위해 일로매진하고 있는 장무위조차도 일순 멈칫할 정도였다.

"하압!"

아라한신권에서 뿜어지는 힘에 눌려 장무위의 시야가 확 좁혀지는 순간, 강력한 기합성과 함께 현천도가 움직이기 시작했다. 뇌전교격의 기수식을 취하고 있던 현천도의 도첨에서 별안간 검은색 천이 화라락 펼쳐져 나오며 아라한신권의 힘을 잘라갔다.

카라코롬의 혈전 이후에 형(形)의 얽매임을 벗어난 장무위였다.

파라락!

아무런 소리도 없었지만 흡사 강한 바람에 깃발이 펄럭거리는 소리가 들리는 듯한 착각이 일 정도로 천지획분이 펼쳐지는 기세는 강했다. 끊임없는 수련을 통해서 장무위의 천지획분은 이미 완숙의 경지에 이르러 있는 상태였다. 현천도를 통해 끊임없이 쏟아져 나가는 혼원기의 힘도 자인 도장을 상대할 때보다 훨씬 강했다.

콰—아—앙!

촤악! 촤악! 촤아악!

200년 전의 천하제일권 아라한신권과 당대의 천하제일도 무상구도가 한 지점에서 만나자 마치 벼락이 치는 듯한 폭음이 터져 나오고 경기가 사방으로 쏜살같이 뿜어져 나갔다. 힘과 힘이 부딪친 지점의 땅거죽이 벌렁 뒤집혀 버렸고 잔나뭇가지가 폭풍을 만난 듯 마구 부러져 나갔다. 일 장을 격하고 마주 서 있는 두 사람의 주위에는 싱싱한 나뭇잎들이 철도 아닌데 마구 쏟아져 내리다 계속해서 뿜어져 나오는 경기에 수십 조각으로 잘려져 날아갔다.

촤! 촤악!

200년 만에 재현된 아라한신권의 위력은 가히 명불허전이었다. 그러나 심도의 경지를 넘어서고 있는 장무위의 천지획분은 아라한신권을 근소한 차이로나마 제압하고 있었다. 현천도에서 솟구쳐 나온 검은 천에 의해 바위라도 꿰뚫어 버릴 듯하던 아라한신권의 기가 잘리기 시작한 것이다.

츠츠츳!

검은 천이 기의 폭풍을 아래위로 나누며 죽 밀려가는 그 순간, 상대의 양손이 교묘히 교차하면서 이전보다 더 강력한 기의 폭풍이 밀려오기 시작했다. 이제는 왼손이 앞으로 뻗어 있었고 현묘한 궤적을 그린 오른손이 왼손을 받치고 있었다.

현천도에서 시작된 검은 천이 크게 출렁 하면서 뒤틀리기 시작했다. 그러고서도 모자라는지 또다시 양손이 교차하며 이미 발출되어 장무위에게 향한 기의 폭풍을 뒤에서 강하게 밀어내기 시작했다. 바로 아라한신권의 최절초 범천항마(梵天降魔)가 펼쳐진 것이다.

우우웅!

혁세기를 천하제일인으로 만들어준 아라한신권의 최절초가 펼쳐지자 장무위는 천지획분으로 계속해서 맞설 수가 없어 즉시 무상구도의 벽력진산을 펼쳐 힘 대 힘으로 맞서기 시작했다. 한 자루 칼에서 쏟아지는 힘이라 믿을 수 없는 웅장한 힘이 범천항마를 사선으로 내려치자 기의 폭풍이 장무위를 스치고 지나갔다.

상대의 몸이 허공을 친 권력에 쓸려 비틀 하였고, 승기를 잡았다고 생각한 장무위는 즉시 조화구법을 시전해 상대의 왼쪽으로 돌아가며 뇌전종횡을 펼치려 했다. 그 순간, 상대의 신형이 부지불식간에 펀! 사라지더니 장무위의 오른쪽에서 불쑥 솟아났다. 연이어 아라한신권의 기묘한 울림이 들림과 동시에 소름이 쫙 돋을 듯한 날카로운 소성이 쇄도해 들어왔다.

우웅! 쐐에엑!

"헛!"

장무위의 입에서 절로 헛바람이 새어 나왔다. 가슴을 위협하고 있는 아라한신권을 재차 시전한 천지획분으로 막았지만 바로 그 순간 날카로운 소성과 함께 상반신의 오대요혈을 노리는 상대의 지풍에 완전히 허를 찔렀던 것이다. 장무위의 반응을 예상하고 펼쳐진 연환 공격이었다. 상대의 무공과 임기응변은 장무위가 처음에 생각했던 경지를 훨씬 뛰어넘고 있었다.

장무위는 유가백팔형을 익힌 몸이라 사각으로 몸을 굴신시켜 간신히 지풍을 피할 수는 있었다. 그렇지만 방심의 허를 찔린 장무위는 일순간에 수세로 몰렸고 그야말로 사력을 다해 방어를 해야만 했다. 반승 요공이란 고수를 앞에 두고도 순간적으로 방심한 결과였다. 무상구도가 풍차 돌아가듯이 줄기줄기 뿜어져 나오고 조화구법이 쇄도하고 있는 지법에서 장무위를 지켜주기 위해 운용되었다.

쾅! 콰앙! 쾅!

촤악! 촤악! 촤아악!

연신 폭음이 울리며 쏟아져 나오는 경기로 두 사람의 주위가 초토화되기 시작했다. 연신 사라졌다 나타나고 나타났다 사라지는 절묘한 신법을 펼치며 권, 장, 지를 섞어서 시전하는 상대방의 무공은 선기를 잃어버린 장무위를 무섭게 몰아치고 있었다. 보통 고수들의 대결에서는 한번 수세에 몰려 버리면 승부를 반전시키기가 거의 불가능했다. 수세에 몰리게 되면 자세가 흐트러지고 자기가 공들여 익힌 초식의 위력을 제대로 발휘할 수가 없기 때문이다.

그러나 장무위는 이미 초식의 얽매임에서 벗어난 절대고수다. 일순간의 방심으로 수세에 몰렸지만 흡사 한 조각 검은 구름처럼 움직이는 신법의 오묘함은 상황을 더 이상 악화시키지 않도록 했고, 흐트러진 자세에서도 그 상황에 맞는 변식을 창출하여 펼치는 무상구도의 위력은 시간이 흐를수록 반전의 가능성을 높여주었다.

결투가 계속될수록 반승 요공은 초조해지기 시작했다. 자신이 지금 꿈을 꾸고 있는 게 아닌가 하는 의문마저 들 지경이었다. 요공의 상식대로라면 상대는 벌써 땅바닥에 뒹굴고 있어야 정상이었다. 그러나 상대의 움직임은 물이 흐르듯 유연했고, 과연 인간의 몸으로 가능한가 하는 의문이 들 정도로 굴신이 자유로웠다. 거기에 검은 칼의 궤적은 혼자서 연무를 하는 듯 깔끔하고 군더더기가 없어 아름답기까지 했다. 사람의 심리를 이용한 연환 공격으로 승기를 잡고 몰아쳐 아직은 자신이 조금 유리했지만 호흡이 점점 가빠지고 있었다.

그에 반해 수세에 몰려 이미 녹초가 되어 있어야 할 상대는 멀쩡하다 못해 호흡마저 평온해 보였다. 요공 혼자서 용을 쓰다가 제풀에 지친 격이 되어가는 것이다. 얼핏 보기에도 상대는 자신보다 무공의 경지가 최소 한 단계는 더 높은 고수였다.

어린 나이에 소림의 산문을 들어선 이후 너무도 큰 성취를 이루어 사형제들의 부러움과 질시까지 한 몸에 받았던 자신이, 한 배분이 더 높은 무당의 자인 도장과 이름을 나란히 하던 자신이 파문을 당한 이후에도 오늘날까지 수십 년간 각고의 수련을 멈추지 않았건만 승기를 잡고도 오히려 패배를 걱정해야 할 지경까지 몰린 것이다.

　동창의 고수들을 이끌고 있는 우두머리만 제거하고 다시 몸을 피하려 했는데 엉뚱한 곳에서 생각지도 못했던 고수를 상대해야 하는 것이다. 그것도 요공 평생 처음 보는 절대고수였다. 심리적인 압박감 때문인지 몸이 더욱 빨리 지치기 시작했다. 이대로 있다가는 상대의 칼에 당하고 말 것이다. 요공은 젖 먹던 힘까지 모조리 짜내어 아라한신권을 세 번 연속 시전해 간격을 벌렸다.

　콰앙!

　한차례 폭음이 길게 울린 후 상대와 다시 이 장을 격하고 마주 서게 되자 요공의 입에서 참고 참았던 거친 숨이 끊임없이 튀어나왔다.

　"헉, 헉, 선덕제의 휘하에 그대 같은 인물이 있었다니 믿을 수 없다. 누구냐?"

　장무위는 경계를 늦추지 않은 상태에서 읍을 하며 말했다.

　"저는 조선에서 온 장무위입니다. 일시 피치 못할 사정으로 동창과 행동을 같이하긴 했지만 선덕제와는 상관없는 사람입니다."

　"아?! …그대가 바로 도제 창천신룡?!"

　요공의 입에서 탄성이 터져 나왔다. 도저히 받아들일 수 없었던 상황이 그제야 이해되었던 것이다. 평소에 천검과 도제가 자신보다 더 낫다는 생각은 한 번도 안 하고 있었지만 막상 손속을 겨뤄보니 분명 자신보단 한 수가 높은 것이 사실이었다.

　'한 자루 칼로 대력금강장을 산산이 흩어버리고 아라한신권을 자르는 도법. 과연… 거기에다 탄지신통을 그리도 쉽게 흘려 버리는 신법이란… 강호의 소문이 과하다 했는데 사실은 모자란 것이었구나.'

　무당검선 자인 도장마저도 도제의 한칼을 막아내지 못했다 했으니 자신이 한동안 우세를 점하며 몰아친 것도 어쩌면 운이었을지도 모른다.

"도제니 창천신룡이니 하는 별호에 대해선 할 말이 없습니다. 전 조선 사람 장무위일 뿐입니다. 귀하는 반승이라 불리시는 요공 대사가 맞으신지?"

장무위의 말을 듣자 요공의 이마에 가득 패인 주름의 골이 더욱 깊어지며 땀으로 흠뻑 젖은 얼굴에 공허한 표정이 얼핏 떠올랐다. 20년 만에 들어보는 이름인 것이다.

"요공… 이란 이름은 이제 쓸 수가 없소. 그냥 반승이라 부르시구려. 그런데 이미 이름을 잊고 산 지가 20년이 넘은 날 어떻게 알아볼 수가 있었소? 강호상에서도 나의 존재는 잊혀졌을 것인데."

"동창의 당두가 알려줬습니다."

"과연……."

20년간 강호를 떠나 잠적하고 있던 자신의 정체를 알아낸 것은 짐작대로 등창이었다. 한왕부에서도 자신의 정체를 알고 있는 것은 오직 한왕 한 사람밖에 없을 정도로 신분을 감추기 위해 노력했는데 동창의 눈과 귀는 막지 못했나 보다.

"대사의 호흡이 이제 정상으로 되돌아온 것 같습니다. 못다 한 승부를 내야 하지 않겠습니까?"

요공의 얼굴에 붉은 기운이 살짝 내비쳤다. 처음에 거리를 벌리고 말을 건 이유가 진기를 고르기 위한 시간을 벌기 위함이었는데, 장무위가 그것을 알고도 사정을 봐주었던 것이다.

"배려에 감사드리오이다. 그러나 이미 승부가 난 것 같소. 더 해봐야 내가 질 게 뻔한데 에서 그만두지 않는다면 다 늙은 이 몸이 추태를 보여야 할 것 같구려."

요공으로선 장무위의 정체를 몰랐으면 모를까 상대가 도제 장무위란 것을 알고서는 더 이상 겨루고 싶은 생각이 들지 않았다. 세상 사람들 몰래 한왕부에 은거해 있으면서도 장무위의 소문은 귀가 닳도록 들을 수 있었다. 소문이야 믿지 않는다고 해도 좀 전의 격전을 통해서 이미 장무위가 자신보다 높은 경지의 무공을 터득하고 있음을 절감했던 터였으니 어찌 승부를 계속하겠는가.

"죄송합니다. 동창의 일행이 한왕을 잡는 동안 전 대사를 막아야 합니다."

"한왕부엔 남들 몰래 숨어 살면서 밥을 얻어먹은 빚이 있으나 다른 인연은 없소. 그동안 밥을 먹여준 대가는 이미 다 치렀다는 생각이 드는구려."

한마디로 더 이상 한왕이 어떻게 되든 신경 쓰지 않겠다는 말이었다. 좀 전 장무위와 요공의 겨룸은 비무의 형식이 아니었다. 목숨을 걸고 싸우는 생사결이었던 것이다. 원한도 없는 두 사람이 귀한 목숨을 걸고 싸우는 상황에서 요공이 한발 물러나 버리자 장무위도 더 이상 승부를 고집할 이유가 없었다. 이미 요공의 무공도 충분히 견식을 한 상황이다. 장무위는 이내 자세를 풀고 미소 지으며 말했다.

"가는 길이 서로 달라 실례를 했습니다."

"아니오. 장 대협 같은 무인과의 겨룸은 내가 소원하던 것이라오. 과정이야 어떻든 오늘 소원을 풀어서 속이 다 후련해졌소이다. 진심으로 그대의 높은 무공에 경의를 표하는 바요."

요공의 어투는 진지하기 그지없었다. 요공의 평생에 무공을 겨루어 좌절을 당한 것은 이번이 처음이었다. 그렇지만 자신보다 더 높은 경지의 무인을 만나는 것도 이번이 처음이라 좌절로 인한 수치심보다 높은 경지의 무인에 대한 흠모지정이 더 컸다. 아니, 높은 경지에 이르기까지의 가없는 노력에 대한 흠모지정이라 해야 옳을 것이다. 장무위의 나이가 요공의 반밖에는 안 되었지만 나이가 어리다고 해서 존경의 대상이 될 수 없는 것은 아니었다. 오히려 어린 나이에 높은 성취를 이루었으니 더욱 존경을 받아야 하는 것이다.

'무인은 무공으로 모든 것을 판단한다'란 생각을 가지고 있는 요공이었다. 더욱이 모르는 사람들은 단지 장무위가 뛰어난 자질을 가지고 태어나 뛰어난 무공을 배운 결과라고 생각할지 모르지만 요공은 장무위의 성취 이면에 있었을 피땀 어린 수련에 대해 짐작하는 바가 있었다.

소림이란 최고의 사문에서 최고의 배움을 얻은 이후에 지금까지 단 일각도 곁눈질을 하지 않고 무공일로에만 매진한 요공이었다. 비록 그 사이에 많은 우여곡절이 있었지만 그 누구보다 좋은 환경에서 무공을 수련하였기에 알 수 있었던 한 가지 진리는 '흘린 땀의 양이 많을수록 더 강해진다'란 것이다.

조건이 중요하기는 하지만 조건보다 백 배는 더 중요한 것이 피나는 노력이었다. 장무위의 나이에 이렇듯 높은 성취를 이루었으니 그 노력이야 오죽했겠는가? 아무리 훌륭한 천품의 자질을 가지고 있더라도, 또 아무리 뛰어난 무공을 배웠더라도 각고의 노력이 밑받침되지 않으면 절대로 높은 성취를 이룰 수 없다는 것을 요공은 경험으로 알고 있었다.

"제가 병기를 들고서도 적수공권(赤手空拳)의 대사에게 조금의 득도 못 봤지 않습니까? 과분한 칭찬에 몸 둘 바를 모르겠습니다."

장무위의 말에 요공의 얼굴에도 미소가 떠올랐다. 자만심에 빠질 만한 성취를 이루었으면서도 겸손함을 잃지 않고 있는 것이다.

"허허, 난 병장기를 다루는 법은 모르오. 병기를 들었다면 장 대협의 일초도 받아낼 수 없었을 것이오. 평생 손발을 놀리는 재주만 배웠으니 그게 나의 한계라오."

"하하하, 별말씀을 다하십니다."

'손발을 놀리는 재주'란 말을 하면서 실제로 손발을 움직이는 요공을 보고는 장무위의 입에서 홍소가 터져 나왔다. 적으로 마주 대할 때는 어두운 단면만 보였었는데 대화를 나눠보니 의외로 소탈하고 재밌는 성격의 사람이었다. 그리고 공통의 목표를 가진 사람들끼리의 통함이랄까? 인사도 없이 무공으로 첫 대면을 한 두 사람이지만 흡사 오래 알고 지냈던 사람들처럼 서로 친밀한 기분을 느낄 수 있었다.


휙! 휘익!

널따란 관도를 멀쩡히 놔두고 관도 옆의 숲 속을 두 사람이 빠르게 질주하고 있었다. 나무와 나무 사이를 이리저리 피해가며, 때로는 나무를 발판으로 삼아 바람처럼 질주하는 두 사람의 몸놀림은 가히 운신법의 극치라 할 만했다.

그들은 바로 운남을 떠나 안휘로 가는 장무위와 요공이었다. 운남에서 무림대회가 열리고 있는 안휘의 남궁세가까지 가는 길은 가까운 거리도 아니었고 여로(旅路)가 복잡해서 초행길인 장무위 혼자서 쉽게 찾아갈 수 있는 길도 아니었다. 이에 특별히 갈 곳도 없고 해야 할 일도 없었던 요공이 길 안내를 겸한 동행을 자처해서 두 사람이 같이 움직이게 된 것이다.

운남을 떠날 때만 해도 말을 사서 이동하려 했으나 전쟁이 일어난 터라 말을 살 곳이 없었다. 남상을 찾아갔다면 말 한두 필이야 쉽게 구했겠지만 관부와 다시 연이 닿는 것을 꺼려해서 말을 타고 이동할 생각은 포기할 수밖에 없었다.

운남에서 안휘의 남궁세가까지 신법으로 이동하려 한다는 말을 일반 강호의 무인들이 들었다면 미쳤다고 비웃을 일이었으나 장무위와 요공은 둘 다 당대 무림의 최고를 달리는 고수들이었다. 경신법의 수련이 극에 이르러 말을 달리는 것보다 더 빠른 이동이 가능했다. 관도에 오가는 사람들의 시선을 피해 관도 옆의 숲길로만 달리는데도 이틀만에 귀주성(貴洲城)의 경계까지 다다를 수 있었다.

"헉, 헉, 장 대협! 좀 쉬었다 갑시다! 내가 졌소!"

요공은 전신에 비를 흠뻑 맞은 듯, 물에 빠진 생쥐 꼴이 되어 앞서 달리고 있는 장무위에게 소리쳤다. 처음 운남을 떠날 때는 느긋하게 달렸으나 장무위의 경신법이 고절함을 알고 곧 호승심이 일어나 누가 빨리 달리는가 내기를 했는데 도저히 이길 수 없는 상대였다. 초연물외신법을 대성해 신법만큼은 자신이 있던 요공이었으나 이튿날이 되자 그만 녹초가 되어버렸다.

밤에는 숙면을 취하고 중간중간 식사를 겸해 휴식도 취했지만 이틀 동안 죽어라고 달리자 마침내 한계에 다다른 것이었다. 신법을 펼쳐 장거리 경주를 하는 것은 신법의 승부일 뿐만 아니라 체력과 정신력, 그리고 내공의 승부였다. 첫날은 어떻게 버텼는데 지치지 않는 사람(장무위)과 어떻게 승부가 되겠는가?

"하하, 알겠습니다."

호탕한 웃음과 함께 장무위가 멋들어지게 착지를 하자 요공은 그만 풀썩 주저앉고 말았다.

장두위도 지치지 않는 것은 아니지만 요공이 지친 것에 비하면 아무것도 아닌 정도였다. 탈태환골을 한 체력은 말할 것도 없고 면면부절한 무상대능력은 요공이 익힌 반야심공(般若心功)에 비할 바가 아니었다. 그리고 전설의 이형환위를 구현한 초연물외신법도 장거리 경주엔 조화구법에 비해 한 수 뒤짐을 인정하지 않을 수 없었다.

"장 대협과 겨루면서 내 이미 짐작은 했으나 정말 대단하오. 헉, 헉, 정말 대단해. 소문에 그 성격 더러운 팽 선배가 입에 게거품을 물었다더니. 휴우."

"그런 말씀 마십시오. 팽 노가주께 그런 이야기가 들어간다면 제가 곤욕을 치릅니다. 그때 팽 노가주께서 양보를 해주지 않으셨다면 전 아마 일찌감치 땅바닥을 뒹굴었을 겁니다."

"팽 선배의 실력은 내가 잘 알고 있으니까 너무 겸손해하실 것 없소이다. 몇 년 전엔 어땠는지 모르지만 지금은 장 대협의 삼 초를 못 받아낼 것이오."

요공은 이미 눈에 뭐가 쓰인 듯했다. 장무위가 사람으로 보이지 않았다. 천하제일이라 내심 자부하던 권, 장, 지로 장무위의 무상구도를 막을 수 없었고 '이번만은 내가 이길 것이야' 하고 겨루었던 신법에서도 확연히 밀리자 그만 진심으로 승복을 하고 말았던 것이다. 그래서 장무위가 거북해함에도 꼬박꼬박 장 대협이라고 높이 불러주고 있기도 했다.

과분한 칭찬이 그랬지만 괜히 이 자리에도 없는 팽조혁이 애꿎게 비하를 당하자 더 말했다가는 무슨 소리가 나올지 몰라 걱정이 된 장무위가 얼른 말을 돌렸다.

"대사께선 어떤 연유로 한왕을 보호하고 계셨습니까?"

"무슨 특별한 까닭은 없소. 우연히 한왕을 만나게 되었는데 한왕을 따라가면 밥은 굶지 않을 것 같아 그냥 따라간 것이오. 그 이후에 간혹 왕부에 침입하는 도둑이나 잡아주면서 이제까지 잘 지내고 있었지요. 허허, 사문에서 쫓겨난 이후에 갈 곳이 없어서… 휴……."

말을 하는 요공의 얼굴에 얼핏 회한의 빛이 떠올랐다. 20년 동안 잊고 있던 일들이 생각이 났기 때문이다.

중국 대륙의 젖줄이 되고 있는 황하(黃河)는 '물 한 말에 진흙 여섯 되'라는 말이 있을 정도로 진흙의 함유량이 많았다. 황하에 함유된 진흙들이 화북평야의 대부분을 형성시킬 정도였다. 강물에 포함된 토사량은 실로 엄청난 양이었다. 이런 진흙들은 황하 주변을 비옥하게 만들어서 중국의 주요한 곡창 지대를 형성시켰으나 하구로 내려갈수록 하상(河床)의 상승 또한 빨라 천정천(天井川)이 되어 난류(亂流)의 발생 빈도가 높았다.

또한 황하 유역 일대는 반건조 기후 지역에 집중호우(集中豪雨)형으로 비가 내려 예로부터 '십년구한(十年九旱:10년 중 9년은 가물다)'이라고 할 정도로 물과 가뭄의 피해가 모두 극심한 지역이었다. 중국에서 훌륭한 황제나 임금이 갖추어야 할 필수 덕목이 치수(治水)였는 바, 그만큼 황하의 수재가 심하다는 것을 역설적으로 나타내는 일이라 할 수 있을 것이다.

요공도 바로 이 황하의 범람에 의한 수재를 입어 어린 시절 고아가 된 사람이었다. 대부분의 수재민이 굶어 죽는 상황에서 요공은 운이 좋았는지 굶어 죽기는커녕 천하를 떠돌며 수행(?)을 하던 불허 선사를 만나 제자가 되는 인연을 얻게 되었다.

당시 불허 선사는 한참 무공에 미쳐 있던 시절이라 불허 선사의 가르침을 받게 된 요공도 어린 나이에 무공이 세상에서 제일 중요하다는 생각을 하게 되었다. 이미 굶주림의 고통이 무엇인지 아는 요공은 먹을 것을 주는 사부의 눈에 들기 위해서라도 무공에 매진하지 않을 수 없었고, 이후 불허 선사의 손에 이끌려 소림으로 들어간 이후에도 그 생각은 변하지 않게 되었다.

사람이 전심전력으로 한 가지 공부에 매진을 하면 그 성취는 당연히 놀라울 수밖에 없다. 그리고 요공의 타고난 재질도 능히 절세기재의 소리를 들을 만했다.

요공은 금세 소림의 제자들 사이에서 두각을 나타내게 되었다. 천성도 밝고 명랑해 호걸풍의 기질이 다분하였다. 불허 선사의 사형이자 당시 소림의 장문인이던 불인 선사는 그런 요공을 보고 '저놈은 천생 무인이야. 겉모습은 승려의 옷을 입고 있는 승려지만 하는 짓이나 성격은 승려라고 하기보단 무인이라 해야 할 것 같아' 란 말을 하였는데, 요공은 그 이후로 겉모습만 중이란 뜻의 반승이란 별호로 더 알려지게 되었다. 그렇게 세월이 흐르자 요공의 명성은 이제 소림의 산문을 벗어나 천하를 진동하게 되었다.

그러나 호사다마랄까? 요공의 명성이 워낙 높아지면서 생각지도 못했던 문제가 발생하기 시작했다. 모난 정이 돌을 맞는다지만 너무 뛰어난 성취를 이룬 자도 정을 맞는 법이다.

요공의 성취가 워낙 두드러지자 요공 외의 제자들이 자격지심을 가졌던 것이다. 어느 사이엔가 요공의 성취를 시기하는 제자들이 하나둘 생기기 시작했다. 불허 선사의 다른 제자, 즉 요공의 사형인 요료(了燎)도 그런 사람들 중 하나였다. 아니, 요료의 시기심은 다른 제자들에 비해 더했다.

　어릴 때엔 그렇게도 요공을 아껴주던 요료였지만 세월의 흐름에 따라 사람이 변했는지 아니면 사부의 사랑을 독차지하는 요공을 눈엣가시로 생각하였는지 갖은 수를 써서 괴롭히는데 그 정도가 너무 심했다. 결국 참다못한 요공이 '아무리 사형이라지만 너무하다. 너도 한번 당해봐라' 하는 요량으로 비무를 신청했는데 그것이 잘못이었다. 무공의 수준 차이가 너무 커서 연신 두들겨 맞기만 하던 요료가 악에 받쳤는지 아예 수비는 도외시하고 독수만 펼치기 시작한 것이다.

　요공도 여기서 물러서면 앞으로 계속해서 괴롭힘을 당할 것이라 생각하고 오기로 독수를 펼치기 시작했고, 결국 단전에 일권을 맞은 요료가 피를 토하고 쓰러져 버렸다. 여기까지는 사형제들 사이에 간혹 있을 수 있는 다툼이었다. 사제가 사형을 때려 눕혔으니 하극상을 물어 죄를 내릴 수는 있으나 파문을 당할 정도는 아니었다. 그러나 문제는 요공이 흥분해서 힘 조절을 잘못한 탓인지 아니면 그동안 쌓인 감정이 많아서 너무 힘을 실은 탓이었는지 요료의 부상이 단순히 피를 토하는 데 그치지 않고 평생을 반병신으로 지내야 하는 단전 폐쇄라는 엄청난 결과를 불러왔다는 것이었다.


　장무위의 질문이 들려와 회상에 잠겨 있던 요공을 일깨웠다.

　"오람된 말씀이나 제가 듣기로 명나라 문파의 전통에 따르면 파문제자는 무공도 폐한다고 들었습니다. 소림도 그와 다르지 않다고 들었습니다단?"

　전에 진자홍에게 들었을 때부터 의문을 가지고 있던 사항이었다. 파문을 당하면서 멀쩡히 무공을 보존하고 있는 것은 명나라 무림의 관습상 쉽게 볼 수 없는 특별한 경우였다.

"그렇소. 소림도 그 전통을 따르고 있소. 내가 파문제자이면서도 무공을 간직할 수 있었던 것은 오로지 사부님과 요료 사형의 은혜 덕분이오."

수행을 해야 하는 불문의 제자로 동문의 사형을 두들겨 패서 반병신을 만들어놓았으니 그 죄가 컸다. 소림뿐만 아니라 다른 어떤 문파에서도 용서될 수 있는 일이 아니었다. 그러나 다 늙은 나이에 손이 발이 되도록 비는 사부 불허 선사와 병신이 된 이후에 과오를 뉘우친 사형 요료가 눈물로 선처를 빌었다. 이것이 장문인 불인 선사의 마음을 움직인 까닭에 요공은 파문을 당한 몸으로도 오늘날까지 무공을 지니고 있을 수 있었다.

당시 장문인인 불인 선사는 '요공, 이놈은 불문에 있을 놈이 아니야. 지은 죄가 있으니 이걸 핑계로 그를 넓은 세상으로 쫓아버려야겠어' 하며 파문을 했던 것이다. 참으로 자상한 배려였다. 죄를 물어 파문한 것이 아니라 소림의 재원을 세상으로 놓아주자는 뜻이 담긴 커다란 은혜였던 것이다. 차라리 파문을 해서라도 넓은 세상에 보내는 것이 무인의 천성을 지닌 요공을 위해서 좋을 것이라 생각하고 베풀어진 은혜였다. 불허 선사도 장문인의 깊은 뜻에 크게 감복하고 파문을 하는 것에 왈가왈부를 하지 않았다.

그러나 깨달음을 얻었다는 불인 선사도, 요공을 가장 잘 알고 있는 사부 불허 선사도 미처 생각지 못했던 것이 있었다. 그들의 그런 배려는 사문의 존장인 자신들의 입장에서 내려진 배려일 뿐이지 요공의 상태를 고려하지는 못한 배려였던 것이다.

아무리 심한 벌이라도 받아들일 준비가 되어 있었던 요공이지만 설마 하니 파문을 당할 줄은 몰랐고, 그 충격은 요공을 크게 좌절하게 했던 것이다. 요공에겐 사문인 소림이 세상의 모든 것이었다. 요공의 가치관은 소림을 중심으로 형성되어 있었고 요공이 이 세상에서 알고 있는 사람들은 모두가 소림의 승려들이었다. 소림을 떠난 요공은 있을 수가 없었다. 더욱이 요공은 세상을 살아가는 방법에 대해서 알고 있는 것이 하나도 없었다. 철없는 어린아이 때부터 소림에서만 살아왔으니 세상의 삶에 대해선 백치와 마찬가지였던 것이다.

할 줄 아는 것이라곤 무공밖에 없으니 배를 곯지 않으려면 무공이라도 팔아야 하는데, 비록 파문제자의 몸이지만 사문에 대한 무한한 자부심을 가지고 있던 요공으로선 사문의 무공을 팔아 배를 불리는 짓만은 도저히 할 수가 없었다. 세상의 냉혹한 생존 경쟁 자체가 요공에겐 너무나 큰 형벌이었다. 결국 가뜩이나 좌절해 있는 상태에서 어릴 때 자신을 가장 두렵게 했던 굶주림의 고통이 다시 시작되자 요공은 그만 자포자기하는 심정으로 한왕부에 들어가 식객 노릇을 하기 시작했고 그것이 오늘날까지 이어졌던 것이다.


상념에 잠긴 요공의 얼굴엔 짙은 슬픔이 묻어나고 있었다.

말을 돌리려다 남의 상처를 건드린 꼴이 된 상황이라 장무위는 미안함에 안절부절못하다가 퍼뜩 생각나는 것이 있어서 빠르게 입을 열었다.

"앞으로 어디에 거처를 정하실 생각이신지요?"

"특별히 따로 정한 곳은 없소. 아니, 솔직히 말하면… 갈 곳이 없소이다."

사실은 갈 곳이 없는 정도가 아니라 장무위와 헤어진다면 당장 배를 긁아야 할 지경이 된 요공이었다. 삶의 터전(?)인 한왕부가 폐쇄되었으니 무슨 일거리를 찾지 않는다면 칠십이 다된 나이에 유랑걸식을 해야 할 처지인 것이다. 당분간은 장무위의 길 안내라는 임시 직을 가지게 되었지만 그 이후는 막막하기만 했다.

"그러시면 제가 대사께 부탁을 좀 드려도 되겠습니까?"

"허허, 장 대협의 부탁이라… 날 그렇게 쓸모있는 사람으로 봐주어서 고맙소이다. 내 최선을 다해 도와드리겠소. 말씀해 보시오."

"예, 감사합니다."

장무위는 먼저 감사의 인사를 해 요공이 거절을 못하게 해놓은 다음 말을 이었다.

"대사의 높은 무공과 인품으로 제 동생을 가르쳐 주십시오."

"동생이라면?"

"예, 조일봉이라고 저와 의형제를 맺은 사이입니다."

요공의 입에서 탄성이 터져 나왔다.

"아! 패도 조일봉! 나도 소문을 들은 적이 있소이다. 그런데 패도라고 하면 빼어난 무공으로 이미 세상에 소문이 자자한데 무엇을 더 가르친단 말씀이오? 더욱이 사문의 무공은 내 임의대로 전수할 수 있는 것이 아니라서……"

요즘 중천에 떠오른 태양처럼 찬란한 명성을 날리고 있는 장무위의 의제에 대한 이야기는 한왕부의 무사들을 통해 귀동냥으로 들은 것이 적지 않았다. 하지만 배운 것이 무공밖에 없는 요공에게 가르침을 청하는 것은 무공을 가르쳐 달라는 말과 같은데, 사문의 무공은 임의로 전수할 수는 없는 법이다. 더욱이 파문까지 당한 몸으로 다른 이에게 무공을 전수한다는 것은 어불성설. 장무위의 제의에 귀가 솔깃하긴 했지만 도저히 승낙할 수 없는 일이었다.

"대사의 말씀대로 저도 의제가 제 한 몸 지키기엔 그리 모자라지 않은 무공을 지니고 있다고 생각하고 있습니다만, 대사께서도 아시다시피 세상이 무공만으로 살아갈 수 있는 곳은 아니지 않습니까?"

"그야 그렇지요."

요공은 장무위의 의도를 짐작할 수가 없어 고개를 갸웃거렸다. 하지만 '무공만으로 세상을 살아갈 수 없다'란 사실에 대해선 그 누구보다 절실히 체험을 했던 터였다. 맞장구를 치는 요공의 고개가 절로 끄덕여졌다.

"동생이 무공은 그럭저럭 합니다만 사람이 너무 착하고 순진해서 남에게 이용을 당하지나 않을까 걱정입니다. 대사께서 제 동생을 보살펴 주신다면 제가 안심할 수 있을 것 같습니다. 대사의 높은 무공과 인품을 흠모하여 이렇게 외람된 부탁을 드리는 것입니다."

"장 대협께서 돌봐주시면 되잖소?"

"저는 원래 조선의 사람으로 명나라에 오래 있을 수는 없습니다. 곧 조선으로 돌아가야 하는데 마음이 놓이질 않습니다. 명나라에서 많은 사람들을 만나봤지만 대사와 같은 분은 없었습니다. 제 부탁을 들어주십시오."

남상이나 진자홍과 있으면서 깨우친 바가 있었는지 적당한 아부를 섞은 장무위의 입놀림이 예사롭지 않았다. 불감청(不敢請)이언정 고소원(固所願)이라, 요공의 얼굴에 흐뭇한 미소가 떠올랐다.

"그러시다면… 내 최선을 다해보겠소."

"대사, 감사합니다."

이렇게 해서 밥줄이 끊어져 곤경에 처했던 요공은 새로운 밥그릇을 얻었고 조일봉은 든든한 후견인을 얻게 되었다.


　같은 시간.
　장무위의 착하고 순진한(?) 의제 조일봉은 서릿발 같은 기세로 소리
치고 있었다.
　"각자 계산!"
　객잔 내에 있던 사람들이 모두 깜짝 놀라 쳐다볼 만큼 큰 목소리였
다.
　"한 번만! 봐주게."
　추상같은 조일봉의 기세에 주눅이 든 것일까? 팽무상은 연신 주위를
둘러보며 역시 크게 소릴 질렀다. 아니, 지르려고 했다. 분명히 크게
소리쳤는데 입에서 나온 소리는 모깃소리처럼 작은 것이다.
　"절대불가하오! 각자 계산합시다."
　"상황이 그렇지 않은가? 사정 한 번! 봐주게. 두 번도 아니고 세 번
도 아닌 딱 한 번! 일세. 한 번!"
　팽무상은 한 번에 묘한 억양을 넣어 협박하듯이 속삭였다. 조일봉의
기세가 워낙 사나워 기세를 죽이려고 압력을 가해보지만 속으론 불안
하기 짝이 없었다. 불과 며칠도 되지 않아서 또 조일봉에게 매달려야
하는 자신의 처지가 한심했지만 사정이 워낙 다급했다. 조일봉의 입도
막아야 했고 경비도 빌려야 했다. 자신은 지금 수중에 동전 한 문 없는
빈털터리 신세가 아닌가. 남궁세가에 가서 조부 일행을 만나기 전까진
어떻게든 버텨야 하는 것이다.
　"일전에 객잔에서 처남이 추태를 부린 것 기억나십니까?"
　"추, 추태라니, 무슨 말을 그렇게 섭섭하게 하는가? 그리고 추태를

부렸다고 한다면 우리 둘이서 같이 부린 것이지 어째서 나 혼자 추태를 부렸다고 매도를 하는가?"

"뭐, 처남이 항상 나쁜 일엔 절 걸고넘어지시니… 제건 제가 계산하겠습니다. 처남도 계산하고 나오세요. 그럼."

조일봉이 냉정히 자릴 박차고 일어서려 하자 팽무상은 급히 조일봉의 소매를 잡아끌며 비굴하게 웃었다.

"하하… 하… 이 사람 참, 성격이 무척 급하구먼. 일단 앉아서 이야길 하세. 내가 잠시 착각을 했어. 그 당시 나 혼자! 무슨 실수를 한 것 같은 기억이 이제야 나는군. 아무래도 내가 자네보다 나이가 많다 보니 기억력이… 하… 하… 하……."

"처남의 나이에 벌써 기억력이 그렇게 흐려지시다니 안타깝습니다. 하여간 그때 처남이 그 객잔을 나서면서 말씀하시길 이제부터 '각자 계산'이라고 말씀하셨죠?"

"그런 적이 있네. 분명히 그랬어. 자넨 머리도 무척 좋구먼. 그걸 일일이 다 기억하고 있다니. 대단해. 하하하."

"처남도 기억하고 계시는군요. 다행입니다. 그렇게 잘 기억하고 계시면서 왜 이제 와서 딴소리를 하는 겁니까? 남아의 한마디 말은 천금의 무거를 지닌다 했습니다. 그런데 가만히 보니 처남의 말은 반 근도 안 되는 것 같아 심히 안타깝습니다."

"그, 그건……."

천 년 동안 바닷물에 다듬어진 조약돌보다 더 매끈하고 바둑판보다 더 조리정연한 조일봉의 말에 팽무상은 뭐라 반박할 말이 없었다. 팽무상은 얼굴이 화끈하게 달아오름을 느꼈지만 어쩌겠는가? 방법이 없는데. 차라리 조일봉에게 망신을 당하는 것이 낫지 낮선 곳에서 거지꼴로 동냥을 하기는 싫었다. 그리고 무슨 일이 있더라도 조일봉의 입을 막아야 했다.

팽무상은 황산의 절경을 생생히 즐길 수 있는 도원정(桃源亭)에서 절경에 마음을 빼앗긴 탓인지 무인으로선 생각하기도 수치스러운 실수를 하고 말았다. 조금만 더 가면 남궁세가가 있는 합비에 도착할 수 있어 하루 동안 느긋하게 절경을 감상한 것까지는 좋았다. 그러나 도원정을 내려오면서 불쌍해 보이는 소년이 몸을 부딪치며 넘어지기에 넘어지지 않도록 붙잡아준 것이 실수였다. 설마 하니 천하의 팽무상이 소매치기를 당할 줄이야 어찌 알았겠는가!

아직도 믿기지가 않았다. 상승의 무공을 경지까지 익혀 다음 세대 명나라 무림을 주름잡을 십영 중의 한 사람으로 꼽히는 자신이 아닌가. 아무리 방심을 하고 있었다지만 품속을 털릴 줄은 상상도 못하고 있었다. 상대가 소매치기가 아니고 암습자였다면 한 목숨 날린 것이나 마찬가지인 것이다.

'그 허약하게 생긴 소년이 설마 하니 소매치기일 줄이야⋯⋯!'

조일봉에게 당하는 정도가 심해지면 심해질수록 소매치기 소년에 대한 원한이 용솟음쳤다.

'내 이놈을 잡기만 하면 그냥⋯⋯!'

속으로 이를 뿌드득 갈아보지만 이 넓은 세상 어느 구석에서 소매치기소년 하나를 잡아낼 수 있겠는가. 만약 운이 좋아서 잡는다고 해도 불쌍해 보이는 소년을 다그쳐 훔쳐 간 돈을 토해내게 할 자신도 없었다. 미우나 고우나 조일봉에게 매달릴 수밖에 없는 처지.

"남궁세가에 갈 때까지만 자네가 계산해 주게. 그리고 내가 소매치기당한 것은 자네만 알고 있어줬으면 하네. 그렇게만 해준다면 내 집에 돌아가서 크게 보답을 하겠네."

"보답이라면? 좀 구체적으로 말씀해 보시지요."

조일봉이 귀가 솔깃하는지 은근히 관심을 표명하자 팽무상은 그제야 얼굴을 펴며 당당히 큰소리치기 시작했다.

"이번에 자네가 사용한 모든 경비를 내가 모두 부담하고 따로 크게 한 턱 쓰겠네!"

"정말이요? 내가 이번에 얼마를 쓰던지 다 부담하는 거요? 혹여 나중에 딴소리라도 하면 곤란합니다."

조일봉의 말을 들은 팽무상은 속으로 안도의 한숨을 크게 내쉬었다. 조일봉이 혹하는 기색이 역력한 것이다. 더욱이 입 다무는 것에 대한 대가는 생각지도 않는 듯한 모양이었다. 솔직히 팽무상의 입장에서는 경비보다 훨씬 더 중요한 것이 소매치기당한 사실을 숨기는 것이었다. 이 이야기가 만약 할아버지 팽조혁의 귀에 들어가기라도 한다면 치도곤을 당할 가능성이 농후했다.

"혈, 사나이가 한 입으로 두말을 하겠는가!"

"참나, 한 입으로 자꾸 두말을 하니 하는 소리 아니오."

"…이번만은 정말일세. 천진을 떠난 이래 자네가 사용한 모든 경비를 다! 모조리 다! 계산해 줄 뿐더러 자네 맘이 흡족할 만큼 거하게 술을 사겠네."

팽무상의 큰소리에 조일봉의 눈알이 뒤룩뒤룩 구르기 시작했다.

'내가 여주에게 받아온 돈이 은 10냥이었지? 지금 품속에 남아 있는 돈은 은 아홉 냥. 지금까지 한 냥밖에 안 썼군. 역시 난 알뜰하단 말이야.'

사실은 알뜰한 것이 아니고 팽무상이 경비를 다 부담했기에 돈을 쓰지 않은 것이었지만 여로와 조일봉의 수중에 남은 돈을 같이 생각하면 알뜰하단 말이 완전히 틀린 말은 아니었다. 팽무상이 살 때는 비싼 것을 먹고 비싼 곳에서 잤지만 각자 계산을 하기로 한 이후에는 상당히 검소하게 먹고 잤던 것이다. 조일봉도 이제 어엿한 일가의 가장이다. 거대한 장원 조가장에 딸린 식솔들의 수도 적지 않았다. 그러니 예전처럼 함부로 돈을 쓸 수는 없는 것이다.

한참을 초조하게 기다리던 팽무상이 참지 못하고 다시 뭐라 소리치려 할 때 머릴 굴리고 있던 조일봉이 불쑥 입을 열었다.

"좋습니다. 그러면 제가 이번에 경비로 들고 나온 은 30냥을 나중에 계산해 주십시오."

며칠 전에 한 푼도 없다고 우기며 끝까지 빈대를 치려 하던 조일봉이 명나라에서 한 손 안에 꼽을 부를 축적한 하북팽가의 차남보다 많은 돈을 경비로 들고 나왔다고 하니 팽무상은 화가 난다기보다 차라리 어이가 없었다. 한 대 쥐어박고 싶은 충동마저 들었다. 아니, 조일봉보다 무공이 강했다면 정말로 한 대 쥐어박았을 것이다. 그러나 무공은 조일봉이 더 강했고 급한 것은 팽무상이었다.

"뿌드득. 좋네. 대신 이 일은 비밀이네."

"하하하. 처남."

"왜 불러? 설마 자네가 이번 여행 경비로 30냥 이상을 들고 나왔단 말이라면 아예 하지도 말게. 나도 더 이상은 양보를 못해."

팽무상은 심드렁한 대꾸에도 조일봉은 유쾌하게 웃으며 사근사근하게 말을 이어갔다.

"하하하, 그게 아닙니다."

"그럼 뭐? 좀 깎아줄 거야?"

"비밀 엄수를 하려면 대가가 있어야죠. 그건 언제든지 써먹을 수 있어 제가 이야길 안 하고 있었는데 처남이 먼저 지적을 하시니… 그건 나중에 따로 꼭! 계산을 하셔야 합니다. 하하하!"

조일봉은 덩치만큼이나 목소리도 커서 객잔을 쩌렁쩌렁 울리는 호탕한 웃음소리엔 힘이 가득했다. 그리고 조일봉의 커다란 웃음소리 사이사이에는 묘한 소음이 섞여 장단을 맞추고 있었다.

뿌드득. 뿌드―득. 뿌―드―득.


〈제3권 끝〉

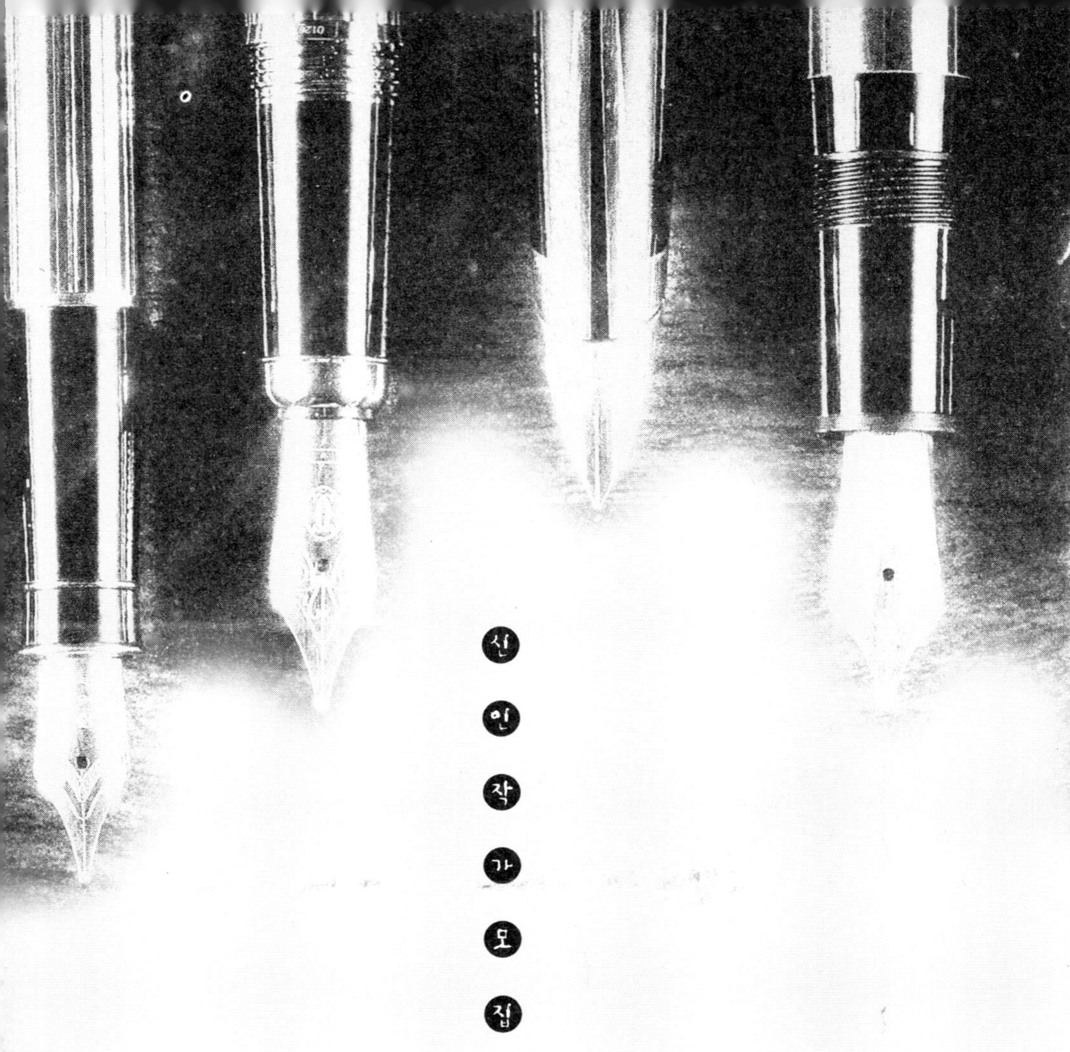